薬と文学

病める感受性のゆくえ

千葉正昭
CHIBA Masaaki

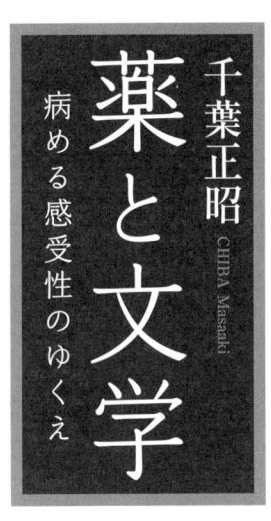

社会評論社

目次

◉1 有吉佐和子『華岡青洲の妻』

先駆的な麻酔薬を試した女たち

【あらすじ】

紀州名手荘(なてのしょう)の旧家の娘 加恵(かえ)が、外科医華岡直道(なおみち)の妻 於継(おつぎ)から華岡家の長男 青洲の嫁に来てほしいと申し込まれ、京都で修業中の青洲の留守宅に嫁ぐ。やがて母 於継と妻 加恵との関係は、姑と嫁との対立になり、互いに自分の体で青洲のつくる麻酔薬を試したいという争いにまで発展する。麻酔薬服用の実験は二人になされるが、於継より強い成分薬を配合された加恵は、昏睡ののち失明。しかし、盲目になった加恵は於継への恨みの感情を浄化し、周囲の人びとのいたわりのなかで六八歳の生涯を終える。

▼麻酔薬への期待

現代医学の進歩は目覚ましい。いまだ原因の解明されない難病はあるにしても、連日じつにおびただしい数の外科手術が日本各地の病院で施されていることだろう。この外科手術に使用される麻酔薬は、麻酔医という専門医が使用する特殊な薬剤である。江戸時代の末期、この麻酔薬を使うことに日本で初めて成功した医者が、紀州和歌山の華岡青洲である。この華岡青洲の施した全身麻酔こそ日本初、いや世界最初のものであった。正確に言うと文化二（一八〇五）年であったから、アメリカ人医師モルトンが、初めてエーテルを使って全身麻酔を施した年よりも四〇年早かった。

日本の医学に大きく貢献した華岡青洲を広く世間に知らしめたのは、ここで取り上げる有吉佐和子『華岡青洲の妻』で、作者有吉の母方の実家は青洲と同じ故郷であった。いま少し彼女の経歴を紹介すると、銀行員であった父の赴任先ジャワ島のバタビア（現ジャカルタ）やスラバヤで幼少期を過ごし、後に東京に戻ったという帰国子女であった。

さて物語は、青洲が当時の先端医学を学ぶため京都に赴き、その後故郷和歌山に戻り、優れた研究を重ねているという評判が立っていたところから、急に青洲の妹の於勝が乳がんに苦しむ場面に展開する。於勝の病状が悪化したため、その痛みを巡って兄の青洲と母の於継は口論をする。乳がんが酷い状態になって、於勝の苦しみを少しでも緩和出来るものならと於継は、「痛み止めの薬を膏薬代りに使うてやって頂けませんかのし」と、青洲に頼み込む。二人のやりとりは、

「（前略）於勝の岩は既に拳程ではあり、脇にも肩にも結瘤が出ていて、切れば乳だけでは済まんのです。それに何よりも衰弱してしまっている。何の手術であっても、痛みと出血で体は持ちませんのや。麻酔薬が出来ていればともかくも」

「麻酔薬は出来ていると違いますのんか。犬も猫も薬から醒めて歩いているやありませんか。近頃は柿の木に埋めることも、とんと無くなっていますやないの」

「動物の体と、人間の体とは違いますよってにのう。まだ人間で試すところまではいっていませんのや。そうでのうても、試す人間がいるとは考えられへん。（後略）」

と続く。青洲の苦渋は、もし「麻酔薬」が完成していれば手術の可能性が残されているのだがというもので、この時点での麻酔薬は猫や犬レベルでの成功だけで、まだ人体への応用がはかれないというものであった。

於勝をついに乳がんで亡くしたときの青洲の忸怩（じくじ）たる心のうちは、

「医者が坊主のように寿命を信じられるか。どんな病でも病で人の死ぬときは医術が到らなんだからや。於勝を殺したは儂（わし）や、儂なんや。見殺しにしたのは儂の医術が足らなんだからや。この苦しみが分らんというのか」

という述懐で明らかである。だがこの青洲の「苦しみ」が、「儂の医術」の向上という発展的な方向に邁進させる。於勝が死んだのち、猫や犬での異類実験の成功を経て、最後の人体実験の手前まできる。そこで母於継が、自分を薬の実験台にして欲しいと申し出るのであった。

▼嫁の近代性と姑の旧弊

医家である華岡家の再興をはかり、近隣で評判の美貌を持ち、しっかり者である於継。その於継は若い女性の憧れの的でもあった。その於継に、是非嫁に来てもらいたいと請われ、華岡家の更なる興隆という希望を託された加恵。婚姻の話があったとき、加恵は逡巡する。しかし、於継から見込まれた加恵は、自己の存在価値を前向きに捉えるのであった。当時あまり裕福でない医者の家に嫁ぐことは、その土地で著名な旧家の子女にとっては、格式的には名誉なことではないと加恵の両親は考えた。しかし、加恵にとってこの婚姻は、自己の存在を全肯定的に評価されたこの上ない良い話であったのだ。

ここに、加恵の近代的先見性があるといっては語弊があろうか。庄屋としての格式、江戸末期の医者の社会的評価の低さ、経済的にも自己の家より劣っている嫁ぎ先、それらを総合的に考えると、あまりよい条件ではなかったにもかかわらず、於継に是非にと懇願されて、加恵は、人間としてまた女性として、最上の評価を得たと考えたのである。この考え方が、のちの青洲の革命的とも言うべき薬品開発の側面を支えたかたちになったといえる。

だが嫁いだ最初の二年を経て、不在だった青洲が京都での遊学から帰ると、状況は変化する。於継は次第に息子青洲を巡って加恵との摩擦を大きくする。そこには息子青洲を慈しむ心と、医学者青洲への敬意とが絡まり、加恵から見ると、「雲平（筆者注・青洲のこと）に対する態度が薄気味の悪いほどなまめかしい」と感じる雰囲気のなかで、加恵はそれまで覚えなかった窮屈さと屈辱を痛いほど感じるようになる。あるいは出産を控えた加恵に対して、実家に帰れとほのめかす於継に、著しい嫌悪感を覚える。加恵は、「数年ぶりで実家に帰る喜びよりも、於継の底冷えのする親切さを憎んだ」という心境に至る。一方の於継は、「於勝の死の誰に向けようもない怒りと悲しみの念を加恵に向けた敵意に練り固めてしまったのであった」というように、於勝の死の悲しみと憤りを血縁関係にない嫁に対して向けるのである。

やがて物語は、ひとつの山場を迎える。前述した猫や犬への麻酔薬の実験が成功を収めたあと、於継が、次は人体実験だと叫ぶ。すぐさま加恵も応酬する。年配者の姑を、危険な実験台にさせられない。まずはじめに犠牲になるべきは若い嫁である自分だというのであった。二人は譲り合うことをせずして、醜くも応酬と対立を続ける。それはこんな調子である。

〔於継〕「私は老先短い躰で、ことにはお父さんに先立たれ、子供は立派に育って、雲平さんには立派な嫁御がついていますのや。心残りになることは何一つありませんのよし。於勝が死んだとき共に死のうかと思うてからは、ずっと満足には生きてきたように思えません。代がわりしたこの家で若いひとに気兼ねして生きるより、早うお父さんのもとに行きたいと思い暮していたのやしてよし。その躰が息子の役に立つのなら、こんな有りがたいことはないがのし、あなたには、この家の代継ぎを産まんならん大事な役目も残っていることではあり、それの果せんうちは粗末には扱えん躰やしてよし」

〔加恵〕「嫁して三年子無きは去ると云いますのに、産んだのは女ひとりの能なしでございますよし。私の命の何が惜しめますものか。私を使うて頂きますよし。お齢を召したお方に、ななそんなことを」

次にこうしたやりとりを聞いていた青洲の心持を引用してみよう。

自分を産んだ女と、自分の子供を産む女との間の、べっとりとした黒いわだかまりには、カスパル流の剪刀(せんとう)さえ役に立たない。耐えきれなくなったとき男には咆哮(ほうこう)があるばかりであった。

「カスパル流の剪刀(せんとう)」とは、当時江戸に滞在していたドイツ人外科医カスパルの用いた手術用のはさみである。当時の最先端医療の道具をもってしても二人の争いを仲裁できない青洲は、忍耐と怒りを抱えたまま、「咆哮」というかたちでしか己の内側を表現をすることができなかったのだ。

考えあぐねた末青洲は、年配者としての母親を立てることを第一義として麻酔薬の被験者に選び、毒草としての成分の量を少なめに按配することにした。それには気付かず於継は、加恵に勝ち誇ったように数日を過ごす。最初の実験は、このように運ぶ。

▼青洲の意志

難なく終えた於継の人体実験の次に、青洲は加恵を被験者にして、自分が長い間重ねてきた薬草成分の本来的な実験に触手をのばす。その結果加恵は失明することになるが、そこには医学者の未知なるものへの追究の願望があった。

青洲は自分の希求する心の押さえを取り外していた。もはや人体実験の相手の心を斟酌（しんしゃく）する余裕は失われ、青洲の念頭にあるのは純粋に医者の欲望だけだったと云っていい。加恵が念を押すまでも無く彼が調整し始めた薬湯の中には、曼陀羅華（まんだらげ）の花も種も於継に飲ませたのとは比較にならないほど多量に投入されていた。その他、猛毒の草烏頭（そううず）、白芷（びゃくし）、川芎（せんきゅう）、鬼馬草等が少量ずつ加えられた。

青洲が調合した薬湯（液体に薬草成分が入ったもの）は、のち「通仙散」とも呼ばれるようになる。医学史的には、江戸時代それまでの漢方医が使っていた麻酔薬の成分に加えて、曼陀羅華が大量に入っていたところに、その独自性があったといわれている。この指摘については、酒井シヅ『日本の医療史』（昭和五七年九月、東京書籍）に、「漢方の知識も備え、紅毛外科も知る者が両者を合わせて、新しい麻酔薬を作ろうと考えるのは自然の成り行きであった。〝通仙散〟は整骨医の麻酔薬に曼陀羅華を加え、それを主成分としたものである」という見解がある。ただこれだけでは先ほどの物語の引用部分での薬草の割合がいまひとつ不分明である。ここは少々面倒なところでもあり、作者有吉佐和子も詳述はしていない。もう少しこの薬の成分について考えてみたい。

▼薬成分への興味

六〇年近く前の刊行だが薬学史の名著といわれる清水藤太郎『日本薬学史』(昭和二四年七月、南山堂)には、先ほどの「通仙散」について今村了庵の『医事啓源』(一八六二年)を引用した、次のような説明がある。

> 曼陀羅華(八分、陳旧者佳なり。新しきものは嘔を発す)、草烏頭(二分)、白芷(二分)、当帰(二分)、川芎(二分)、右五味、粗末となし、一たび湯にひたし空心に之を服せば、須臾にして心気昏暈、手足頑痺(まひ)し或は眼に沈んで覚めず、或は悶乱して狂を発する。此時に乗じ治を施して、既にして之に濃茶を飲ましめ又は黄連解毒加石膏湯(おうれんげどくかせっこうとう)を与うれば二三時で覚める。(後略)

ここで物語の中の薬草の成分が明らかになるといえよう。曼陀羅華をはじめて飲む人は、嘔吐を覚えるという症状が紹介される。これはある意味で、現代の科学的睡眠薬の成分にも共通するものである。

青洲が調合した薬草の分量について、およその説明はあるが、それらが「薬湯」として化学的にどのような相加・相乗作用があったかという課題も出てくる。しかし、その前に薬草の個別成分に対して興味が湧くのは、筆者だけだろうか。曼陀羅華という薬草は、いかなるものであったのかといえば、現代では、チョウセンアサガオ、キチガイナスビとも呼ばれているもので、多く

チョウセンアサガオ（「原色麻喜の植物大図鑑」から転用）

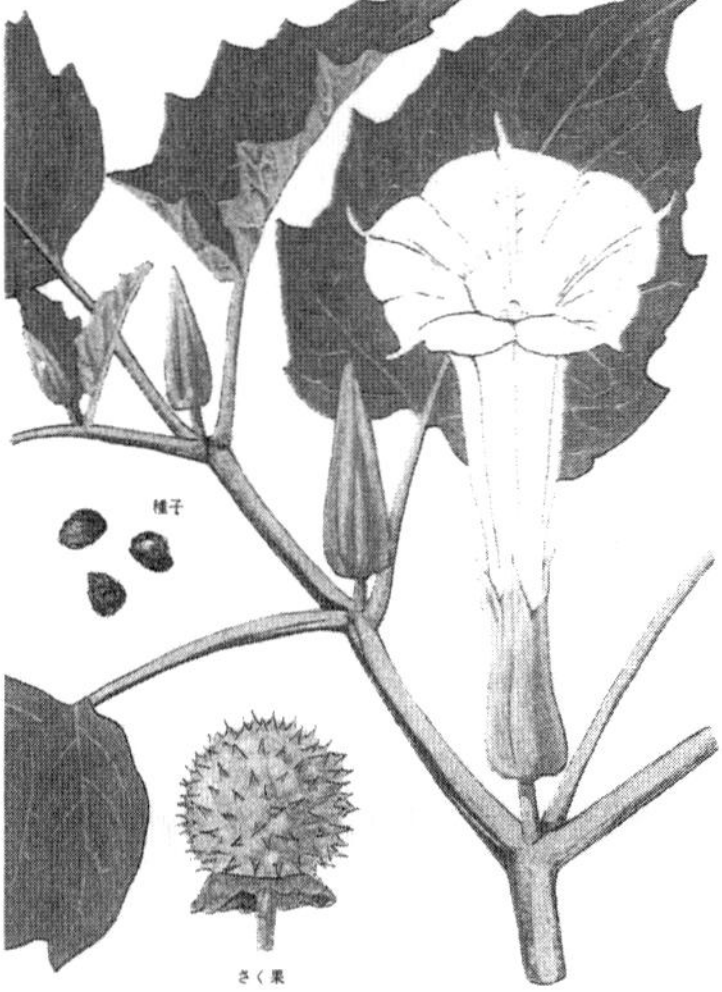

の図鑑や事典では、江戸時代に渡来したが、現在はほとんど見られないと紹介されている。その形状の絵図を、比較的新しい図鑑から紹介する。

その成分は、トロパンアルカロイドのスコポラミン、ヒヨスチアミン、アトロピン等があげられる。トロパンアルカロイドとは、アヘンなどに含まれるアルカロイドの一種で、山崎幹夫他『天然の毒―毒草・毒虫・毒魚―』（昭和六〇年二月、講談社）によれば、ナス科植物の成分で、アメリカ南部の牧草地で馬や牛が食べ、これによって中毒に陥ると、「口渇、視力減退、体温上昇、心拍促進、痙れん、昏睡を経て死に至る」症状も出ることがあるという。

次いでこのトロパンアルカロイドを形成するスコポラミンについての薬理成分は、前の説明に重なるところもあるが、「嘔吐、腹痛、下痢、瞳孔散大をきたす、致死量では全身麻痺、昏睡などの症状を呈し死亡する」（日本薬学会編『薬毒物化学試験法注解』昭和四九年一二月、南山堂）とある。

物語で妻加恵が昏睡の後覚醒し、二度目の実験で失明してしまった悲劇の核心には、この成分が関わっていたのではないかという推測が出てくる。蛇足だが、ノーマン・テイラー著／難波恒雄訳『世界を変えた薬用植物』（昭和四七年七月、創元社）には、「古代人は、この成分が未来人の船酔い予防の薬として使用されることを想像しただろうか」という面白い記述がある。

もう一つの薬草「草烏頭」であるが、難波恒雄監修『和漢薬の事典』（平成一四年六月、朝倉書店）によれば、オクトリカブトの母根をそのまま乾燥したものとある。その成分は、アコニチンなどのアルカロイドを含むほか、微量の強心性物質ヒゲナミンなども含むという。薬理作用は、呼吸中枢麻痺、心伝導障害の惹起、知覚および運動神経麻痺、強心作用が、確認されているという。

この草烏頭の毒性やオクトリカブトという名称から、読者は何かを想像しないだろうか。今から二〇年以上も前のことになるが、離婚と再婚を重ねた男が、トリカブトの根を潰して保険金目当てに次々と自分の妻を殺したのでは、という疑惑を持たれた事件があった。筆者は化学に疎い人間であったが、トリカブトの根の成分が、そんなに猛毒であったのかと驚愕させられた。坂口拓史『トリカブト事件』（平成一六年二月、新風舎）は、その事件の概要を誰でも理解できる内容になっている。

ところで、青洲が用いた曼陀羅華に含まれるスコポラミンの中枢作用については、現代の研究者も言及している。弘前大学名誉教授松木明知氏である。氏の『華岡青洲と麻沸散』（平成一八年八月、真興交易）から引用する。

スコポラミンは中枢作用と抹消作用があるが、顕著なのはその中枢作用である。中枢神経に対して鎮静作用を示し、人で（中略）大量では意識は消失する。中毒時の症状を詳しく述べると、まず顔面や皮膚の紅潮、躁的行動不安、頻脈、口渇、嘔吐が出現し、言語障害、瞳孔散大、高熱、昏睡に至る。（中略）しかし、意識の消失のため曼陀羅華を増量しすぎると死に至るので、その量を抑え、併せて曼陀羅華による頻脈に拮抗するために烏頭、つまりアコニチンの徐脈作用を利用したのである。

以上を考えると、曼陀羅華に含まれるスコポラミンと烏頭に含まれるアコニチンの量の均衡がはずれて加恵は失明に至った、と筆者の前の判断を修正すべきだろうか。なお右の松木氏の研究は、宗田一氏の先行研究を踏まえている。宗田一氏は、『日本の名薬』（平成一三年五月、八坂書房）などいくつもの著作がある方である。氏には、いま一般には入手し難いが、『華岡青洲の麻酔薬（通仙散）をめぐる諸問題』（昭和四六年三月、思文閣）という小冊子もある。これは呉秀三『華岡青洲先生及其外科』（同掲、大正一二年八月の復刻版）の付録になっているものである。

ここまでくるとある程度の薬草成分の薬理作用というか、その副作用が先駆的実験の悲劇として起こったであろうことが想像される。

▼現代創薬との比較

物語で妻加恵が失明した経緯は、一つは説明してきた薬理成分の副作用であり、もう一つは現代社会にあてはめれば、治験の問題ということにもつながるかもしれない。青洲自身、犬や猫での実験で、自分が調合した曼陀羅華や草烏頭の相乗作用については、ある程度の予想をつけていた。が、人体実験での重篤な副作用までは予知し得なかったといってよい。それゆえ加恵は、失明する。

さて現代では、新薬が出来るまでには、どのような行程があるのか。下の表をご覧頂きたい。これは、『厚生白書』(平成一二年版)からのものに一部加筆されたものである。北澤京子氏という『日経ウェルネス』、『日経メディカル』編集部に勤務された経歴のある優れた医療系領域の執筆者の、『「薬と治験」入門』(平成一三年二月、岩波書店)からのものである。

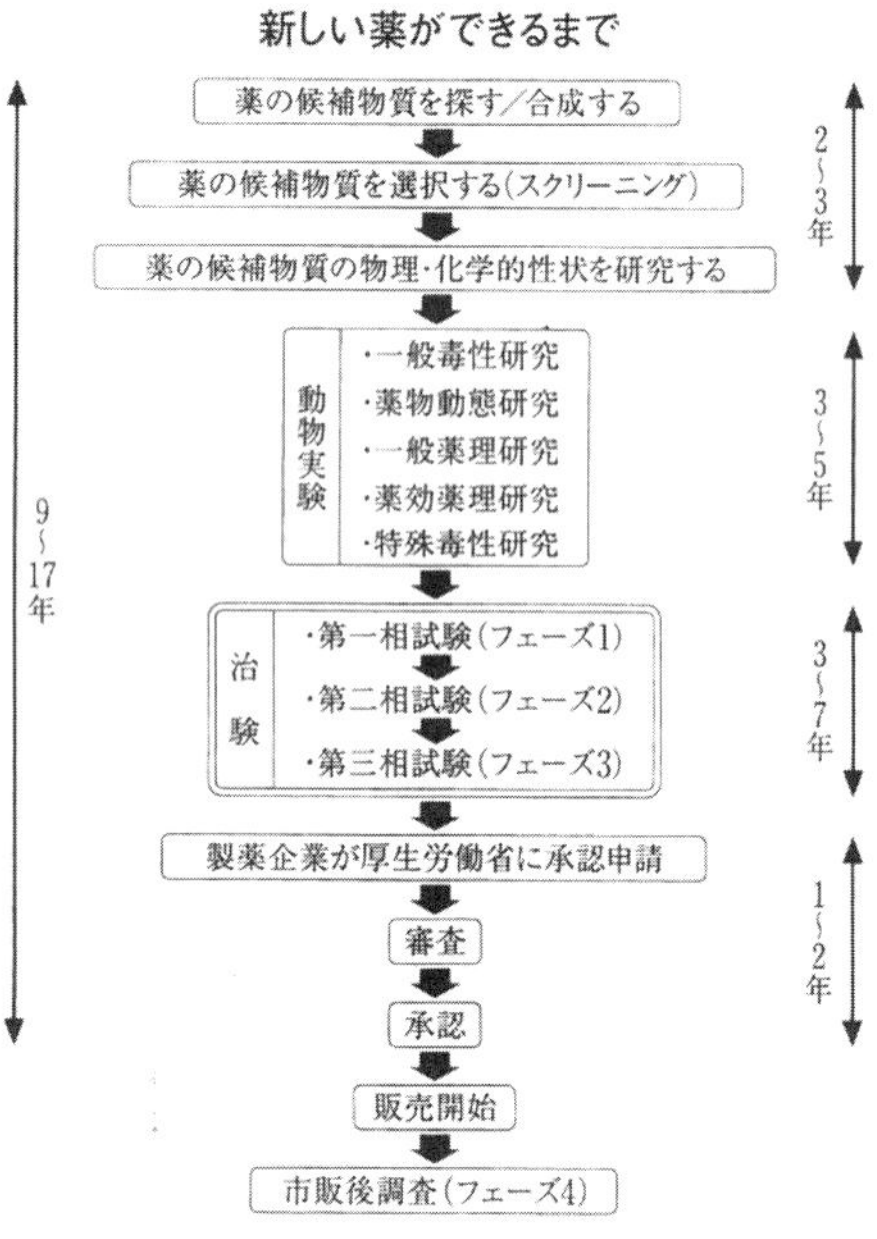

出典:『厚生白書』(2000年版)より引用した資料に一部加筆.

表からわかるように、かなり長い歳月を要して新薬が社会に登場する。北澤氏にいわせれば、「一般に、新しい薬の開発には一〇年以上の年月と一〇〇億円を超える費用がかかる」(前掲)ということである。表の「治験」という言葉は、厚生労働省の承認を得るために製薬会社が開発した薬を、医師が患者に同意を得て行う試験のことをいう。

かくいう筆者も、現場で研究開発に携わっている方の講演を拝聴してきた。洲崎秀国氏（大日本住友製薬株式会社）の「新薬ができるまで」（平成一九年二月一〇日、於仙台戦災復興記念館）というものであった。地方都市仙台で行われたが、ホールが聴衆でいっぱいになった。老若男女一般の方々の関心の高さをうかがわせた。講演はなかなか巧みなもので、洲崎氏の日頃の精進振りがよく分るものでもあった。その時洲崎氏もまた、右に引用したような表を使い、新薬開発までの長い歳月や多額の費用を強調されていた。

さて表でわかりにくい言葉は、「相試験」という文言だろうか。第一・二とは、前掲の北澤氏の表現を借りれば、

まず、「第一相試験（フェーズⅠ）」では、計一〇〇人程度の健康な成人を対象に、候補物質をごく少量から順に、少しずつ量を増やして投与していきます。被験者の血液や尿（必要に応じて糞も）を採取して、候補物質の血液中の濃度や、尿中への排泄量などから、その物質の体内への吸収、分布、代謝、排泄の動態を正確に調べます。

比較的少人数（候補物質の種類によっても異なりますが、通常は二〇〇〜三〇〇人）の患者に対して、いくつかの使い方（投与量、投与間隔、投与期間など）を試しながら、効き目と副作用の両方を注意深く調べたうえで、最適と思われる使い方を決めていきます。（中略）この第二相試験までで、その候補物質の薬としての実力がほぼわかります。

ということになる。ただこのようにして厚生労働省の認可を得ても、それで薬の効き方とすべての副作用とが明らかになったとはいえない。問題は、いくら多くの患者を対象に治験を行ったとしても、そこに製薬会社の意向が反映されることもあるからだ。実際世の中にその薬が出たら、治験の時とは比較できないほどの人びとにその薬が使われる。そこには、より病弱な人、老人、他の病気を抱えた人など、様々な服用者が出てくる。治験では出てこなかった重篤な副作用や、想像もできない病気の併発の可能性もある。実は多くの人びとというか医療関係者の間でも、この問題については言及がある。

▽市販後調査の強化は、急務だ。

▽製薬企業の副作用情報収集は、重要な問題である。

▽製薬企業の医療情報担当者の医師訪問は、欠かせない。

などなどである。が、果たしてこれで薬の販売認可となった時点からいわゆる早期の段階に、副作用の情報収集がうまくいくのだろうか、という課題も残る。

どうしても急いで新薬を開発し、他社との競争に負けられないというむき出しの競争心や、営利を急ぐ感情が出ることもあるだろう。そこで営利を優先させるあまり、副作用の症状を明確に薬のレッテルに表示しない傾向になったりもするのだろうか。あるいは処方する医者が、副作用や併用してはいけない薬の説明を省いたりすれば、困難な事態の到来は、すぐさまやってくる。そこでの困難さが、解決可能であればいいのだが。

さて右のようなトラブルの後に、公的なルールが検討された。すなわち、平成九年に厚生労働省によって「医薬品の臨床試験の実施の基準」が作られたのだ。しかし、トラブルが解決されても、治験を実施しようとする医師と、薬を早く開発したいという製薬会社との間には微妙な問題がいつも介在するのだろう。

少々極端だが、例えば医師近藤誠氏の『新・抗がん剤の副作用がわかる本』（平成一六年九月、三省堂）の内表紙には画家貝原浩氏の絵図がある。誤解を招くといけないので引用は避けるが、笑う医師と、困りきって元気がない患者とのコントラストが映えるように描かれている。さらに近藤氏の「段階的に薬を増量して『危険な量』の当たりをつける」という文言がある。近藤氏に悪気は無いのだろうが、読者としてはいかがなものかと考え込んでしまう文言だ。もちろん、これはほんの一部であり、ほとんどの研究開発に携わる方々の精進ぶりは大変なものと推察される。先ほどの洲崎氏の話ではないが、開発者は一生涯働いて、せいぜいひとつかふたつのヒットを出せればそれで終わりだという言葉も印象的であった。

つい余計な道に入り込んでしまった。華岡清洲の時代には、副作用がどのように現れるか検証し予測をたてることが難しい状況だったのだろう。現代の治験という制度に近いものがあれば良かったのだろうが。

▼再び物語へ

美貌の姑　於継は、凛(りん)とした女性で、その土地の若い女性の憧れの存在でもあった。この於継は、有吉の代表作の一つ『紀ノ川』の豊乃と同じであることは、既に進藤純孝氏も指摘済みだが、堅固な紀州女でありながら、その土地でしか通用しない道徳に支配された考え方に固執する。他方そのような世界観に対して、外側から何とかそれを超えようとしたのが、嫁の加恵であった。於継も加恵も、現実の生活に根を下ろしながら、家の桎梏（しっこく）とこうありたいという願望との間で苦しんだ姿の女性として描かれている。結局二人の女性のうち、開明性のある新しい価値観への期待を持った加恵の方に軍配が挙がり、失明という悲劇を抱え込んでしまった後でも、その人間像に光がさしているようにして物語は終結する。

『華岡青洲の妻』（「新潮」、昭和四一年一一月）は、先ほど述べたように紀州という土地の物語ではあるが、嫁姑の問題を絡（から）め、外科医華岡青洲の特異な肖像を造形し、第六回女流文学賞を受けた。これはわが国の古くから現代まで、解決することの無かった嫁姑の問題を正面から扱って、書き手も女性であったため、それまでにない数で女性読者の気を引いた。

この嫁姑の対立軸が、物語のひとつの根幹になっている。それ故この古くて新しい難題が、舞台や映像で何度も取り上げられた。平成一七年一月二一日から、ＮＨＫ金曜時代劇連続六回、和久井映見、田中好子、谷原章介出演の「華岡青洲の妻」も、話題をさらった。しばらく前になるが平成一〇年二月、紀伊国屋サザンシアターでの演劇上演は、江守徹演出、吉野佳子、渡辺多美子出演で、大好評を博した。これは現代にも充分通じる家族劇として、舞台によみがえったからであろう。

例えばテレビドラマ化の年限を挙げてみると、昭和三五、四二、四八、五五、平成元、四年と、たびたび上演されている。演劇にいたっては、昭和六二年杉村春子出演の文学座公演をはじめとして、平成二年が二回、二年、四年、八年が二回と、その後平成一九年一月まで八回も舞台化されている。この人気ぶりは繰り返すまでも無く、日本の伝統的家族関係を照射したところにあるのであろう。

次の二つの引用部分は、嫁と姑の桎梏をめぐって充分に面白い。

> それまで一途に敬愛していた於継に闘志を沸き立たせていた。それは嫉妬という形で外に現れようとしていた。夫の母親は、妻には敵であった。

> 「加恵さん」
> 「お母さん」
> 相抱いて泣きあっている二人を、門弟たちはまるで血の通った親と娘のようだと眺めていた。事実、加恵自身、於継の腕の中で、これまでの経緯はすっかり涙で流れ去ったものと思っていた。姑を優しいひとと思い、心で憎み続けていた自分を、それが祟(たた)って小弁を死なせたのではないかという妙な事跡を伴いながら、反省し、それでいっそう涙があふれ、流れた。そのとき於継も加恵も、小陸だけがそういう二人を怖ろしげに瞶(みつ)めていることには気がつかなかった。

後の引用部分は、加恵が自分の幼い娘の小弁を病死で喪った後、於継と抱き合って泣いている場面である。ここにあるのは小陸（筆者注、青洲の妹）の異様なまでに客観的まなざしだが、小陸の目には、すべての体と感情と神経とを重ねて争った、姑と嫁とのすさまじい姿が、まのあたりに映っていたのだろう。姑と嫁の「怖ろしい間柄」とは、他の家族が計り知れぬほど深いものだという意味なのであろう。この二人が互いの確執の世界を超えるには、どうしても命がけで青洲の麻酔薬の研究実験の対象になるという決意が必要だった。憎み争い、しかし嫁と姑という関係で同居しなければならない粘着性に縛られた世界から解放される術はあるようで無い。

　この感情は、加恵が嚥下（えんげ）した麻酔薬の成分の並外れて強く効いてしまった惨禍で終着点を迎える。後日、小陸との会話で、加恵がこれまでの於継との関係について、「お母はんを賢い方や立派な方やったと私は心底から思うてますよし。泥沼やなんどと、滅相もない」と振り返ったときの、小陸の告げる

> そう思うてなさるのは、嫂さんが勝ったからやわ

というせりふは、小陸だけではなく、読者の実感でもあろう。紀州という風土の方言を駆使した科白を通じて医家の女たちの生々しいほどの息づかいが如実に伝わってくる作品となっている。

◉2　泉鏡花『外科室』

麻酔剤を拒否した伯爵夫人

【あらすじ】

ある日の朝、東京府下のその病院には紳士淑女がたくさん集まっていた。全員同じように憂鬱なのは、貴船伯爵夫人の胸の手術を気遣ってのことであった。手術室では夫人が麻酔剤を拒否していた。夫人は、その薬は譫言(うわごと)を誘発するから恐ろしい、私には夫にも言えない秘密があるといい、執刀医高峰の名前を確認してから手術をしてくれという。一時周囲は右往左往するが、結局麻酔剤無しで手術は始まり、痛みに耐えかねたのか、その途中高峰の手にすがった夫人は、あなただから痛くはないと言い、メスを奪って自分の胸に突き刺し自害する。

▼元オセロ中島知子・内田裕也・クロロホルム

お笑いコンビとして出発し、やがて映画やテレビの世界で女優として活躍していた元オセロ中島知子が、突然平成二四年二月に朝のワイドショウを賑わせた。なんと家賃滞納金額が六六〇万円を上回ったというのである。さらに彼女がレギュラーだった番組のテレビ局が、降板を宣言した。何があったのか。当時同居中の占い師が、彼女をマインドコントロールしているとのことで、面会もままならない状態が続いた。彼女のマンション周辺が、連日のごとく朝のワイドショウに登場した。世の主婦たちは、興味津々とテレビに食い入った。なぜ彼女が、多額の家賃を滞納するようになったのか。同居している占い師とは何者なのか。噂は膨れ上がり日本中の女性たちの関心事となり、それがめらめらと燃えた。

さらに彼女が借りていたマンションなるものの所有者が、なんと誰でも知っている俳優本木雅弘だったのだ。ワイドショウに登場しコメントを発することはなかったが、ことが事だっただけに本木の義父にあたる人物が画面に登場した。ロックンローラー内田裕也だった。彼は、彼女が将来のある人なのだから早く良い方向に解決して欲しいと暖かい言葉を発した。いま内田裕也の姿を見て、かつての華やかかりし頃の音楽ステージを想像する方々はどれだけいるだろうか。音楽家・芸能人としてかなりの話題を作った人でもある。配偶者は、語らずとも皆様ご存知の樹木希林である。

筆者は内田裕也と聞くと、音楽家というより、彼が出演した映画を思い起こしてしまう。それはアバンギャルドの巨匠と呼ばれた故 若松孝二が監督を務め、東映セントラルフィルム配給のものであった。内田裕也主演の他、中村れい子、ＭＩＥ、原田芳雄、タモリ、藤田弓子などが登場した映画である。題名は『水のないプール』、今から振り返ると三〇年以上も前になる昭和五七年一月公開で、同年キネマ旬報・日本映画ベストテン七位になった作品である。

この映画は、単調な仕事に埋没する地下鉄職員の男が、好きになった美人ウエイトレスを尾行しその住居を突きとめると、夜な夜な彼女の住まいに通い、注射器に入れた吸入麻酔薬のクロロホルムを扉付近の隙間から注入し、彼女を眠らせ性行為に及ぶというものであった。主演の内田裕也が地下鉄職員となり、薬局からクロロホルムを買う場面がある。自分は理科の教師だと名乗り偽りの住所と氏名を記し、多量の瓶詰めクロロホルムを手にするのである。彼の行動様式には、職業や家庭生活への倦怠感が感じられた。同時にこの映画には、昭和という時代が持ちえた、どことなくゆったりとした雰囲気もあった。

映画ではたびたび男が侵入を繰り返すのだが、行為の果てに次第に女性の衣類を洗濯したり朝食を作ったりしながら部屋を去るようになる。女の方も、違和感を覚えながらも用意された朝食をとり、徐々に夜の侵入者を肯定的に受け入れるという展開になっていく。結末は男がよく通う部屋に一緒に遊びに来ていた友達の女性に手を付け、疲れのあまりつい寝込んでしまい、朝方その友達の女性に叫ばれて逮捕となる。が通われていた女性が、私は被害届を出しませんというところで終わるのだ。自分は、相手の男を待っていたというのである。アバンギャルドの巨匠若松孝二監督らしい幕切れである。この映画の素材になった事件は、映画公開の前年昭和五六年に現実にクロロホルムを使って起こり、累計二〇種類以上の新聞や雑誌が、この事件を書きたてた。

高度経済成長も終わりを告げ、時代の閉塞感が指摘され始めた頃の事件として記憶されている方もおいでだろう。更にこの時代の閉塞感のなかに都会の孤独という問題を見出そうとした方もいたに違いない。映画の中でクロロホルムは、麻酔薬というよりは、現実の世界の向こう側へ連れていってくれる手段として使われる。あるいは男が願望する異界そのものへ誘ってくれる道具としての意味を持っていた。

さてこのクロロホルムなるものが、いつごろ日本に入ってきたのか。前にも紹介した清水藤太郎『日本薬学史』(昭和二四年七月、南山堂)によれば、明治一〇年頃には新薬として輸入されていたとある。ここにはエーテルの名も入っている。ともに医療の現場で使われていたのであろう。

▼鏡花用語の「麻酔剤」とは

『外科室』は、明治二八年六月発表の作品である。平成二五年から遡(さかのぼ)ること一一八年も前のことになる。当然ものの見方や考え方は、平成の現代からすれば大きな隔たりがあったと判断される。先ほどのクロロホルムという言葉は、鏡花の『外科室』には登場しない。が「麻酔剤(正しい表記は痲酔剤)」という用語は使われる。物語の中では、胸の病気で手術をしなければならなくなった貴船伯爵夫人が「麻酔剤は譫言(うわごと)を謂うと申すから、それがこわくってなりません」と呟く。ここで「麻酔剤」には、〈ねむりぐすり〉とルビがふられている。

現代の我々からすれば、この〈ねむりぐすり〉という表記に、少々違和感を覚える。しかし、これは、ここしばらく薬と文学という問題にこだわってきた筆者ゆえの印象かもしれない。国文学研究者たちは、この漢字に〈ねむりぐすり〉というルビをふった表記に違和感を覚えなかったようだ。指摘をした人はこれまで誰もいない。考えてみれば百十年以上も前の話である。ここに現代のわれわれの感覚を持ち出すのはお門違いかもしれないが、伯爵夫人は、麻酔剤を〈ねむりぐすり〉と同質のものとして認識していたということは想像できる。作家鏡花の中でも厳密な区分はなかったのであろう。ただ物語のその後に「何も麻酔剤を嗅いだからつて」という個所が登場する。鏡花は「麻酔剤」を吸引するものと捉えていて、〈ねむりぐすり〉とルビをふったということである。筆者の強引な解釈ではない。これは当時の鏡花の科学的知識の及ぶ範囲や時代状況を如実に物語っていると考えられる。ちなみに同じ明治二八年一月発表の『聾の一心』には、「麻酔剤」なる言葉が使われ〈ますいざい〉というルビがふられている。この明治二八年ということを考えてみれば、平成の現代ほど普通一般の人が医薬品について詳しい知識を持っていたとは考えにくい。現在、〈ねむりぐすり〉といえば誰でも睡眠薬を想起する。ところが明治二八年当時では、〈ますいざい〉と〈ねむりぐすり〉との混同があったのだ。なぜなら先ほど指摘したように「麻酔剤を嗅いだから」という表現がみられるからだ。当時の泉鏡花にとっては明確な識別がなされていなかったのではなかろうか、というのが筆者の考えである。

さて明治二〇年代の医学知識ということをもう少し考えてみよう。

同時代の世相ということを捉えるために、明治二二年一〇月に発表された広津柳浪の『残菊』という小説を見てみる。一般の方々がいま読もうとすると鏡花の文語体小説同様読みにくいかもしれない。が明治二〇年代にはこの作家は、悲惨小説の書き手として持てはやされた。物語は「私」という一人称で、肺結核で死へと向かっていく女性の心理を悲しく描いたものである。結核のため血を吐き次第に衰弱していき、自らも死の恐怖を自覚していくところに物語の主眼がある。その苦しさを、「身体が落ちて行く」恐怖だと描写して、病魔に人間の心理が絡め取(から)られていく様子を巧みに描いている。

ただ注意して読むと、この女性主人公が肺結核に罹患したことを、「如何して肺病に罹ったろうか。私の家に此病の遺伝はない筈─誰もこれで死んだものはなし」「お蝶にも遺伝する様な事はなからうか」という具合に、結核という病が遺伝するものとして捉えられていたのだ。お蝶とは、主人公の娘のことである。当時、結核が伝染するという意識は薄かった。例えば病人が畳に落とした血反吐を、「乳母を召して畳の血を拭わせます」という描写がある。ここには結核菌が他人に伝染するという意識はない。これらが明治二〇年代の結核に対する社会通念でもあったのだ。

もう少し後の時代の明治三一〜三二年に発表された徳富蘆花の『不如帰』を見てみよう。柳浪の『残菊』から一〇年は隔たっている。ここでは結核が感染する病気として描かれている。それ故女性主人公浪子が肺結核のために義母に離縁を迫られ、夫が長期出張の間に泣き泣き離れていくという姿が描かれる。ここには『残菊』時代とは違った進歩した庶民の疾病観がある。

『外科室』に戻れば、明治二八年の〈ますいざい〉と〈ねむりぐすり〉とを混同する鏡花の医学知識は、平成の現代からすれば不確かなものという感じがする。がこれがおそらく当時の社会通念だったのであろう。雑多な知識だと判断するのは、平成の今だからできることなのだ。両者を明確に識別する知識は、一般人のなかには無かったものと思われる。

▼鏡花の疾病観

言うまでもないことだが麻酔剤は、人を眠らせその間に厄介な手術を施し痛みを回避するためにある、まぎれもなく欧化政策によって輸入された便利な化学薬品であった。果たして泉鏡花の疾病観や治療観はどんなものだったのだろうか。

先ほど引用した『聾の一心』という物語にそれが紹介されている。この物語は「金銀の細工師」なる五二歳の男が肩に出来た腫瘍治療を当初私立病院で処置してもらったがそれが悪化し、別の公立金沢病院に出向き、そこで立派な医師に診てもらうところから始まる。しかしその時には既に手遅れで、この細工師が一家の経済の担い手であったため、病気とともに家族も貧窮にあえぐという筋書きになっている。惜しいかな、この「細工師」の腕前は二人といない優れたものであることが後半部に描かれていく。ちなみに鏡花の父親が「細工師」のモデルとされている。

ところで、この作品に対し田中励儀氏は、「鏡花は官立施設に絶対的な信頼をもっていた」(『泉鏡花文学の成立』平成九年一一月、双文社出版)と述べる。田中氏が述べているように鏡花は、「官立施設」やそこで働く医師・看護婦たちに絶対的な信頼を持っていたということは、作品を読めばよく理解できる。それはもう少し拡大して言えば近代医療に対する期待の表れでもあったとも解釈できるかもしれない。

▼伯爵夫人のすがた

さていま「外科室」には、これから手術が行われようとする貴船伯爵夫人が横たわっている。彼女は、重い胸の病気で一刻も早く手術をしなければならない病状にある。この伯爵夫人を執刀する高峰医師は、「平然として冷やかなる」男として登場し、他には「助手三人と、立会の医博士一人と、別に赤十字の看護婦五名あり」、その看護婦の中には「胸に勲章帯びたる」人もいる。そして物語の語り手たる絵師が高峰医師の親友であるということで手術室に同席している。なぜ絵師が同席しているのかということについては、論理的説明はない。ただ高峰医師の親友だというだけである。いずれにせよ「上流社会」の貴婦人の手術であり、手術室は選び抜かれた医師と医学博士、さらには経験豊かな看護婦たちがいるところとして説明される。

伯爵夫人は、「そのかよわげに、かつ気高く、清く、貴(とうと)く、うるわしき病者の俤(おもかげ)を一目見るより、予は慄然として寒さを感じぬ」と、その美しさは人を震え上がらせるほどのものであったと語り手は説明する。この部分に対して評論家笠原伸夫氏は、「戦慄的な美に染めあげられてうつしだされた」「心理的衝撃を述べたてるわけだ。だが、この大仰とも、言い過ぎともみえる一節こそ、実は『外科室』をさしつらぬく主調低音」（『泉鏡花　美とエロスの構造』昭和五一年五月、至文堂）と解説する。確かに大げさすぎる表現だろうと考えられるが、気品・清廉と「貴」さとを持ち合わせ輝くばかりに綺麗な姿だったと説明される。

この「慄然」とした美しさを持つ伯爵夫人が、いま「一時後れては、取返しがなりません」という重い胸の病気を抱え手術直前の状態にある。しかし、伯爵夫人は「麻酔剤」を拒否する。この拒否のありように夫人の性格の勁(つよ)さが加えられる。麻酔がなくても「わたしや、じっとしている。動きやあしないから、切っておくれ」「いいよ、痛かあないよ」と「凛(りん)とし」た江戸弁でまくし立てる。なぜこれほどまでに麻酔拒否にこだわるのかと言えば、「私はね、心に一つ秘密がある。麻酔剤は譫言(うわごと)を謂うと申すから、それがこわくつてなりません」と叫ぶのだ。すでに伯爵夫人は、心中に深い秘密を抱えての状態にいた。それは、「意中の秘密を夢現(ゆめうつつ)の間に人に呟(つぶや)かんことを恐れて、死をもてこれを守ろうとするなり」というもので、夫の外に「意中」の人がいることを示唆するものであった。語り手は、完全に麗しき伯爵夫人の心の内の非日常的激情ともいえるものを語らせているのだ。

　前に夫人の美しさの要素と性格的勁(つよ)さを指摘したが、ここに至って夫人は「譫言」をいうことへの恐れを「いいえ、このくらい思つていれば、きつと謂(い)いますに違いありません」という確信ないしは強調の面持ちで呟く。夫は、麻酔剤を嗅いだとて必ずしも「譫言」を言うわけではなかろうととりなすのだが、夫人は決然と否定する。この執拗なまでに過激な姿にこそ物語の主題の要素があるのだろうが。多くの評者がいうように鏡花の非論理的で飛躍的な愛の姿がここにもある。ここに〈観念小説〉の謂(いわ)れがあるのだろうが、夫人の主張するところを単純に説明すれば、心は誰のものでもない、自分自身が決定するのだ、夫たるものも私の内奥に入ることはできない、ということを明言しているようなものといえよう。

　そして物語は一挙に破局へ進む。高峰医師は結局麻酔剤を使わずして執刀に及ぶのだ。「看護婦はおどおどしながら、『先生、このままでいいんですか』／『ああ、いいだろう』」と展開する。その執刀のはじまりの描写が、「と見れば雪の寒紅梅、血汐は胸よりつと流れて、さと白衣を染むるとともに、夫人の顔はもとのごとく、いと蒼白くなりけるが」と描かれる。血潮と白衣の対比を、「雪の寒紅梅」と譬(たと)えるあたりは確かに笠原氏が述べているように古い文学の様式を感じるが、それでも物語冒頭の「慄然として寒さを感じぬ」という部分に通じるものといえよう。そして手術の「佳境」に達するとき、

　夫人は俄然器械のごとく、その半身を跳ね起きつつ、刀取れる高峰が右手の腕に両手をしかと取り縋(すが)りぬ。

「痛みますか」

「いいえ、あなただから、あなただから」

　かく言い懸けて伯爵夫人は、がっくりと仰向きつつ、凄冷(せいれい)極まりなき最後の眼に、国手をじっと瞻(みまも)りて、

「でも、あなたは、あなたは、私を知りますまい！」

　謂うとき晩(おそ)し、高峰が手にせるメスに片手を添えて、乳の下深く掻き切りぬ。医学士は真蒼になりて戦(おのの)きつつ、

「忘れません」

　その声、その呼吸(いき)、その姿、その声、その呼吸、その姿。伯爵夫人はうれしげに、いとあどけなき微笑を含みて高峰の手より手をはなし、ばったり、枕に伏すとぞ見えし、唇の色変わりたり。

と夫人は倒れ他界する。ここに至って伯爵夫人の意中の人が高峰医師であったことが明らかにされるが、そのときすでに夫人は息絶えてしまったと語られる。夫人の愛の葛藤と悶(もだ)えは、確かに自然さに欠け異様で過激なものを覚える。夫人が抱えていた問題は、一旦外部へ出ると辿(たど)り着くべきところまでいかなければならなかったのだ。「凄冷極り無き」という夫人の表情は、まさに最期の激情を物語るものとしていままで我慢してきたそれであったに違いない。その行きつく果てが、「乳の下深く掻き切りぬ」という普通の人々が思いもしない自死の行動だった。夫人の愛は、死と背中合わせになっており、さらに血に彩られてはじめて「うれしげに」という相貌に接続して、劇の終幕を迎えるのだ。

道徳も社会的見栄も理性も、抑えることのできない激情を前にしては、いかほどの力も持ちえないことを証明するドラマとして仕立て上げられている。だがどうしても省略や飛躍が多すぎるような印象もぬぐえない。しかし、これが鏡花流の観念小説なのだろう。夫人が「貴下は、私を知りますまい!」と語る経緯を、語り手はその後の物語後半部で説明する。植物園でつつじの季節に貴船伯爵夫人の一行が花見をゆったりとした足取りで行う場面が描かれる。ここで二人が、実は会いまみえていたことが説明されるのだ。ただその時点でのお互いの心の底に潜む感情を確認する描写は少ない。あるとしても絵師「予」が、高峰に対して夫人の姿を見たかという問い掛けに、「むむ」という肯定的意思の表明だけを記すに留まっているだけだ。

物語の整合性という点では、後年の評者たちに筋の推移について疑問を残してきた作品でもあった。これらの疑問点を束ねて論じた研究に、野口哲也氏「『観念小説』時代の泉鏡花」（「文芸研究」平成一四年九月）が参考になる。野口氏の論は、鏡花の出発期をなかなか状況論的に捉えていて興味深い。ただ小説は論理で説明できないところもある。例えば物語の最後で「同一日に前後して相逝けり。／語を寄す、天下の宗教家、渠ら二人は罪悪ありて、天に行くことを得ざるべきか」という部分を読むと、作者泉鏡花は相思の関係を想定して描いたのではないかと想像も出来るのだ。

▼麻酔剤の必然

鏡花が医療施設としての外科室という空間を、なぜ物語の舞台として選んだのかという問い掛けは難しい。だがヒントは残されている。鏡花の師 尾崎紅葉の影響だ。江戸の人情的旧世界を物語世界に開陳し、明治期大変な人気を博した紅葉。しかし、この紅葉は意外にも新しもの好きであった。紅葉は、西洋文学に対しても強い関心を示したが、外国語は出来なかった。弟子の徳田秋声の翻訳力をあてにして耳学問的に受容した形跡があった。徳田秋声の末弟的位置にいた鏡花は、それらを丸ごと目にしていたことは確かだった。鏡花にも自然新しいものとしての西洋ないし西洋科学への関心が芽生えたに違いない。

例えば物語の内容は別として、鏡花作の表題に『海城発電』というものがある。明治欧化政策につながる工業世界をイメージしたものと読者は判断するだろう。このつながりに『外科室』というタイトルが出来たということは曲解だろうか。『外科室』発表の五か月前に、『聾の一心』が出されたことは前述した。ここには公立施設への鏡花の絶対的な信頼が読み取れる。さらに「肉腫」という病名を使用している。それ故『外科室』に「麻酔剤」の副作用にこだわる人物を設定してもおかしくはない。これらは外縁的要素ともいえる。

更に作品内側からの検討である。伯爵夫人がかたくなに「麻酔剤」を拒否するのは、副作用としての「譫言」を語り出すことへの恐怖として描かれている。夫以外の男を想っていて、それが外部にもれることを恐れての拒否であった。ここには伯爵夫人としての体面が崩壊する危険性を回避したいという欲求が現れているとみることができる。

もうひとつ、伯爵夫人が「麻酔剤」を拒否して自害していく姿を想定した場合、血塗られたかたちの愛と死という背中合わせの構図を、鏡花は見越していたということである。鏡花の物語には、血をともなったエロチシズム的世界がたびたび描かれている。鏡花の内部には、激しく不条理な愛のかたちを描きたいという欲求は色濃くあった。『外科室』で、「麻酔剤」を拒否し血をふきだす構図はある程度の前提として作家の内部にあったのではなかったか。

加えて近代制度に関わる鏡花の職業に素材した作品を眺めてみよう。『夜行巡査』というものがある。近代の時流を意識していた鏡花は、笠原伸夫氏が述べているように「ただひたすらな近代の〈夢〉のみにしがみついていたわけではもちろんない」という。このあたりに筆者としてはコメントを挟（はさ）みたい。

鏡花が考えた美意識は、近代に同化していくものではなかった。が発展する近代科学に葛藤する生身の人間が関わるとすれば、どのような擦れ違いが出来、緊張が生じる場面をどのような構図で描くことが可能かを計ったものがこの物語ともいえるのではないか。蛇足だが、次の引用を付け加えたい。a「『麻酔剤』がなければ、『御療治が出来ません。』」これは腰元の言葉である。b「夫人、（中略）肉を殺いで、骨を削るのです。」これは医師の言葉である。この手術にはどうしても麻酔剤が必要とされたのだ。麻酔剤がなければ手術が出来ず、近代科学としての医学の治療が施せない状態にあった。それゆえ物語の中で医師や付き人たちは、執拗に麻酔剤の使用を勧める。胸の病で、手術は待てないと医師はいう。しかし夫人は拒否し、血塗られた「微笑を含」んで自ら選んだ美の世界に沈んでいく。まさに麻酔剤登場という物語の配置は、必然でもあったのだ。

▼クロロホルムかエーテルか

さて「麻酔剤」をかけられると「譫言」をいうことがあるのかという問題が残る。この物語は明治二八年の作である。客観的に説明しようとすれば、この薬品はクロロホルムかエーテルかということになる。

薬学史を大枠で眺めると、先ほど引用した清水藤太郎『日本薬学史』（昭和二四年七月、南山堂）によれば、「第一章　概説　薬物の時代相　明治維新〈輸入薬品〉」の項に、クロロホルム・エーテル・モルヒネの薬物名が記載されている。ここまできて物語の「麻酔剤」が、果たしてクロロホルムかエーテルかというところに辿り着く。吉條外科医院院長の吉條久友氏、東北薬科大学特任教授（医学）の宮城妙子氏、社団法人宮城県薬剤師会理事で薬剤師の我妻邦雄氏に、それぞれうかがってみた。専門家お三方の判断を、総合的に考えると識別は難しいとの結論に達するようである。だいたい鏡花自身、〈ますいざい〉と〈ねむりぐすり〉の識別に違和感を持っていなかった。大ざっぱな知識しか持ち合わせていなかった。ここではどちらかに識別するのではなく、両方考えられるという見解でみることにする。例えばエーテルとした場合はどうか。医学専門書の後藤文夫・斉藤繁編『新麻酔科ガイドブック』（平成一八年一一月、新興交易）によれば、次のようにある。

エーテルはMORTONにより紹介されて急速に普及したが、麻酔の導入と覚醒が遅く、嘔吐などの副作用が強いため、クロロホルムにとって代わられた時期もあった。その後、エーテルはクロロホルムよりも肝障害を招く危険性が低く、循環動態の安定が得やすいことなどから再認識され、ハタロンが登場するまでの約一〇〇年間、最も重要な吸入麻酔薬であった。

右は医学史的な観点からの説明だが、概ね（おおむ）の特徴解説になっている。このエーテルの当時日本での吸引方法は、外科医吉條久友氏によると患者の顔に布のようなものを被せて（かぶ）麻酔をかけるというものであったらしい。更にこのエーテルを使用した場合、副作用はいかなるものであったのだろうか。宮城妙子氏によると、副作用として咳が出たり唾液などの分泌が更新するということや発火の温度が低いという問題を抱えていたらしい。時代的には電気メスが登場すると次第にその姿を消すかたちになったとのことであった。

更に医師で現在仙台白百合女子大学学長の石出信正氏にうかがってみた。石出氏が医師になった昭和四六年はエーテルが使われた最後の年だったとのこと。麻酔器からエーテル用の揮発缶は取り外されていたそうであったが、先輩の外科医からは「初期研修医が調節の簡単な麻酔薬を用いると勉強にならん」といわれ、エーテルを使用させられたとのこと。そのとき叩き込まれたのが、エーテルの麻酔深度だったそうだ。この麻酔深度第Ⅱ期が、興奮期と呼ばれ、導入時にも回復時にも必ずみられるとのこと。この時期をなるべく早く通り抜けるようにするのが麻酔術者の腕だったそうだ。これで石出氏も一度患者から腕をつかまれたことがあったとのこと。これは「術中覚醒」（諏訪邦夫『麻酔の科学　第2版』平成二二年六月、講談社）と呼ばれるものに通じるのだろうか。諏訪氏は、「多少ニュアンスが違うが」という断り書きをしながら鏡花の『外科室』を引用している。

　これに疑似した副作用として、せん妄状態というのがあると解釈できるのだろうか。このあたりは微妙で筆者の独断であることを明記しておく。せん妄状態とは、意識レベルの低下でみられる症状らしいのだが、そこに「譫言」がつながる可能性はあるかもしれないという回答も専門家から得た。ここまでくると物語の「譫言」に通じるのは、エーテル麻酔かという結論を急ぎがちだが、このせん妄という状態は、クロロホルムでも現れるようだ。

　もしこの「麻酔剤」が、クロロホルムの場合はどうであろうか。『南山堂医学大辞典』（平成一八年三月）によれば、次のようである。

> 無色透明で特徴的な甘い臭気がある不燃性の液体である。（中略）濃縮したエチルアルコ

ールとクロール石灰（さらし粉、$CaCOCl_2$）の混合物を蒸留して得られる化合物として発見された。スコットランドの産科医Simpsonが一八四七年にはじめて無痛分娩の麻酔に用いた。エーテルに比較して快適な臭いと速い導入・覚醒のためにイギリスではエーテルに取って代わって使われた。（中略）心血管系の抑制が強く、肝臓に対し強い毒性を示すため、現在はほとんど用いられない。

ここに長所としての速い導入と覚醒が紹介され、他方短所としての肝臓への毒性の問題も記されている。エーテルの難点を克服した面もあったが、繰り返すようになるが肝臓障害を招く危険性があったことは否定できなかったようだ。更なる副作用を宮城妙子氏にうかがった。不整脈や吐き気ならびに頭痛が伴うようで発がん性も指摘され、現在では使われていないとのことであった。

物語の中で「譫言」という表現に伯爵夫人が執拗に固執したことは、述べてきた通りである。せん妄という副作用と「譫言」とはダイレクトに結びつくとは言えないが、多少のぼんやりした輪郭だけはどことなくつながるような雰囲気も感じなくもない。「せん妄」は「譫妄」と書くが、「譫」という漢字が重なるといっては語弊があろう。専門家たちの判断によっても、断定は難しいとのこと。ただ明治時代の鏡花が、聞きかじりの知識で副作用を「譫言」という言葉に置き換えたのは妙を得ていたことになる。ここまでくると物語成立の必然性に大きく作用していた要素として、「麻酔剤」があったという証明は成り立つ。

◉3　ブルガーコフ『モルヒネ』（町田清朗訳）

渇仰と至福の万華鏡――医師のモルヒネ体験告白

【あらすじ】

医師ウラジミール・ミハイロビッチは、大学時代の仲間であった医師ポリャコフから手紙を受け取る。困窮し危機的状況にあることがうかがえるものであった。ミハイロビッチは友のことを心配し、会おうと急行すると、ポリャコフが自死を図って瀕死の状態にあり、そこにはミハイロビッチ宛の手記が残されていた。その中には、中毒症状の進行とともに露わになる人間荒廃の過程が記され、薬を渇仰する姿に狂気と戦慄を覚えるほどだった。禁断症状の苦痛と、接種後の多幸感とが、あたかもプリズムを覗（のぞ）くかのような臨場感あふれる描写によって語られる。

▼ブルガーコフとは誰か

ドストエフスキーやトルストイという名前は、ロシアの作家だと誰でも知っている。しかしブルガーコフという名前を知っている人は少ないだろう。いま彼の作品を手にしようとすれば、池澤夏樹編『世界文学全集　第5巻』（平成二〇年四月、河出書房新社）収録の「巨匠とマルガリータ」（水野忠雄訳）が手っ取り早い。あるいは岩波文庫で、『悪魔物語』などを読むこともできる。

ブルガーコフについて概略を紹介すれば、ロシア革命時にソビエト体制の風刺物語を描き、そのため国家当局から作品発表の場を奪われ、病気を内攻させ急逝していった作家だったといえる。その能力はスターリンに注目され直々の電話を受けながらも、国外移住がかなわなかったという伝記をも残している。

ブルガーコフは、一八九一（明治二四）年五月、ウクライナのキエフに神学大学教授の子として生まれた。のちキエフ大学医学部を卒業し、はじめ外科医として赴任する。その後一九一七（大正六）年、治療に携わっている間に、この物語の原体験になるモルヒネの中毒におちいるが、妻や義父の力添えで回復する。物語中の麻薬中毒症状描写が奇妙にリアリティを持つのは、ここに由来する。

ロシア革命の動乱が続くキエフで、彼はウクライナの独立を目指すペトリューラ軍や反革命の白軍（白衛軍）の軍医として動員されるが、その後軍務を解かれる。彼は悩んだあげく一九二〇（大正九）年、医師のプライドと免許を捨てモスクワに出る。生活のため「商業産業新聞」や鉄道従業員組合の機関紙「汽笛」の編集に携わりながら、作品をいくつかの新聞に投稿することを始める。いわゆる職業作家への転身をはかりはじめたのであった。やがて『白衛軍』が完成すると反革命陣営に肩入れしたという評価を受け、ソ連では単行本化が出来なくなり、のちパリで刊行される。他方同時代のゴーリキーやその他の知識人で、ブルガーコフの能力を認める者もいた。

小説家としての活動が困難になった事情を知り、モスクワ芸術座文芸部長マルコフは、ブルガーコフに戯曲の執筆をすすめる。そこで出来上がった作品が、戯曲『トゥルビン家の日々』だった。これはその後モスクワ芸術座で初演され成功を収めるが、あるとき「白衛軍の追悼劇」との刻印を受け、上演を禁止されるかたちに追い込まれる。ここで彼の戯曲家・作家としての道が閉ざされてしまうのであった。のちブルガーコフは落胆とともに閉じこもり、『モリエールの生涯』、『劇場』、『巨匠とマルガリータ』の執筆に専念し、発表の当てのないままに苦悩の日々を送る。そして一九四〇（昭和一五）年、腎硬化症に冒され失意のうちに他界する。現代からいえば気の毒な後半生だったといえる。再評価はスターリン批判の後行われはじめ、ゴルバチョフの登場以降『悪魔物語』『犬の心臓』の公刊が行われた。

代表作『巨匠とマルガリータ』は、〈巨匠〉と呼ばれる小説家と愛人マルガリータの話を一つの世界に据え、黒魔術を使う教授ヴォランドとその一団によるモスクワ破壊工作をもう一つの軸にして展開される。一九二〇年以降のモスクワと、紀元前後のユダヤ地方の総督でキリスト処刑に関与したピラトが登場する世界とが行き来する物語になっている。奇想天外な出来事を交錯させながら、権力、自由、国家、個人とは何かを訴え掛ける内容になっている。

詳しく紹介すると、〈巨匠〉はピラトとイエスを主題にした作品を綴ったために、編集者や評論家から異常な攻撃を受け、性格破綻者として精神病院に収容される。しかしその後、ヴォランド教授がモスクワに現れると次々に奇怪な事件が起こる。それらは、かつて〈巨匠〉を無き者にした者たちへの復讐の如き観があった。編集長の轢死（れきし）、精神錯乱者の続出、劇場の天井からの紙幣の乱舞、火災の連続と、これらは一九三〇年代ソ連社会の実態を暴くという意味合いをもったものといえる。

この紀元前後のユダヤ世界と一九二〇年代のモスクワという対峙軸には、不遇の作家ブルガーコフの苦悩が濃厚に盛られていることは説明するまでもない。神学校教授の息子が考え出した、西洋歴史の根幹ともいえる構図でもあったのだ。最近の論評では少々難解だが加藤典洋氏が、「独裁と錯視―二〇世紀小説としての『巨匠とマルガリータ』」（平成二三年五月、「新潮」）で、物語は「人間の強さと弱さのそれぞれの光を、いずれもかけがえのない明度で、明るみに出し」たものだと語っている。

▼モルヒネの発見と現代

モルヒネという物質は誰によって発見されたのかといえば、医師長谷川栄一『新医学ユーモア辞典』（平成一三年二月、ミクス）その他によれば、こうある。――ドイツ人ゼルチュルナー（一七八三〜一八四一）は牧師の家に生まれたが、もともと薬に関心をもち、はじめ薬局の見習いとして働くがのち薬剤師になり、アヘンの麻酔作用に強い興味を抱いた。そして、その有効成分抽出作業に情熱を注ぎ、遂に純粋なかたちで分離することに成功する。彼の業績は、この物質が窒素を含む塩基系有機化合物、つまりアルカロイドの一種であることを明らかにした（一八一七年）ことであった。彼は、睡眠の神ソムノスに仕える夢の神モーフェスに因み、モルヒネという名をつけた。実に意味深い命名であったといえる。その後モルヒネは皮下注射針の開発とともに普及し、南北戦争では傷病兵の鎮痛のため多く使われたが、中毒による四〇万人を超える被害者を生み出したともいわれている。

さてモルヒネになぜ鎮痛作用があるのか、ヒトの脳や神経系にモルヒネと作用する受容体があるのではないかということで研究・実験が進み、一九七二年、ジョンズ・ホプキンス大学のS・スナイダーとC・パートにより、これが明らかにされて世界に衝撃を与えた。ところで例えば強い痛みやストレスを受けると、人間の体にそれを緩和させるような作用をもつ物質が作り出されることはおよそ見当がつく。それは熱いものに触って人が無意識のうちに避けようと体の一部がとっさに動くことに通じているだろう。この作用に脳内の内因性麻薬物質のようなものが関わっているのではないかということから、一九七五年にスコットランドのアバディーン大学で研究していたヒュージが、脳内化学物質としてのアミノ酸からなるエンケファリン（体内モルヒネ）を発見する。これは痛みを抑える作用のある神経伝達物質であった。さらにこれが脳以外の神経系にも存在することがわかったのである。

この脳内の受容体や神経伝達物質と密接に関わるモルヒネに注目して疼痛緩和治療への利用が盛んになり、それとともに薬の開発も進んだ。日本でも、これまで麻薬として厳しい規制の下に置かれていたが、近年はがん患者への緩和治療のひとつとして積極的に使用されるようになってきている。ただし、その一方で麻薬としての恍惚境の世界もあることは否定できない。がん患者が疼痛緩和のために投与されたときの心境と麻薬患者が求める恍惚境とは通じているのだろう。モルヒネを投与されたがん患者の末期の心境を中毒患者となった男が語り出す物語が、ブルガーコフ『モルヒネ』だという曲解も成り立つのではないか。これはあくまで牽強付会のものいいかもしれないが。

ブルガーコフ『モルヒネ』は、混沌としたロシアを舞台にしてまた極寒の気候を背景として、ひとりの医師が破滅に陥り、もがき苦しむ一方多幸感を味わう様子を奇妙なリアリティをもって描き出している。それは革命時から多くの時を経た現代、ロシアから隔たった日本でありながら読み手に不思議な現実感を覚えさせる内容になっている。

▼痛みと多幸感

物語は、大学時代の仲間であった医師ポリャコフから出された手紙を、友人ミハイロビッチが受け取るところから始まる。どこか太宰治の『人間失格』の手記を髣髴(ほうふつ)とさせる。『人間失格』の主人公大庭葉蔵も薬物中毒で悩み、葉蔵の死後バーのマダムをして「葉ちゃんは、いい人だった」と言わしめている。

さて、手紙を受け取った友人の医師ウラジミール・ミハイロビッチは、急いでポリャコフに会うため、職場の上司から仕事の休暇を貰う。彼がポリャコフの住む田舎に向かうための準備中、友の安否を危機的緊迫感をもって語り出すところが印象的だ。このミハイロビッチの心配に重なるように、残念ながらポリャコフは自殺を図る。そのポリャコフが残した手記が、彼自身の窮迫生活を語り出すという格好になっている。季節は厳しい冬で、この寒さこそロシアという風土を如実に物語り、他の土地から隔絶され孤立したところで生活を余儀なくされているのだという閉塞感を浮き彫りにしている。

なぜ医師ポリャコフは、薬物モルヒネに手を染めるようになったのか。物語では、次のように説明される。医師ポリャコフが、「寝ようとしたら急に腹痛があった。相当な痛みだ、脂汗が額に滲み」「全く青ざめた顔」の状態になる。医師という職業柄自分自身を「綺麗な肝臓や腎臓を持って」いて、「胃腸にも」「異常がない」はずなのに、なぜ「呻（うめ）きながら」「夜中にベットで転げ回るような痛みが起きるのか、判断が出来なかった」と、この異常な様子を診断した同僚の女性医師が、「モルヒネを注射するしかなかった」と解説する。

疑り深い読者なら、なぜこのような痛みで単純にモルヒネを使用したのかといぶかる方もあるかもしれない。がここはポリャコフは医師であり、本人の申し出で、肝臓・腎臓・胃腸に悪いところがないのに、「呻き」を伴った七転八倒の痛みがあり、それに対して第三者の医師が一時的に「モルヒネを注射するしかなかった」のは鎮静のためと読むしかない。ただブルガーコフの伝記（ボリス・ソコロフ『ミハイル・ブルガーコフの三つの人生』一九九七年、エリス・ラーク社／石原公道訳）を読むと、「おそらくブルガーコフのモルヒネ中毒は、気管切開の不幸の結果のみではなかったろう。その原因たるものは深いところで係わっているのだ、ニコーリスコエでの暗澹（あんたん）たる生活に。都市の娯楽、快適さに慣れたミハイルには、必要に迫られた村の生活習慣に、おそらくは辛く痛みを伴って耐えてはいた」という推測が記されている。ここには現実の「気管切開」の時の不手際と、合わせて極寒の僻地への嫌悪感が色濃くあったと解説されている。

だが作品を注意深く読んでみるなら、ポリャコフには、オペラ〈アイーダ〉でアムネリス役を演じた女性に逃げられたという体験があり、彼女の面影を忘れ去ることがモルヒネ依存の一つの契機になったことが示唆されているようにも読める。だがこの小説の重点は彼がなぜモルヒネに手を染めるようになったかという動機よりも、むしろモルヒネの中毒症状と、それによる人格破壊への様相や接種後の恍惚境の描写に比重が置かれていると判断される。そこで、そのポリャコフが接種したモルヒネの効用を確認してみる。

> 痛みは少しも中断することもなくうねりながら続き、私はあたかも焼けた金挺（かなてこ）を腹に刺し込まれ、ねじりまわされているかのように息も絶え絶えに喘（あえ）いでいた。注射後四分すると痛みが波形になるのがわかるようになった。

この「痛み」が、「焼けた金挺を腹に刺し込まれ、ねじりまわされているかのよう」であったと、熱く強烈で絶え難くかつ苦痛の極みだったと説明される。ここには熱と抉（えぐ）られるような「喘」ぎという、日常では体験できない苦しみの極限のうめきが解説される。この耐え難い「喘」ぐ全身の苦痛から解放してくれたのは、他ならぬモルヒネであったのだ。この薬物こそ、苦痛からの解放を保証する千金の賜物だったのだ。

> まず最初の一分間は頸（くび）に触れられているような感じがする。これが温かくなり拡がってく

る。二分目に入ると、突然みぞおちに冷涼な波が走り、引き続き異常に明るい感じがあり、爆発的に仕事が良く出来るようになる。すべての不快な感覚は完全に消失する。これは人間の精神の最高の発現だ。

苦痛で顔をゆがめる「痛み」が、「接種」後には「冷涼な波が走り」という身体感覚に変わる。あくまで筆者の解釈だが、薬物が神経に作用して血管の拡張を促し、次いで消化器系臓器に刺激を与え、精神に「明る」さをもたらすというふうに読める。さらには意欲という積極性を生み出し、次いで「不快な感覚」を消滅させるのだ。ここでは世界を肯定的に眺めるまなざしが作られ、さらに明るさと充足感が形成されて行く。もう少々いえばこの明るさと充足感こそが、精神の高みへ連れていってくれるものだと説明しているようにも思われる。それはまた裏側からいえば限定的だが人間にとって幸福な状態だと力説している感じを与える。加えてこの状態が「爆発的に仕事が良く出来るようになる」という意欲の導火線に点火することをも解説する。平常の精神状態では得られない特別な意欲というべきだろう。

だがモルヒネ接種は、右の状態に留まらない。更に舞い上がるような幸福な状態に人を誘うのだ。

夜明けの時の主体は今まで経験が無かった。これは二重の夢だ。

しかも、その夢の主体はガラスのようなものと敢えて言いたい。透明である。

こういう事なのだ。――途方もなく明るいランプが見える。そのランプから光のリボンが色とりどり煌々と輝いている。アムネリスが緑の羽根をそよがして歌っている。オーケストラは、この世のものとも思えぬほどに素晴らしい響きである。しかし、これを言葉で伝えることは出来ない。要するに、正常の夢では音楽には音がない……(正常？　更に言えば、どんな夢を正常と言うのだろう！　冗談だが……)音がないといっても、私の夢では音楽は真っ青な天空から聞こえてくる！　そして、最も興味あることには、この音楽を高くしたり、低くしたりできるのだ。

誰でも、時として色の付いた夢を見るということは聞く。がここではそれがより顕著なかたちで現れ、ポリャコフは歓喜をもってそれを受け入れその世界に吸い込まれるように入って行く。ただ注意深く確認してみると、彼は、客観的な立場から自分の主体と夢の空間とを識別しているのに気が付く。その世界全体は、「透明」な「ガラスのようなもの」で覆われ、「途方もなく明るいランプ」が「光のリボン」として「色とりどり煌々と輝いている」というのだ。そして彼のもとを去ったと解釈される女性が演じた「アムネリスが緑の羽根をそよがして」というように形容される。ここまできて読者は、何を考えるだろうか。色彩のまばゆい空間に、かつての憧れの女性が浮かび、歓喜の情を引き起こすのだ。

まずはこの「緑の羽根」という色彩語に注意を凝らしてみよう。書き手がロシア人であることは紹介した。色彩語の奥にある感情・心理を紹介した大山正編『新編　感覚・知覚心理学ハンドブック』

（平成六年一月、誠信書房）に拠ってみる。この辞典は、心理学やその他近接領域を研究しようとしている人たちが必携にしているもので十分信用していい。

「緑」については、一九三〇年代のヘベナーから一九六〇年代のシャイエまで一六人の心理学者の解釈を列記したものをまとめると、「くつろいだ／感情の統制」「若々しい」「安全な／心地よい／穏やかな／平和な」「新鮮」などというイメージが、喚起されるという。さらに共通項を引き出すとすれば、「穏やか」「くつろいだ」「若々しい」という情緒的な意味があるという。モルヒネ接種で、精神の高揚がこのような情緒に人を連れ出すのであろう。物語のなかのポリャコフが、ロシア人であることを考えればヘベナーらの説明は十分な説得力を持つ。

さらに「夢の主体はガラスのようなものと敢えて言いたい。透明である」という部分にこだわりたい。モルヒネ接種後の恍惚境として三度以上「透明」という言葉が使われる。この概念を説明した著作を探したがなかなか見つからなかった。そこで色彩工学専攻で近畿大学准教授の片山一郎氏にうかがってみた。するとドイツのデビット・カッツという心理学者が、一九三〇年代にその著作で紹介しているという。残念だがそれ以降の研究でもカッツの水準を凌駕するものは出ていないとのことであった。重ねて邦訳はないとのことで英訳者R B Macleod and C W Foxの『The World of Color』（Routledge 1999）を片山氏に日本語訳していただいた。その四章に、「透明」の定義が出てくる。「催眠状態ではいくつかの色が他の色を通して見える場合」があり、「色の背後に物体が存在するような幻視が病理学的に存在する」という。さらにカッツの実験では、「物体の表面構造や輪郭の明瞭さが低下」し、「自然界ではめったに遭遇することのない印象」だとも説明している。

整理してみよう。「透明」とは、「幻視」であり「物体」の「輪郭の明瞭さ」が低下する状態だという。モルヒネ接種で、異様な爽快感が訪れるのだがそれは他方、名状し難い疎外や隔離の感情ともいうべき膜を形成することがあるというのであろうか。

加えて「言葉で伝えることは出来ない」ほど「素晴らしい」心境に、色彩の世界と同時にここでは「音」が融合する世界になっている。ここが通常人が見る夢と違うところである。モルヒネ接種の特異性なのだ。「アムネリスが緑の羽根をそよがして」「オーケストラは、この世のものとも思えぬほどに素晴らしい響き」とある。ヴェルディのオペラ〈アイーダ〉に登場するエジプト王の娘が、「アムネリス」だ。この「アムネリス」に仕える役が、アイーダ（実はエチオピアの王女）だ。古代エジプトとエチオピアの二つの国に引き裂かれる悲恋を物語った歌劇が、この作品である。アイーダにくらべ、よりきらびやかで美しい存在がアムネリスといえようか。アムネリスが歌う背景には、重厚な響きを奏でる楽団が控え、それが「この世のものとも思えぬ」ほど荘重で見事なものとして耳に入るという。

さて物語の主人公が夢見る世界は、歌劇の空間で色彩と音響の混淆（こんこう）の異界であったのだ。それは歌劇の楽団が奏でる荘重ともいうべき響きが誘うどこか恍惚とさせる幸福感なのだと。これはヨーロッパ人の夢想する文化様式の世界であると断言していい。筆者も平成二〇年四月一九日、東急文化村のオーチャードホールで歌劇『アイーダ』を観劇した際、そう実感した。この色彩と音響との混淆という世界は、麻薬中毒患者の頭の中の宇宙を説明したものなのだろう。方々を当たったところそれは共感覚という、神経・心理症状であることを教えられた。

神経科医シトーウィックの『共感覚者の驚くべき日常』（山下篤子訳　平成一四年四月、草思社）には、

ものを食べると、指先に形を感じる。音を聴くと、色が見える――。一〇万人に一人という、この共感覚を持つ人たちは、全く正常に暮らしており、本人が告白しない限り共感覚者かどうか見分ける方法はない。それどころか、共感覚者は特異な記憶能力を発揮することさえある。また、カンディンスキーやナボコフなど、共感覚のある芸術家も多く、その作品に影響をおよぼしているという。

という記述がある。夢の中とはいえ視覚（色彩感覚も含む）と聴覚とが融合しているのだ。シトーウィックによれば、ものを食べていて、指先にかたちを覚える人もいるという。事故で腕を失った人が、ない腕や指の先にものを触ったときに覚える感覚（幻肢）にどこか通じるものでもある、という説明をする人もある。他に心理学者でハリソン『共感覚』（松尾香弥子訳　平成一八年五月、新曜社）には、「ＬＳＤ（筆者注　幻覚剤の一種）を使うと音楽に視覚を感じるという報告がある」という興味深い指摘がある。ポリャコフの夢の中に登場する色彩と音響との関係、あるいは音量の高低までも左右することが出来るという意思表示は、共感覚者のそれであるといえようし、麻薬としての

モルヒネ摂取後の幻覚の症状といえるかもしれない。

人をここまで誘い込むモルヒネの薬理作用とは如何なるものであるのか。前昭和薬科大学教授の北條博史氏に、うかがってみた。氏によると、薬理作用は一〇種以上もあるという。そのいくつかを列挙すると、誰でも想像する鎮痛作用。鎮静作用としての眠気、思考力の低下。呼吸抑制作用。便秘。鎮咳作用（咳止め）。催吐作用。掻痒（かゆみ）誘発作用、精神混濁。多幸感などという。この最後の多幸感を求める姿が中毒の症状なのだろう。人間の脳神経にモルヒネを受け入れる受容体があることははじめの部分で述べた通りである。鎮痛作用と多幸感は別なものだろうが、延長していくと両者は通じているのではないかと素人は想像するのだが。実際は判らない。北條氏の報告によると、モルヒネによる急性中毒症状は、投与後初めの興奮期に眩暈、心悸亢進、発揚などがみられ、ついで麻酔作用が現れ、熟眠、失神、呼吸不整、血圧降下などを起こし、体温降下、呼吸停止に至るという。成人の致死量はふつう〇・三グラムという。物語のポリャコフは、相当のモルヒネを投与していたと判断してよい。

▼禁断症状

ポリャコフのモルヒネ摂取後の多幸感には、夢の中の「音」の世界の心地良さ、色彩としての穏やかな情緒的雰囲気、これらが融合して無重力のような異界に浸ることが理解できた。このモルヒネ摂取後を、ポリャコフは次のようにも紹介する。これまで説明してきた多幸感のそれとは違うものである。

注射後たちまち穏やかな気分になり、すぐに一時的な有頂天と幸福感になる。これが一、二分間だけ続き、その後は何も無かったかのように、跡形もなく消えてしまう。そして又痛みと恐怖と暗闇になる。春は轟き、黒い鳥は裸の枝から枝へと飛び廻り、遠くて剛毛のような荒れた黒い森が天に拡がり、その向こうでは、春の初めの夕焼けが空の四分の一を占めて赤く燃えている。

モルヒネ成分効果が薄れるとどうなるのか。「幸福感」は、「痛みと恐怖と暗闇になる」とある。そして、「黒い鳥は裸の枝から枝へ」移るとある。この「黒い」色は、何を物語るのか。希望がもてなくなることを意味するのか。あるいは裸形というむき出しの物体と物体の間を、暗い憂鬱なイメージの生き物が飛ぶというのか。

一方で、空の「四分の一」では、「夕焼け」が「赤く燃えている」というのだ。「赤」い色は、自明の理だが暖色系で、なにかしら意気の高揚を内包させるような感じを与える。モルヒネ摂取後は、「一時的な有頂天と幸福」感を得ながら、他方急速に「黒い鳥」の登場に変容するのだ。この暗さ、あるいは鬱陶(うっとう)しさへの変わりようは、あまりにも急激である。あるいは「又痛みと恐怖と暗闇」を避けるため、モルヒネへの「渇望」というかたちをとるのだろうか。

中毒は、他人に知られたくないもの、公にされたくない秘密めかしたものだろう。それは自己の快楽であっても他人には広められないため、時として「これは悪魔と私の血が混ざったものなのだ」と、表現されるのだ。この「悪魔」と表現されるものの実態は、何なのか。

一ないし二時間で死がゆっくりと患者を捕らえる事になる。空気が少ない、しかもそれを吸うことも出来ない……体内には飢えていないような細胞はないのに……何に？　それははっきりは言えないし、説明も出来ない。一言でいえば、もう人間ではないのだ。断絶してしまったのだ。動いたり、退屈したり、苦しんだりしているのは死体なのだ。モルヒネの事以外には何についても考えたくないし、考えるつもりもないのだ！

渇きによる死は、モルヒネへの渇望に比べたら、素晴らしい至福の死だ。モルヒネへの渇望は、きっと生きたまま埋葬された人が、柩の中の僅かばかりの空気を捉え、胸をかきむしるようなものだ。火刑の異端者が、自分の足を火炎の舌に嘗め(な)られ始め、呻(うめ)き声をたてて身を捩るようなものなのだ……、死、それは渇いた、ゆっくりとした死だ……

右の引用のはじめの部分を注目していただきたい。「飢え」という感情を、二重否定で強く肯定する。何故そうした言い回しを、使わなくてはならないのか。そこには自分が周囲から、何かしら正当に認められない状態にあるのではないのか、という後ろめたさや周囲からの侮蔑を意識した感情が潜んでいるのではないか。「生きたまま埋葬された人が、柩(ひつぎ)の中の僅かばかりの空気を意識し、胸をかきむしるようなものだ」という死の直前のような切迫感があると解説する。あるいは非常に閉塞的なところで、呼吸もし難いという絶望的情況が語られるのだ。

あるいは宗教的に周囲から認められない「異端者」が、火になぶられ熱さにあえぎ「呻き」悶え、心をかきむしられる心境だというのだ。自分のすぐ目の前には、「渇いた、ゆっくりとした死」があるだけだという。現代の読書好きな日本人なら、何を想像するのだろうか。「火刑の異端者」ということばに遠藤周作の小説『沈黙』を連想する人はいないだろうか。あの小説に登場するのは海岸で木に括(くく)り付けられ溺(おぼ)れさせていく刑罰が出てくる。潮の満ちる時刻とともに寄せる波が、呼吸と生きる活力を奪う惨(むご)たらしいものだ。

ブルガーコフの『モルヒネ』は、正確に言えばそれとは違うが「身を捩(よじ)るようなものなのだ」と表現される。『沈黙』より切迫した身体感覚だ。「空気」のないところで、酸素の「飢え」を意識する。それは肺の臓器が、あるいはからだの皮膚が、全身体の神経と連動して異常な渇望の症状を呈しているのだ。ここまでは身体の感覚の描写である。

さらには、「私には道徳的人格の崩壊が始まっている」という、社会的認識の変容ぶりを解説する。この延長線上で「サラサラという音にも脅え、薬が切れると人嫌いになるのだ。人が怖い」という感情を持つ。他人に迷惑をかけてはいないと述懐しながらも、「人格の崩壊」で実は同僚の女医に煩(わずら)わしく嫌な思いを散々させ、公的薬剤としての病院のモルヒネを医師の権限を借りて私的に流用するのであった。その光景を同僚の女医は、心痛のまなざしで眺め忠告し詰問をもする。だが中毒患者と堕したポリャコフは、この女医の忠告の真意を考えるゆとりはないのだ。

私は（乱暴に）言った。

「鍵をよこせ！」

鍵を彼女の手からもぎ取った。

そして、泥道に敷いた腐りかけの木歩道を渡り、夜明けで白くなった病院の建物の方へ行った。怒りでむしゃくしゃしていた。とにかく、皮下注射用のモルヒネ液の調整法がなにもわからないからだ。（中略）歩きながら震えていた。


モルヒネを切望するあまりポリャコフが、我慢しきれず同僚の女医師に「乱暴」且つ反社会的な行動をとる場面である。禁断の症状に耐え切れなくなったポリャコフが、激高のあまり「震え」を覚え「歯を剝き出す」ように語りだす様子は、尋常な人のそれではない。物語のこの場面は、同僚の女医師の取り計らいで済んだが、医師として活動できなくなり法的制裁を受けねばならない状況でもある。他人に対する迷惑の域を超えているのだ。禁断の症状が示すこの行為は、社会に対する反道徳的・反法律的であり許しがたいものである。わずかの時間経過の後ポリャコフは、「彼女に思慮のない乱暴な言動を詫びた」と反省するのだが。禁断症状の困難さは、単純ではない。物語の推移は、主人公ポリャコフの精神の破綻とまではいかないものの相当重症な患者の様相を呈する。そして結末は、自殺に終わるのだ。

▼中毒と現代の依存・嗜癖（しへき）

主人公ポリャコフのような反社会的な行為は、薬物の恐ろしさとして、昔からあったものだ。このような症状が、果たして現代社会に通じるものがあるのだろか。精神科医で『よい依存、悪い依存』（平成一四年一月、朝日新聞社）その他で著名な渡辺登氏は、かなり早い時期から嗜癖という症状を紹介していた。個人的にその習癖やこだわりをやめたいと意識しているのだが、やめられない症状のことである。かつては依存という表現で説明されていたが、いまこの嗜癖という概念に変わりつつある。

同じ精神科医片田珠美氏は、一般向けの書物『やめたくてもやめられない』（平成一九年一二月、洋泉社）を出版した。それは、現代社会の精神的病巣の一面を依存症との関わりで指摘したものでもあった。その中で

> こうした「薬物なき依存症」とでも言うべき病態が、最近とくに若者の間で増えており、「依存症」に代わって「嗜癖（Addiction）」という概念が登場した。嗜癖の語源はローマ法の概念であり、自分の負債を返済できない債務者に、自らの身体で支払うことを命じるものである。負債の代わりに奴隷になれ、あるいは債権者に隷属せよ、いわば、「借金返せないんだったら、身体で払え」という命令である。

として、睡眠薬とアルコールを二〇年近くも続けた末に、多臓器不全のため緊急入院せざるをえなくなった某有名人の息子のことを文字通り「身体で支払った」例として紹介している。薬物だけではなく、飲食やギャンブルなどの行動に走ることで幾ばくかの安心を得て困難を逃避しようとする性向は、現代に限らずかなり昔からあったが、現代それが顕著だという報告である。その背景には、「成果主義」「負け組へ落ちることへの不安や恐怖にさらされ」「アルコール、薬物、買い物、ギャンブルなどの誘惑に抵抗できず、その奴隷になってしまう」という指摘がある。あるいは「欲望を肯定する消費社会」の「幻想」や、述べるまでもないだろうが「競争」社会の息苦しさもそこには関係するだろう。確かに曖昧であることや境界線領域にあることが許容されにくい世になってきつつある昨今が、この状況を反映しているのではないかという気にさせる。

物語のポリャコフの依存症の裏にも、必死で病気に取り組もうとする医師の誠意がある一方、恋愛体験、さらにはロシア革命時の混乱（ポリャコフの手記が書かれたのは、まさに革命の起きた一九一七年から翌一八年である）があった。精神の規範をどこに求めたらよいかわからないとき、あるいは欲望に打ち勝つことが困難なとき、人は時として「抵抗しがたい衝動」に走るのだろうか。

◉4 太宰治『HUMAN LOST』

パビナール中毒作家の苦悩

【あらすじ】

この物語は、東京板橋のある精神病院に、薬物中毒治療のため入院していた主人公「私」の一ヶ月間の日記を小説にしたものである。作品として断章形式が多く、話の筋が希薄なかたちになっている。入院当初は、説明のない、「なし」という記述の連続ではじまり、のち主人公が監禁されたときの状況、文学、妻、精神病院、聖書と文学史などの内容が断片的なかたちで語られる。もちろんこの物語が、強制入院のため、被害者意識、疎外感、不安感を色濃く反映した精神疾患者の記録という一面をとる。しかし、主人公の作家の側からすれば、これらの要素を逆手にとって、斬新な小説形式を模索したもの、となっていることも見逃すことはできない。

▼伝記とカルモチンと

太宰治は、困ると薬に走った。

この薬が高価なものだったとすれば、裏を返せば、かなりの自由や気ままが保障されていたということでもある。この背後には、太宰治の生家の財力があった。彼が物心つくころ、父親は青森県では屈指の多額納税者でもあった。近代日本の文学者で太宰治ほど、その履歴が、波乱万丈で多くの読者を惹きつけた作家は、いないのではないか。太宰の伝記は、相馬正一・長篠康一郎両氏によって実に興味深く詳述され、山内祥史氏の年譜で確かなものになった。これらの伝記や年譜をみると、並みの人とはかけ離れた疾風怒濤の半生で、周囲はさぞ迷惑だっただろう、という思いを抱く人もいるのではないか。

太宰治は、若いときから薬好きであった。年譜で最初に薬との関係を示すのが、昭和四年一二月の、官立弘前高等学校文科乙類時代の定期試験前夜の事件であったろう。思想問題に深入りし学業成績が急激に下降、そして青森市の芸妓小山初代との落籍問題が絡み身動きがとれず、定期試験直前に半ば狂言とも理解されるカルモチン自殺を図った。これは翌日下宿のお上さんに発見され、駆けつけた医者にカンフル注射をされ、のち意識を回復する。

カルモチンは、バルビツール酸系の睡眠薬で、太宰治が若かりしころから、いやそれ以前から、昭和六〇年頃まで使われていた。ただ副作用が問題となり、現在は使われていない。太宰の年譜でいえば、昭和四年頃の薬販売は、かなりオープンな感じで一般の薬局でも睡眠薬を簡単に手に入れることが出来た。カルモチンについては次の文献を参考にしたい。昭和六三年初版で、やや横文字が読みにくいが、薬剤関係者などによって今でもよく使われている文献である。

分類上催眠鎮静剤と呼ばれる。ブロムワレリル尿素製剤ともいわれ、ブロバリン・錠

Brovarin（日本製薬）がある。Bromvalerylurea は、一九〇七年 Soam が創製し、一九八〇年ドイツの Knoll 社から Bromural の商品名で発売された。わが国でも本剤やカルモチン錠（武田・一九一七～八二）が市販されていた。

（深井三郎『今日の新薬（第五版）』昭和六三年四月、薬事時報社）

昭和五六年までカルモチンは販売されていた。いわば大衆薬として市場に流布していたのだ。太宰治は、この薬を弘前の一般薬局から購入していた。そして前述した小山初代とのごたごたや、定期試験から逃れるための非常手段として使ったのだ。薬の注釈が続くが、先ほど引用したブロムワレリル尿素製剤とは、薬理上以下のような特色がある。

古くから使用されている緩和な鎮静、催眠薬で、即効性である。0.5～0.8 g の内服で20～30分後に催眠作用が現われ、3～4時間持続する。（中略）急性毒性：ヒトの致死量は10～20 g といわれるが、本品による急性中毒は近年著しく少なくなった。大量の内服により、錯乱し、見当識障害、運動失調、アルコール中毒類似の狂躁状態を呈し、次いで昏睡、呼吸抑制を呼ぶ。

（鈴木郁生監修『常用医薬品事典』昭和六〇年一一月、廣川書店）

致死量の数字も記されている。が、この薬品単独ですぐさま死亡というものでなかったのではないか。別の章でも紹介するが昭和二〇年代にみられた睡眠薬での自殺は、単独一種類のものではない。アルコールとの併用や、他の睡眠薬との併用の場合に限ってあったといってよい。

伝記の続きをみる。この事件の翌年の昭和五年四月に太宰は、東京帝国大学仏文科に入学。同年一〇月には、弘前高等学校時代からの愛人小山初代が太宰を頼って上京、本所区東駒形の一室を借りて、太宰は彼女を住まわせた。長兄津島文治が上京し、津島家との義絶を条件に結婚を認めた。一一月には結納を交わしたが、芸者を津島家の嫁に迎え入れることはできないという祖母の猛烈な反対があり入籍はしなかった。おそらく芸者と同棲して文人趣味を夢想していた太宰治にとって義絶の処置は、大変な衝撃ではなかったか。もやもやした心理を晴らそうと太宰は、同年一一月二六日銀座のバー・ホリウッドにでかける。そこで女給田部あつみ（一九歳）と知り合い、二人は意気投合する。二人は、二七・二八日を本所・帝国ホテル・浅草などで過ごし、二八日深夜鎌倉海岸七里ヶ浜小動（こゆるぎ）神社近くの畳岩とよばれる海岸に足をのばし、この場所で二人はカルモチン嚥下（えんげ）の情死を図る。二九日朝、二人とも鎌倉恵風園に収容されるが田部あつみは、まもなく絶命。

太宰治は、自殺幇助罪で警察に取調べをうけるが、当時父親は他界していたとはいえ、元貴族院議員津島源右衛門、長兄は県議会議員津島文治ということもあり、難を逃れた。田部あつみの絶命は、睡眠薬カルモチン大量服用によるものではなく、薬の副作用としての嘔吐現象で、直前に食べたものが彼女ののどに詰まっての死亡というものであった。このあたりの伝記考証は、長篠康一郎『太宰治七里ヶ浜心中』（昭和五六年四月、広論社）に詳しい。かつて昭和四八年六月筆者も、長篠康一郎氏の説明を聴き案内されて鎌倉に足をのばし、元恵風園勤務の医師中村善雄博士に話をうか長篠康一郎『太宰治　七里ヶ浜心中』
（昭和56年4月、広論社）

がったことがある。

また伝記にもどるが、ただ留置所からの解放という結末に終わっても、人間として作家太宰治の精神には深い悔恨を残した。いわゆる負い目である。何故なら太宰治は、のち昭和一〇年五月に、『道化の華』という小説を発表するが、その冒頭に「僕はこの手もて園を沈めた」というフレーズを記すことになる。ここでの「園」というのは、女性の名前である。物語のなかでは、心中未遂の相手になっている。なお『道化の華』の小節の仕組みについては、鳥居邦朗氏の解釈がある。

あるいは昭和一五年二月の『駈け込み訴へ』では、イスカリオテのユダのイエスに対する連綿とした語りが出てくる。この物語を一貫して流れるテーマのひとつに裏切りが色濃く反映されているが、この裏切りのテーマを描くに至った作家的動機を、渡部芳紀氏は作品を読み解く要素として負い目という問題を実証的に説明した。

すなわち太宰の側から見れば、非合法運動（東郷克美氏に興味深い指摘がある）に加担しながら離脱した負い目、薬物心中を図りながら自分だけ助かった負い目、郷土では庶民からすれば財産のある家としての負い目、実家には卒業すると公言しながらついに果たさず大学を中退する負い目等があったと。昭和五年の心中未遂事件は、繰り返すようになるが太宰治のなかで深い悔恨を残した。

太宰治と薬ということを考えるとき、さらにもうひとつの大きな事件が思い当たる。

昭和一〇年四月、太宰治は急性盲腸炎を起こし、阿佐ヶ谷の篠原病院に入院する。この手術後腹膜炎を併発して一時重態に陥る。一ヵ月後静養のため世田谷の経堂病院に移り、七月には千葉県船橋町に転居する。この時期の景観と心境を背景にした佳作が、『黄金風景』である。この物語は、病み疲れた作家が、幼少時にいじめた女中を思い出し更に現在の自分を振り返り、読み手をして涙腺を刺激させるものでもある。ここで問題になるのは、阿佐ヶ谷の篠原病院入院中、太宰は腹膜炎のため大きく腹部を切開したことで、病状が悪化し術後の激しい痛みに耐え難くなり、医師に鎮痛剤を哀願した。その際処置されたパビナールが一時的なものとして終わらず、太宰治の弱い性癖も相まって中毒へと傾斜することになるのであった。

七里ヶ浜海岸（長篠康一郎『太宰治七里ヶ浜心中』より）

昭和一〇年八月第一回芥川賞の選考が行われ、太宰の『逆行』と『道化の華』が候補となるが、石川達三の『蒼氓』が受賞する結果となる。この時選者のひとり川端康成の選評を読んで、太宰治は興奮、激怒する。太宰治は、直情的に抗議文『川端康成へ』（「文芸通信」昭和一〇年一一月）と題する一文を発表。他方川端康成もまた『太宰治氏へ、芥川賞について』（同誌　昭和一〇年一一月）で、応酬する。

川端康成は、「私生活に厭な雲ありて」云々と紹介したため、太宰治は激昂する。この「厭な雲」こそ、パビナール中毒を指していた。太宰が激昂したのは理解できるが、この時点での病気の回復はなかったというのが事実であったろう。例えばその後昭和一一年二月一〇日、佐藤春夫の紹介で芝区赤羽町の済生会芝病院に中毒治療のため入院したが、全治しないで同月二三日に退院する。

昭和一一年八月、太宰治は第三回芥川賞に再度落選すると、強い衝撃を受ける。有力候補に北条民雄の『いのちの初夜』と『晩年』が挙げられていたためであった。この時の鬱陶しい激情と憤りを、選者のひとり佐藤春夫にぶつける。それが『創世記』（「新潮」昭和一一年一〇月）の付録として発表される。太宰は、ここで佐藤春夫は自分に芥川賞をくれてやると個人的な約束をしたと暴露する。これに対して佐藤春夫は、『芥川賞』（「改造」昭和一一年一一月）という題名をつけた一文で、辛らつに、太宰治は薬物中毒患者で精神に破綻をきたしている病人だと罵った。

世間の人々は、この二人の応酬を醜い師弟関係とみた。太宰治の激昂は、感情的であったといってよい。かつて佐藤春夫の好意で病院に入院させてもらったが、太宰治の方ではそれに甘えかかったふしがみうけられたことが、現在の伝記研究で明らかになっているからだ。

▼パビナールへの傾斜

このパビナール中毒の深刻な症状については、友人知己には可能な限り秘密にしていたという。

しかしである、この時点すなわち昭和一一年夏から秋にかけて太宰治は、薬局からパビナールを購入するため友人や知り合いから、かなりの借金を繰り返していたという話が残っている。これは当時交流のあった人々の証言である。先ほど記した内密という表現は、太宰治の側からの見方である。いまここに知人の証言を引用するまでもなく、当時の太宰治の肖像写真を見てみよう。およその見当がつく。その見当とは、中毒の憔悴と異様な痩せ方である。

内縁の妻小山初代と津島家は、太宰治の中毒症状を深刻に受け止めていた。長兄文治からの願いで中畑慶吉と北芳四郎の二人が、井伏鱒二に入院の依頼を頼んだ。相馬正一氏の研究によれば、井伏鱒二は千葉県船橋町の太宰宅に泊まり掛けで出かけている。二人は、将棋を打ちながらよもやま話をし、時を過ごした。が、なかなか井伏にしても入院の話は切り出せなかった。翌日井伏は、相当の決心をして重い言葉を持ち出したらしい。将棋をしている相手、井伏がたびたび小説作法を説いてきた太宰治に対して、精神病院入院をすすめることは、実に苦しいものだったろう。精神病院という言葉は使わず、病院入院というすすめ方であったかもしれない。

昭和一〇年一〇月、やってきた車に乗って、板橋区江古田の武蔵野病院に強制収容というかたちで太宰は入る。それまでの太宰の側からすれば、内科の病院という観念や思いがあったらしい。が頑丈な扉が締まっ

昭和一〇年頃の太宰治（船橋にて）
日本近代文学館提供

てひとり取り残されたとき、太宰治はここは脳病院だ、私は精神病じゃないと叫んだらしい。だがここまでに辿りつくには内縁の妻、津軽の津島家、井伏鱒二、その他の親族たちにとっては、太宰の症状は尋常の域を超えていたという判断があった。

さて太宰が傾斜して深みにはまったパビナールとはいかなるものであったのか。

太宰が摂種していたのは昭和一〇年前後であったが、この薬は意外に歴史があり、すでに日本では大正時代から使用されていた。武田薬品から出ていたもので、平成の現在も使用されている。現在正式な名称は、複方ヒコデノン注射液（複方オキシコドン注射液）と呼ばれるものである。「武田医療用医薬品添付書」（平成一九年三月）には、劇薬、麻薬、指定医薬品、処方せん医薬品という注がついている。もちろんゴシック体でパビナール注ともある。

現在は、当然医師の処方で注射が施されるのだが、昭和一〇年前後あるいはそれ以前、医師の処方という概念はどのようなものであったのか。太宰の場合、訴えて薬局からむりやり購入した跡もみられる。『東京八景』には、それが記されている。ただ当時は時代そのものが、おおらかであったというべきところもあった。

パビナールという薬品は、いわゆる薬効別分類でいうとアルカロイド系麻薬（天然麻薬）というものに入る。合成麻薬とは違うものである。よく知られたアヘン散、モルヒネ、コデイン、オピアル等と同類のものである。薬品名は、先ほどの別名に更に言葉が付加されてオキシコドン塩酸塩水和物と呼ばれる。薬理作用は、「効力比で3～5倍強い鎮痛作用」「鎮痛作用のほかに、鎮静作用、縮瞳作用、催吐作用、消化管運動抑制作用等がある」（日本薬剤師研修センター編『日本薬局方医薬品情報二〇〇六』平成一八年一二月、じほう）とある。

太宰治が、手遅れ一歩手前の腹膜炎でひどい腹痛に悩んだとき、医師が太宰の懇願に応えようとして、この注射をしたことは理解できる。さらに右に引用した副作用としての「消化管運動抑制作用」は、食欲を抑える働きだろう。加えて前述の「武田医療用医薬品添付書」（平成一九年三月）によれば、その冒頭に〈劇薬〉の名称が付されている。さらに禁忌事項が、七つほど枠付きで列記されているのだ。〈重篤な呼吸抑制〉〈気管支喘息発作〉〈重篤な肝障害〉〈慢性肺疾患に続発する心不全〉〈痙攣状態にある〉などの患者には投与しないこととある。

副作用を超えて注意すべき事柄がいくつもある劇薬であったのだ。太宰治が若かったことも幸いしたのだろう。通常の用量は、一回三〜一〇ミリグラムとある。友人知己に嘆願して借金を繰り返していたとすれば、昭和一〇年六月頃の太宰は、相当な本数を摂種していた。中野嘉一『太宰治―主治医の記録』（昭和五五年七月、宝文館出版）によれば、当時太宰治は、一日に一〇筒から三〇筒をうっていたとの記録がある。中野氏は、太宰治が入院した武蔵野病院の勤務医であった人だ。

「過量投与」の徴候・症状には、「呼吸抑制、意識不明、痙攣、錯乱、血圧低下、重篤な脱力感、重篤なめまい、（中略）神経過敏、不安（後略）」などが紹介されている。太宰治の場合、同棲していた小山初代が一番身近にいたので心配は尽きなかったのだろう。太宰が、この「錯乱、重篤な脱力感、神経過敏、不安」に悩まされていたことは想像に難くない。すでに依存の症状は出ていた。それゆえ薬を求めて、周囲に金銭の嘆願に走っていたのである。

▼『HUMAN LOST』に残る疾患症状

さて太宰治は、武蔵野病院という精神病院に入り、一ヶ月余りで退院する。その後この入院生活で得た体験を物語ったのが『HUMAN　LOST』であった。

この小説は、アフォリズムと文章解説を重ねた日記、というかたちをとっている。それは太宰が小説形式を実験的に作ったという解釈も妥当だろう。ただこの小説は反面、太宰治が精神病院に入院し、自己と他者への融和をはかったものとしての解釈も可能だ。いままで述べてきたようにパビナール中毒が、物語の根幹にあったことは否めない。それは中毒を逆手にとって患者であったことをアピールしようとしながら、小説の現実性（リアリティ）を保障しようとした意図があった作品として読めるわけである。普通なら作品論の展開に伝記を引用するのは、注意を払わねばならないといわれている。だがここでは作品解釈の可能性として、伝記研究や解説を傍証しながら考えていきたい。

前述した中野嘉一『太宰治―主治医の記録』によれば、間違いなく太宰治は、パビナール中毒患者であった。中野氏によれば中毒患者の症状として、「苦悶状」「激しい悪寒」「全身倦怠」「不安」「興奮状」「顔面潮紅之落涙」などを挙げている。筆者は、これらの症状を含めて現在活躍中の薬剤師にうかがってみた。するとほぼ覚醒剤中毒に通じる症状だという返事が来た。

太宰の場合、依存の出る中毒により、周囲の家族やその他の人たちをも不安におとしいれ、最終的には精神病院に入院となった。『HUMAN　LOST』全編には、騙されて精神病院に入れられたという意識、すなわち被害者意識、あるいは自分は精神病院に入れられてしまうような人間だったのかという疎外者意識などが、色濃く反映されている。

物語の主人公からすれば、「苦悶状」なのである。「激しい悪寒」ということばの〈悪寒〉という感情の内実までを証明する表現はみられないまでも、〈激しい〉という感情はよく散見できる。「あらすじ」でも紹介した妻については、不義密通をしたのは当人だ。妻は、「私」の苦悩を少しも理解しなかったと、繰り返し述べる。「激しい」感情は、主人公の側に渦をまく。

例えば「ちくおんき慰安。私は、はじめの日、腹から感謝して泣いてしまった」の一文は、やはり動揺の激しい主人公「私」の心模様を反映している。ここにあるのは激情の吐露であるが、中野氏の言葉にある「興奮状」「顔面潮紅之落涙」に通じるものでもある。通じるものというよりは、〈興奮〉そのものであり〈落涙〉そのままといえる。主人公の精神状態は、やはり相当激しい揺れをもっていたというべきである。右の一文は、精神病院に強制入院させられて、はじめのころ蓄音機でレコードの音楽を聞かされ、その旋律やメロディに懐かしさや人間的優しさを覚えたのであろう。あるいは、癒される感情を強く持ったのかもしれない。「興奮」や騙されたという「激しい」感情は、まちがいなく主人公の根底にあった。

そして「感謝して泣いてしまった」という精神のありようは、時として妄想や強弁を生み出す。

　この日、退院の約束、断腸のこともあり。自動車の音、三十も、四十も、はては、飛行機の爆音、牛車、自転車のきしりにさえ胸やぶれる思い。

と、「退院の約束」などという自分自身に都合の良い解釈を施しながらも、実は自身の姿の客観化は、全くなされていなかったのではないか。「断腸」「胸やぶれる思い」などは、そこに至る前に状況の収束に対する期待があり、それが著しく意に反する結果が出ての感情の発露であったといえる。例えば覚醒剤を「乱用」し「続けていると」、「猜疑心にみちた妄想的解釈が目立ちはじめ、（中略）周囲が何か意味ありげに感じられる（中略）誤解と半信半疑の困惑状態が強くなる（中期反応）」（佐藤光源『覚せい剤精神病と麻薬依存』平成一六年一月、東北大学出版会）という説明がある。

激しい精神の振幅の揺れとともに「自動車の音」が、異様に拡大して聞こえるような状態や、「飛行機の爆音」というのも、本当にそうであったのかと思わせるような表記といえる。よほど空港に近い民家であれば別だが、少なくとも主人公が入院している板橋区の病院の真上を、低空で飛ぶ飛行機はまれであったと考えられる。とすればやはり「妄想」的思考が働いていたというべきかもしれない。あるいは「自転車のきしり」にさえ「胸やぶれる思い」を抱いたとすれば、どうしても異常な神経症的なこだわりが、そこにあったのではないかと判断される。

引用した一節は「不安」が高じて、特定の動力車の機械音が、主人公の耳にこびりついて離れない状態を紹介している件だ。いわゆる〈残遺性障害〉と呼ばれる症状がここにはある。何かその患者の意識や心の底に残ったような問題や音響が、時として強烈に思い起こされるものをいうのであろうか。それにより「不安」と「興奮状」が、あざなえる縄のようなかたちで心理模様を形成してくる。

この物語には、「我慢なさい」「しのんで下さい」という表現が目に付く。

「苦しくとも、少し我慢しなさい。悪いようには、しないから。」四十歳の人の言葉。母よ、兄よ。私たちこそ、私たちのあがきこそ、まこと、いつわらざる、「我慢下さい。悪いようにはしないから。」の切々、無言の愛情より発していること、知らなければいけない。一時の恥を、しのんで下さい。十度の恥を、しのんで下さい。

と、この前後では「辛抱」という意味だろうが、くどいほど表現されている。これらは、いまあることの苦しさに押し流されることなく、向上心を持ち続けるべきだというものであろう。曲解かもしれないが、中野嘉一氏が説くところの禁断症状のひとつを想起させられる。「苦悶状」というものがあるために、どうしてもその状態を脱するために「我慢」や「しの」ぶ、という方策が採られるのである。厄介な現実をのりこえる手段は、「我慢」という方法しかないというのである。あるいは「しの」ぶことにより、禁断症状をのりこえられるというものであろうか。「辛抱」の向こう側というべきところに、希望があるというのである。

また主人公は、たえず「いつわらざる」とか、「無言の愛情」とかいう、虚偽を否定し純粋な「愛情」の印を求めるような表現を繰り返す。そこには欺かれて精神病院に入れられた、という被害者意識が働いているといえよう。この被害者意識は、やや観念的な表現を使わせてもらえば、普通一般の人々からすれば精神的に陥没した場所で、呼吸をしなければならないという意識でもある。それは裏を返せば、どこか中毒患者の後ろめたい心理模様に通じる気配を、我々に伝えはしないだろうか。

あるいはこの物語には、強弁のかたちで訴えるという表現箇所がいくつも出てくる。誰にも評価されない男が、何とか自分自身の思いや考えを、認めて欲しいという姿である。その強弁のかたちを繰り返すのである。

　私は享楽のために、一本の注射打ちたることなし。心身ともにへたばって、なお、家の鞭の音を背後に聞き、ふるいたちて、強精ざい、すなわち用いて、愚妻よ、われ、どのような苦労の仕事し了せたか、おまえにはわからなかった。食わぬ、しし、食ったふりして、しし食ったむくいを受ける。

「享楽のため」でなければ、何であったのか。苦痛・疼痛を回避するためだけのものであった、というのだろうか。それでは一般社会では認められまい。読者としては、ここに妙な強弁のかたちをみる。「ふるいたちて、強精ざい」という。この精神病院に入らざるを得なかったのは、パビナール中毒を治すためだったにもかかわらず、「私」は「強精ざい」と強弁する。この強弁の背景には、自分は中毒患者としてあったのではない、という思いが強くあったのだろうか。しかし、この強い言い訳をすること自体に意味が示されているのだ。
例えば、覚せい剤依存のエピソードには、次のような報告もある。

急性期、離脱期、定常状態のいずれか判然としないが、猜疑心が増し、病的嫉妬や身辺の些事にこだわってその意味づけを過度に追求し続け、覚せい剤を使用するたびに確信したり半信半疑になることを繰り返す。

（佐藤光源・洲崎寛責任編集『臨床精神医学講座8』平成一一年六月、中山書店）

というのである。繰り返すようになるが、実伝記と作品を結びつけることを忌避する文学研究者が多いが、はっきりいえば太宰治の精神病院入院中、内縁の妻小山初代が、他の男と過失を犯していた。太宰治は精神病院退院後それを知り逆上する。この事実はあった。

物語の「妻」への猜疑心の叙述の部分である。

君には、ひとりの良人を愛することさえできなかった。かつて君には、一葉の恋い文さえ書けなかった。恥じるがいい。女体の不言実行の愛とは、何を意味するか。ああ、君のぼろを見とどけてしまった私の眼を、私自身でくじり取ろうとした痛苦の夜々を、知っているか。

ここにあるのは、執拗なまでに「妻」をののしる文章である。事実の問題もさることながら、薬物関連障害の専門書には、「猜疑心が増し、病的嫉妬や身辺の些事にこだわってその意味づけを過度に追求し続け」（佐藤光源）とあり、『HUMAN LOST』の主人公「私」の、「妻」への不審が、中毒患者としてのものでもあったのではないかと考えさせもする。

パビナールとモルヒネとを一緒くたにする気はないが、昭和一〇年前後の当時の薬学書によって中毒症状を解説すると次のようになる。

> モルヒネ中毒の一般的症状としては、皮膚の乾燥、栄養不良、羸痩（るいそう）、食欲不振、諸臓器並びに精神的機能の著しき減退等が挙げられる。また、禁断症状発現は先ず精神的に落着きがなくなり、次いで苦悶的となり、感情刺戟性となり、ヒステリー的になり、身体的には欠伸、唾液の分泌亢進、胃痛、悪心、下痢、遅脈等を起し、強烈な場合には虚脱状態または譫妄状態に陥ることもある。
> （松本竹二編纂『薬学大全第15巻』昭和一六年五月、非凡閣）

物語中の「私」に照らして言えば、当てはまるように思える。「羸痩」などは疲れやせることを意味しており、「食欲不振」「ヒステリー」なども、作家太宰治に引きつければ、先ほどの肖像写真や、佐藤春夫との感情的な論争などを振り返っても、よく理解できる。これら諸症状を勘案してもやはり太宰治は、中毒に陥っていたと判断して差し支えないのではないか。

これら「ヒステリー／欠伸／胃痛／悪心／虚脱状態」などの症状を緩和させるため、鎮静剤、催眠剤を主薬とするかたちで、これも前述した中野嘉一氏の著作に出てくる「スパミドール注射」や「ネオポンタージン注射」を施し、医師は太宰の精神の安定と沈静をはかったのであろう。あるいは「麻酔剤及び催眠剤を含まない故、習慣性、耽溺に陥る虞れがなく、また作用も比較的緩和であるから危険がなく、慢性モルヒネ中毒乃至軽いモルヒネ中毒には」（松本竹二編纂　同掲載）、「スパミドール」が効果を発揮したものと思われる。

ともあれ「猜疑心が増し、病的嫉妬」に悶えたのが、主人公「私」だったとすれば、ここでの「妻」への指弾は、「嫉妬」が異様に膨らんだかたちの印象は拭えない。それはまた、真実性を帯びて、主人公「私」の精神病患者という形容を、ますます濃厚にするような案配を、読み手に与えた。

▼救済としての聖書

さて前述のような「猜疑心」や「病的嫉妬」が、高じてくればどうなるのか。ひとつは激しい感情の爆発的言葉になることもあろうか。

求めよ、求めよ、切に求めよ、口に叫んで、求めよ。沈黙は金という言葉あり、桃李言わざれども、の言葉もあった、けれども、これらはわれわれの時代を一層、貧困に落とした。（As you see.）告げざれば、うれい、全く無きに似たり、とか、きみ、こぶしを血にして、たたけ、五百度たたきて門、ひらかざれば、すなわち、門をよじのぼらん、ここにあるのは連綿とした激しい感情の吐露である。この「求めよ」とは、新約聖書の表現と解釈しても外れてはいないだろう。なぜならこの箇所の後に聖書の記述が多く出てくるからだ。太宰治は、巧みに聖句を引用する名人でもあった。

少なくとも周囲に対する顧慮のみに拘泥しすぎて、自己の本懐を出せないのはうまくない、という意思表示である。とにかくむきになって「求めよ」という姿勢をとるべきだというのだ。「沈黙」は、「われわれの時代を一層、貧困に落とした」という。

あるいは人生の生き方を超えて、ここには小説の方法と主題とのありようを構想しての発言であったといってもよい。ここにある四度にわたる繰り返し、「こぶしを血にして、たたけ」という表現は、また精神の抑圧状態から解放されたものとしても理解できる。すくなくとも前に引用した「しのん」で、あるいは「我慢しなさい」という状態から抜け出したかたちだ、ということも出来る。結果的に主人公「私」は、病院に隔離された状態から少しでも自由になるためにはどうすべきかと考えるにいたる。そこで考え出されたのが、聖書の世界であったのだ。

この小説の後半部数頁には、聖書関連の表現が、六カ所以上出てくる。先ほどの「求めよ、求めよ」もさることながら、「十字架のキリスト、天を仰いでいなかった」あるいは、「タンポポ一輪の信頼を欲していただけ」という箇所から、「野の花を見よ」「何を着ようか。何を食べようか。思い煩うな」（マタイ伝六章）という聖句を想像するのは、筆者だけではあるまい。さらに「なんじを訴うる者とともに途に在るうちに、早く和解せよ」（マタイ伝五章25節）というように、加えて物語末尾の「汝らの仇を愛し、汝らを責むる者のために祈れ」（マタイ伝五章44節）などと、聖句やキリストや聖書の世界観を彷彿とさせる文章が、物語後半に続出する。

『HUMAN　LOST』の「マタイ伝二十八章、読み終へるのに、三年かかった」という一節は、多少大げさに響くが、太宰の著作や書簡をひもとくときあるいは聖書箇所を確認すると、昭和一〇年の『ダス・ゲマイネ』から、昭和一三年一〇月の作品まで二三カ所で引用した聖句は、一カ所ヨハネ伝を除くとすべてがマタイ伝である。このことを思うとき、太宰治がなにほどかの決意や執着心で、マタイ伝にこだわったことがわかる。おそらく精神病院に欺かれて入れられたという不信感がありながらも、どうすれば精神の安定が得られるのか、という問いの彼方で、太宰はマタイ伝を手にしていたのではなかったか。

あるいは中野氏のカルテ引用から伺（うかが）えることは、太宰は相当な中毒症状であったのであり、それが回復した後でも、人間不信だけの世界で生きていくことは難しいと判断したに違いない。物語の主人公「私」は、精神基盤を支えるものとして何があるのかと考えるとき、そこにどうしても規範的な概念を想定せざるを得なかったのではないか。揺るがないもの、こころの支えになるものということを思うとき、どうしても倫理や宗教の概念が持ち込まれるのは、こういう状況になった人だったためともいえよう。だがやはり太宰治その人自身本来持っていた倫理観にもよるところも、否定はできない。

太宰の小説にはじめて聖書が引用されるのは、昭和一〇年一〇月発表の『ダス・ゲマイネ』のマタイ伝五章である。しかしこの聖書の引用前に、太宰は、前述した昭和五年一一月の心中未遂事件で相当な負い目を引きずった。繰り返すようになるが、これは当時の太宰に実に大きな悔恨を残した。太宰はのち昭和七年に『思ひ出』を発表する。この物語の執筆動機を太宰は、次のように述べている。

けれども人生は、ドラマでなかった。二幕目は誰も知らない。「滅び」の役割を以て登場しながら、最後まで退場しない男もゐる。小さい遺書のつもりで、こんな穢い子供もゐましたといふ幼年及び少年時代の私の告白を、書き綴ったのであるが、その遺書が、逆に猛烈に気がかりになって、私の虚無に幽かな燭燈がともった。死にきれなかった。その「思ひ出」一篇だけでは、なんとしても、不満になって来たのである。

引用の「その遺書が、逆に猛烈に気がかりになって、私の虚無に幽かな燭燈がともった」という箇所を、清水氾氏は、「私はここに宗教的姿勢を見ます」(『天井と鉤と影　太宰治論』昭和四八年三月、小峯書店)と断言する。この部分からは、確かに生きるための明るさの到来というイメージを感じる。あるいは単純な明るさだけではなくどことなく倫理や精神基盤を求めようとする姿があるという印象も受ける。この倫理的印象や精神的基盤求道の概念を、多少発展的に考えれば「宗教的姿勢」という形容も肯けるかもしれない。前に記したマタイ伝の引用箇所を、紹介するまでもなく太宰はかなり聖書の世界や価値観に傾倒していたと考えられる。

『ＨＵＭＡＮ　ＬＯＳＴ』で、パビナール中毒から全治した主人公「私」は、精神病院入院体験記としての物語を報告として公刊した。それは完治した男の物語であったが、作品中にはかなりな部分に「猜疑心」や「病的嫉妬」がみられ、どうしても主人公「私」のこころは晴れなかったといってよい。さらには妻の不義密通を知り、焦慮の日々を送っての果て、自分は被害者だと強弁した主人公「私」。観念的言いまわしだが、社会の陥没した場所にうずくまらざるを得なかった「私」は、妄想に悩まされ、周囲の性格破綻者たちと一緒の空間で時を過ごし、なかなか安堵感を得られなかった。あるいは強い不信感からの離脱を夢想しながら、どうすればいいのか、という問題に対する解答を導き出すのは容易ではなかったのだ。

この難題に糸口を付けてくれたのが、聖書の世界観であったといってよい。四共観福音書とりわけマタイ伝に固執して、太宰治は、ゆっくりと且つ執拗に読んだ。伝記的にみても、昭和一二年四月発表が『ＨＵＭＡＮ　ＬＯＳＴ』だった。が、それ以前昭和一〇年夏頃より太宰治は、親族小館善四郎を通して、鰭崎潤と交際をはじめる。彼は、画家志望でありキリスト者でもあった。鰭崎は、以後塚本虎二の雑誌「聖書知識」や内村鑑三の著作をもって、船橋町の太宰宅にたびたび出向くことになる。

太宰は、聖書を精神病院入院中も読み込んだ。これは伝記年譜にある。この入院中の聖書の読み方も、その直前鰭崎との交流があったためと考えて差し障りはない。鰭崎が太宰にみせたものは、グリュネ・ワルトのキリスト画であったことは、言をまたない。物語『ＨＵＭＡＮ　ＬＯＳＴ』にみられる「鼻の丸いキリスト」という表現や、「十字架のキリスト、天を仰いでゐなかった」「実朝をわすれず」などという記述は、孤独な人間を示して明らかだが、鰭崎からの影響を無視することは出来ない。

太宰は、当時すなわち昭和一〇年前後に書簡で、たびたび鰭崎にむかって、「本を貸してくれ」という文言を葉書で綴っている。この渇望する精神世界は、聖書の世界観を暗示してあまりあるだろう。これら一連の伝記的事実と『ＨＵＭＡＮ　ＬＯＳＴ』結末部近くの六カ所以上の聖書の文言やそれに近い表現を想定するとき、作家太宰のなかには収束としてのこころの彼方に聖書の世界があったと言ってもはずれてはないだろう。

依存性中毒の症状を描きながらも、そこに物語の現実性を付与させ、ある程度の信憑性を獲得したような小説の結構を示しつつ、結果的に止揚の境地や小説の方法談義を展開させる。そこに新約聖書の文言を配置し、小説のかたちの保証をさせてもいるのであった。

中毒患者の叫びは、薬を読者に連想させながら、物語の推移としては周囲との融和の方向に向かったところで、収束するように案配されていると考えることも可能だ。

◉5　川口松太郎『媚薬（びやく）』

黒い丸薬の誘惑――宮内庁侍従の場合

【あらすじ】

宮内庁役人徳光は、派遣軍慰問使侍従、従四位勲三等子爵といういかめしい肩書を持つ。戦争中、前線に天皇の使いとして、慰問の酒を分配する仕事をしていた。小説の舞台は、中国の北京周辺である。彼は、軍から「天上から舞い下ってきた神人のような扱いを受け」た。ある日の休日、徳光がバス観光で知り合った中年の婦人と昼食をともにする。その際彼女のハンドバックからペットの蛇が顔を出し、徳光は仰天する。のち彼女と二人で酒を飲み、「黒い丸薬」を手渡される。ついロにしてしまうが、「媚薬」と聞かされ、彼は飛び上がるほど驚く。しかしその効き目に抵抗することは出来ず、徳光は肩書や仕事の責務を忘れたような行動をとる。

▼根源的な願い・欲望

聞くところによると、ドラッグストアや薬局では、金蛇精という精力剤がいま売れているそうだ。薬剤師に聞いた話だから確かだ。３粒八〇〇円、一瓶で五九八〇円だそうである。なかなかの値段である。人間には、元気を回復したいという願いが根源的にあるのだろう。その他にも捜そうと思えば、かなりの種類の精力剤が販売されている。サプリマカ、シリアス、夜王、性春源、威哥王など次々に出てくる。その数はかぞえきれない。宣伝文句も奮っている。男の人生に定年はありません。沸き上がる情熱。ギンギンみなぎる自信。実に巧みなキャッチフレーズだ。迷っている人がいれば、このうたい文句に思わずひかれてしまいそうだ。しばらく前になるが、バイアグラという薬品が登場し、かなり巷の話題になった。今もネット販売でよく出回っている。が、この名称を前にすると情緒が減退すると筆者は思うのだが。皆様はいかがか。

一方で媚薬なるものの存在もある。これは女性向きというというわけではないが、単純にいえば性欲を高める薬、恋愛感情を起こさせる惚れ薬、というものである。主に男性の精力減退の解消のために用いられるのが精力剤だとすれば、媚薬は男女兼用あるいは女性にとっての惚れ薬、興奮剤とでも言えるかもしれない。博物学的視野から媚薬を取り上げた立木鷹志氏の『媚薬の博物誌』(平成一八年八月、青弓社)には、「まず第一に、医学的に中枢神経を刺激し、催情、交感の増大、交悦時間の延長を齎すものがある。ストリキニーネやヨヒンベ、フエロモン、龍涎香、麝香などが、これである」と説明が続いている。現在巷に流布されているものには、セックスドロップ、セックスパウダー、絶対高潮、東京春婦、福源春カプセル、トラ哥、鹿胎丸、快活棒、モダンな娘と、いろいろあるらしい。需要は多いのだろう。

人類の歴史といってしまうと大袈裟になる。昔からあった。衣食住が足りれば、次に出てくる問題になるのかもしれない。人間の名誉欲が表側にあるものとすれば、裏側にある赤裸々な欲望として興味は尽きないのだろう。この人間の欲望は、根源的なものかもしれない。とすればいったん口にするとその効き目から逃れられない魅力のある媚薬とは如何なるものか。川口松太郎『媚薬』は、そんな問題を投げかける名短編だ。

▼物語の妙味

　この媚薬の効能は、物語中の表現を使わせてもらえば、「私みたいに売り崩した体でも初めて惚れた時のような心持ちになる」「手足がぬけてしまいそうな虚脱感に襲われ」「月に一度は人生の春を取り戻す事が出来る」という性質をもったものと解説される。

　さらに脇役の中年の婦人はいう、「然し興奮剤の類じゃありませんよ」と。しかし、「興奮」のない媚薬などあるのだろうか、とつい読者としては考えたくなる。この「興奮剤の類じゃありませんよ」という科白で納得する読者はいるまい。媚薬の定義に、「興奮」という形容は付きものではないか。

　主人公徳光は、この薬の嚥下で媚薬と聞かされ、「はね上」るほど驚く。これが物語のクライマックスの直前であるが。徳光なる人物を紹介してみる。彼は、「堂上華族」(明治以後の呼称、華族のうち、もとの公家の家系の人々)出身で、「学習院から帝大へ」進んだ後ずっと「内務省」勤務の役人であった。いわば堅物の人間だったといえる。

　時代は、日中戦争下である。挙国一致、軍隊礼讃一色であった。当然のことながら軍人たちの士気高揚が何より重視された。さらに天皇崇拝という思想があった。この天皇の使者という役割を担って、加えて華族出身の人間として、作者は徳光を主人公に選んでいる。徳光は、華族の出自であり、頭脳も優れ、帝大法学部に進んでいる。さらに歴史にも通じ、任地中国では、史跡を訪ね清朝隆盛期の「光緒帝や西太后」のありようにも思いを馳せる精神的ゆとりを持っている人間として紹介される。

この徳光は、「派遣軍慰問侍従」という肩書きであった。挙国一致の前線で奮闘している軍隊に対して、天皇の名の下に兵隊たちを鼓舞する役を担って赴いた。当然現地の兵隊たちは、徳光を恭しく扱う。侍従である。西洋風にいえば皇帝の使者である。絶対的権限をもって天皇のご意向を伝えるのが仕事である。現人神の使者であるからして丁重な敬意をもって、周囲の者たちは、彼を遇したのであった。そしてこの戦争そのものが、天皇の判断の下で行われているという考え方があった。この絶対の権限の使者が、前線の任務地に赴いてきたのである。当然のことながら、この生死が掛かっている前線の兵隊の精神を鼓舞したのであろう。

物語は、徳光子爵が公務を離れて休日を楽しむくだりから始まる。休日にバスで北京周辺を廻るというコースであるが、徳光は歴史の知識を備えている。即ち「光緒帝や西太后を知って居るお客は一人も居ない。清朝没落の夢の跡に幾分の感傷を感じたのは徳光一人であったろう」と解説される。「光緒帝や西太后」とあるが、万寿山とあるからには西太后であろう。彼女は、満州人で、中国の古典に通じ、書・絵画・音楽にも趣味を持つ才女であった。彼女が摂政となり、政治をほしいままにし、北京郊外に万寿山という見事な庭園付きの居城を構えた。日清戦争勃発前に海軍の費用を削り、彼女の居城の改修を還暦の祝いと称して強行したため人民の反発は大きく、戦争は敗北に終わり彼女は世の指弾を受ける。が日清戦争敗戦後も、西太后が実権を握り、まわりには保守官僚がとりまいていた。このような状況のなかで強行された万寿山改修とは果たしてどのような庭園であったのか、という想像を奮い立たせる。歴史を知っている者は、なおのこと興味をそそられる地点でもあった。

徳光は、バスのコースで万寿山を眺め歴史に思いを馳せた。その昼休み、ほとんどが家族連れや二人連れなのに徳光は、自分と同じような一人で参加している婦人に目が行く。

勿論全部が日本人である。毛色の変わった乗客と云えば徳光と彼の隣席に並んで坐った中年の婦人とであった。彼が見知らぬ女と並んだのも同伴者のない半端物同士であったからだ。

この女性と昼食を共にするかたちになった徳光は、途中席をたって戻ってこようとするときに彼女の行為に驚愕の念を抱く。引用が続くがご勘弁願いたい。

客のあらかたは食事をすましてテーブルを立ちバスの周囲に集まって湖の景色を眺めて居る。残って居るのは女だけであったが、彼女は皿の上の料理をつまみ、ハンドバッグの口金を開いた上へかざして居る。初めは何をして居るのか判らなかった。妙な真似をして居るなと思い、眸(ひとみ)をこらして見つめると、ワニ革製のハンドバックの中からニョキリと棒のように突立ったものが出て居る。紐に似て丸く長いものだった。その丸い棒の先に豚の切り身をさし出すと、赤い口をあけてパクリと切り身を咬(くわ)えるのである。蛇であった。ギョッとして彼は棒を飲んだように突立ってしまった。

徳光は、彼女がハンドバッグに飼育している蛇を入れておいたことに驚愕を示す。蛇が苦手な人は多いだろう。それが女性のハンドバックから顔を出したのだから、ど肝を抜いたのに違いない。この光景が徳光の心に焼き付いた。さらに食事代の支払いの段になって小銭がなく、この中年の婦人に立て替えてもらった。宮内庁役人としては気掛かりこの上ない。この心残りとハンドバックの蛇の様子が強烈に脳裏にしみ込み、その夜は眠れない一晩を過ごす。

婦人の蛇を現代流の解釈を施せば、ペットか。いま都会の単身住まいの女性で爬虫類を好んで飼育する人がままあると聞く。亀、蜥蜴(とかげ)、蛇など様々ある。マンション住まいで飼育している人の部屋から抜け出した蛇が、トイレの下水管を通って別の人のトイレの水溜まりに出没して騒ぎになったこともある。確かに密室のマンションで突然トイレの水溜まりから蛇が出てきたら驚くに違いない。誰でもギョッとするだろう。この物語では、中年の物腰の柔らかい婦人のハンドバックから、蛇が顔を出して肉をぱくりと頬ばるのである。こちらも驚く点では、同じである。ほんの三分前ぐらいまで、にこやかに会話を交わしていた相手である。徳光は、驚愕しながらも為(な)す術(すべ)がない。ただ茫然としていただけである。

のち徳光は、この中年の女性に誘われるまま夫人宅に足を踏み入れる。しかし明日は別の訪問地に赴く予定が立っている。限られた時間しかない。さらに徳光は、宮内庁侍従という役職でしか世間を見たことがなかった男でもあった。そして誘われるまま徳光は、「商売女の意味」がわからず、「猫の前へ坐らされた鼠のようにすすめられる酒を次々に飲んだ」かたちになる。加えて徳光は、「宮内官共通の抹消的恐怖症」に揺さぶられながら、そこから逃げ出すことが出来ず、婦人にすすめられるまま成分は蛇よという「丸薬」を口にしてしまう。徳光の次の動作は、こうであった。

怖々（おそるおそる）丸薬を舌の上へ乗せた。少しとけて来たほろ苦さが蕗（ふき）のとうに似て居る。同時に手足がぬけてしまいそうな虚脱感に襲われ出した。その効めの早すぎるのに驚いて、

と続く。物語の舞台は、中国である。とすれば「黒い丸薬」とは、漢方と理解して必ずしも不自然でもあるまい。謹厳実直で、天皇の使者たる宮内庁役人が、誘われるままに結局は「手足がぬけてしまいそうな虚脱感」の虜（とりこ）になるのであった。宮内庁役人としての、前線の高位武官たちもひれ伏す権威も、「人生の春を取り戻す事ができる」薬の前には、抵抗が出来なかったのだ。むしろこの単純な感情の選択こそが、生き物としての人間を赤裸々に描いた小説としての妙味があるように思える。

▼「黒い丸薬」の現代版

さてこの薬、現代社会で手に入れることが出来るのだろうか。

かつての筆者が勤めていた職場（仙台高等専門学校）に韓国出身の女性助教で朴槿英氏という方がいた。現在も健在だが、大陸で同じような漢方薬は現在販売されていないかと尋ねてみた。すぐさま返事がきた。ある、というのだ。ただ値段が高い、という。何でもよいから手にしたくて注文した。一二粒で二万円だった。先ほどの金蛇精より、かなり割高である。同僚は、ソウル郊外の漢方薬店から買い求めてきてくれた。よく見ると黒いような黄土色のような直径七、八ミリぐらいの球体であった。小説の中では、小さな黒い丸い薬とある。少し違うが、漢方薬らしいものと判断でき、黒っぽいもの、球体であることなどが類似していることが重なるため、筆者は素人ながら分析の価値はあると判断した。加えて一二粒で二万円ということも贋物ではあるまいと考えた次第でもあった。が、品物を目の前にして困った。これを、どこで分析してもらうべきか。

はじめ関西のある薬科大学の名誉教授の講演会に赴き、講演終了後問い合わせてみた。その方の勤務先は、薬科大学としては著名な大学であった。返事は、こうだった。「こりゃ、まがい物だ。食品分析センターでも訪ねたら」と。そこで宮城県食品分析センターに赴いた。すると向こう側からの返事は、「こういうものは、薬科大学の研究室で、とりわけ生薬の研究をしている人にたずねた方が……」というものであった。

しばし考えた。どこに行くべきか。よく調べてみると食品分析センターというものが、二箇所あり、県とは別の独立法人のものもあった。そこで尋ねたところ、分析する領域を指定して貰わなければ、ダメだという。なんでも分析すれば、結果が出てくるというものではないというのである。こちらは根っからの文科系の人間で、はたと困った。いろいろ思案をめぐらすことになった。地元の東北薬科大学に生薬の研究家がいることがわかった。しかし、コンタクトのとりようがない。そこでさらに身の回りを振り返ってみた。卒業生のご父兄に、医師で首都圏の薬科大学で研究をなっている方がいらっしゃった。その卒業生は、もと寮生で、たまたま筆者が舎監長の時の学生だった。丁寧にその保護者宛に縷々手紙を綴った。その方は、薬効学を専門としていらっしゃる。その方から、しばらくして返事がきた。そのご父兄と同じ大学の生薬研究の先生が、分析を引き受けて下さるということであった。長い間、待った甲斐があったと思った。

しかし、現実はそんなに甘くはなく、分析の結果は様々な植物が混ぜられてあり、まがい物ではなく間違いなく漢方薬ではあるが、詳細な分析には、莫大な時間と労力が要求されるという結果に終わった。ここで頓挫になった。しかしてである。灯台下暗しであった。

化学専門の同僚の遠藤智明教授が筆者に対して、材料工学専攻の佐藤友章教授が、ちょっとした機材を運用してくれるかもしれないという。恐る恐る頼んでみると、二つ返事で請け負ってもらった。が、やはり相当な時間がかかるという。佐藤友章氏も、困ったようであった。公務もあり、この用件は、かなりの煩わしさを伴うようであった。依頼者として恐縮でもあった。

数ヵ月後結果はこうで出た。水に溶けないというのである。えっ、と耳を疑った。しかし、酸には溶けるのだろう、というのである。胃酸である。どのように分析したのか、その方法を教えられた。固形状の媚薬なるものに、アルコールと水の混合液に混ぜ、その後ソレックス抽出と呼ばれる方法で、液体中の成分を抽出したという。

Table2GC/MS トータルイオンクロマトグラフ (TIC) による NIST データベース検索結果

TIC ピーク番号	ピーク保持時間	可能性の高い物質 (NIST データベースと照合)	参考事項
1	15′25″	Copaene(類似物質)	
2	15′50″	Cubebene (類似物質)	
3	15′59″		
4	16′05″	Lysine(類似物質)	リジン？　必須アミノ酸
5	16′20″	Junipene(類似物質)	
6	16′26″	Caryophyllene1 類似物質)	
7	16′48″	Cubebene(類似物質)	
8	17′07″	Copaene(類似物質)	
9	17′22″	Isoledene(類似物質)	
10	17′25″	Muurolene(類似物質)	
11	17′30″	Caryophyllene(類似物質)	
12	17′39″	Methionine(類似物質)	メチオニン？　必須アミノ酸
13	17′43″	Calamenene(類似物質)	カラメネン？　におい成分
14	17′50″	Cubebene(類似物費)	
15	17′58″	Muscuiamine(類似物質)	別名スペルミン ポリアミンの一種、オルチニンから生合成、精液に多く含まれている？
16	18′19″	Cermacrone(類似物質)	
17	18′30″	Elixene(類似物質)	
18	18′33″	Hexadecane(類似物質)	
19	18′44″	不明物質	
20	19′0O″	Thujopsene(類似物質)	
21	19′04″	Arachidonic acid(類似物質)	アラキドン酸 脂質の一種
22	19′09″	Lanceol cis Humulen-V1 (類似物質)	
23	19′31″	Ubiquinone O(類似物質)	ユビキノン？ 生理活性物質？
24	19′36″	Carnosine(類似物質)	カルノシン？　ジペプチド
25	19′42	Heptacosane(類似物質)	
26	19′53″	不明物質	
27	19′55″	Dypnone(類似物質)	
28	20′07″	Thioflavinet(類似物質)	黄色の色素？
29	20′15″	Taurine,N-cyclohexyle (類似物質)	タウリンの一種？
30	20′23″	2-t-Butyl-4(dimethylbenzyl) pheno1(類似物質)	
31	20′38″	1 2,4,6-Tributylboroxin (類似物質)	
32	20′44″	Dicumyl peroxide(類似物質)	
33	20′47″	Heneicosane(類似物質)	
34	20′53″	不明物質	

TIC ピーク番号	ピーク保持時間	可能性の高い物質 (NIST データベースと照合)	参考事項
35	21′13″	4，4，6-TrImethyl-6-phenyltetrahydro-1,3-oxazine-2-thione（類似物質）	
36	21′19″	Stephamiersine(類似物質)	
37	21′31″	Butyl phthalate(類似物質)	メチオニン？　必須アミノ酸
38	21′50″	Ethyl iso-allocholate(類似物質)	カラメネン？　におい成分
39	22′05″	Nethy abietate	
40	22′37″	Arginine(類似物質)	アルギニン？　必須アミノ酸
41	22′46″	Humulen-(v1)(類似物質)	
42	23′27″	Estrone(類似物質)	

その抽出液を、質量分析器付ガスクロマトグラフで分析し、各成分に対応するピークをＮＩＳＴデータベース（物質四万種類強）により適合させた定性分析（何が入っているか）を行なってもらった。相当な消耗的時間と労力を、掛けるかたちにさせてしまった。恐縮至極であった。でも筆者としては、大変嬉しかった。なぜなら小説の中に出てくる「媚薬」なるものが、近似値的に漢方薬として販売されていて紛（まが）い物でないかたちで存在していたからである。以前からこのようなかたちで説明してみたかったという思いが強くあった。戦中と現代とのつながりである。小説が単なる絵空事ではなく、六〇年たっても社会とつながっていることの証明であった。そして内実を伴っていることとの、説明にもなりうるということをいいたかったのだ。以下、少々専門的だが佐藤友章教授が苦心されて紡ぎだした表を拝見してみよう。

得られた結果は、絶対的なものではないが、ある程度のものが確認できたという。表のような物質が、抽出されたという。この中から目を引きそうな物質を解説してみる。皆さんどこかで、お馴染みのものもあろう。なお試料の質量は1.0ｇである。

・リジン（タンパク質の吸収、代謝促進の働きをする物質）

・メチオニン（豆類タンパク質に含まれている物質）
・カラメネン
・スペルミン（精液中にあるもので、臭いの元になる化合物。細胞の新陳代謝に関わるＤＮＡと相互作用する）
・ユビキノン（心筋のエネルギー生産を高めて血液の循環を改善する物質）
・カルノシン（生体内で活性酸素などに関わって反応しやすい物質として働き、酸化的ストレスから保護する役割を果たす）
・タウリン（ヒトの体内で胆汁酸と結合し、タウロコール酸などのかたちで存在。消化作用を助けるほか、神経伝達物質としても作用の一種）
・アルギニン（体内でＮＯ〈血管拡張作用を示す〉の供給源となる物質）

などであった。他にもたくさんみうけられたが、分類確認する作業が大変厄介であったとのことであった。右の一覧で、よく知られた物質があろう。タウリンという物質である。テレビのコマーシャルでお馴染みである。別に宣伝をするわけではないが、大正製薬のリポビタンＤ、大鵬薬品のチオビタドリンクの成分説明で、タウリン配合という文言をよく見る。その性質はよくわからないが、誰でも知っている名称だ。

ここで明らかになったことだが、筆者が購入したソウル郊外の漢方薬は、まがいものではなかったのだ。筆者の迷いの第三段階で親切に応じてくれた明治薬科大学の岡田嘉仁教授が教示してくれたようにたくさんの物質が混ぜ合わさっての生薬だったのだ。スペルミンという精液中の物質は、何を物語るかといえば、間違いなく蛇のそれであろう。

▼陶酔と現代の薬と

もう一度物語に戻ってみる。婦人は、「二十分もすると、とても若い気になって行くのよ」という。回春の薬効である。「年が戻って来る」ともいう。即ち不老不死の効き目といっては大袈裟だろうか。さらに「好い気持にとろんとろんしてどんなに辛抱しようと思ったって一人では居られなくなるから」とも婦人はいう。相手の異性を、我慢できなくなるほど強く求めるというのだ。冒頭に示した惚れ薬、性欲を高める薬といえよう。

中年の婦人が、一度味わった不老回春の快感は、脳裏にこびり付いて忘れられないものだったのだろう。加えて言うとこの婦人には係累がいない。家族が描かれていないのだ。それ故、婦人は爬虫類の蛇をペットとして飼育していたのだ。婦人は、寂しさをペットでまぎらわしていたのだ。

婦人はいう。「あんただって胸のバッジを忘れる気になりますよ」と。水商売の婦人は、徳光の心の底を見抜いていたのだ。徳光という人間が、肩書というものに拘り生活をしている様が、手に取るようにこの婦人にはよく理解されていた。社会的権威や世間体としての見栄などを捨ててもなお、「初めて惚れた時のような」感情のときめきを得られるなら、人は絶対に理性より感情を選ぶと婦人は断言する。人も生き物だが、動物とは違う。理性があるから進化して社会を築き発展してきたのには違いないのだが、この薬を呑めばあらゆる理性を捨ててしまうだろうというのが婦人の論理であった。薬の効き目は、社会的権威などというものより根源的で深い、と婦人は語って止まない。

先ほどの薬成分についていえば、代謝促進の働きに係るリジン、精液中にある細胞の新陳代謝に作用するスペルミン、心筋のエネルギー生産を高めて血液の循環を改善するユビキノン、神経伝達物質として作用するタウリン、血管拡張作用に係る供給源ともなるアルギニンなどだけみても、興奮に係るような作用を惹起すように思える。これは素人の判断だが。文中の「とろんとろん」「若い気になって行くのよ」という感情に、何らかの作用で、右の成分が関係するように思える。重ねて「一人では居られなくなるから」という興奮の状態に導いてくれる成分が、単純にこれだというわけではないが、有機的に関わって更なる相加・相乗効果を生じさせ気分を変容させるのだろう。佐藤氏の分析結果は、十分に説得力を持つように思える。

▼蛇と日本人

蛇は、この小説でも面白い役割を担っている。

物語に登場する婦人が飼育していた蛇は、日本の民族学や歴史を繙く（ひもとく）と、実に様々なものを我々に示唆してくれる。小泉八雲の『知られざる日本の面影』（一八九四年　英文発表）、現在は『日本の面影』として邦訳があるが、その第五節に次のような個所がある。

その小さな蛇のことを、出雲では『竜蛇様』と呼んでいます。神々のご到来を告げるために、竜王様が送られたお使いだからです。この『竜蛇様』が来る前には、海はにわかにかき曇って、波は荒立ち、轟音を立て始めます。竜宮城からのお使いということで、竜蛇様と言っていますが、『白蛇様』とも呼ばれています。

これを受けて山陰地方の民俗を研究調査した上田常一氏は、『竜蛇さんのすべて』（昭和五四年、園山書店）で、海蛇と陸にいる蛇とは生態系が全く異なるものの、日本人には古くから親しまれて信仰の対象になった事実を丹念に報告した。一般の方には馴染みが少ないが、この書物は、『蛇（ハブ）の民俗』（日本民俗文化資料集成20　平成一〇年五月、三一書房）に再録されて興味深い内容になっている。不思議なことだが上田氏の著書の発行と同年に、吉野裕子氏が『蛇』（昭和五四年二月、法政大学出版局）を刊行している。蛇と日本人との関係を確認しようとすると実に様々なものが出てくる。例えば縄文土器に、頭上に蝮（まむし）を乗せた土偶が発見されている。これは、吉野氏に言わせれば、

毒蛇、蝮は最大の敵であった。強敵故にこれを神として信仰し、その霊力の分与を願うのは自然の理であろう。毒蛇、ことに蝮の持つ強い生命力、及びその繁殖力もその信仰の対象となる

ということだ。やはり我が祖先たちは、蛇を恐れる一方でその生命力の強さの「分与」の恩恵を願ったと解釈される。一方で親しみをも覚える対象でもあったのだ。あるいは蛇の古語「カカ」とい

う概念が、『万葉集』の「嬥歌会（かがひ）」に通じるという解釈は、説得力をもつ。即ち蛇の交尾の生態と、日本古代の性交儀礼の風習と関連しているという説明は面白い。

さらに吉野氏の推理は、日本民俗の根深いところに注がれる。「蛇目（カガメ）」が「カガミ」に転化し、そのカガミは「蛇身」の意味を含むというのである。この考え方を応用すると鏡餅の「鏡」は、いわゆる鏡の意味ではなく蛇の意味だというのである。二段に重ねられた鏡餅は、身体を重ねてトグロを巻く蛇の姿だというのである。そして鏡餅は年初にあたって歳神を迎える礼代（いやしろ）、蛇の造型であり化身であるというのだ。

加えて吉野氏の推理は、蛇の化身や象徴とみなされる扇が、出雲の古社や各地の神事でご神体になる場合が多いというのだ。これは先ほどの上田常一氏の研究に通じる。むべなるかなである。ここまで来ると蛇と古くからの日本人の関係が解説されて納得できる。物語の婦人は、蛇をペットとして可愛がり、一方で回春と不老の薬として重用していたのだ。

▼再び「黒い丸薬」の効能

もう一度「黒い丸薬」に戻ってみる。小説の中で、婦人が呟く。

『蛇ですよ』

『…………？』

『さっき万寿山の食堂で見て居たじゃありませんか。不老長生の媚薬はあれなんです』

彼女が語った蛇の成分で紡ぎだされたものこそが、あらゆる心配や不安の解決策になりうる薬だというのだ。「老衰の体質を根本的に回復させる」「人生の春を取り戻す」役割を果たす万能の薬なのだ。加えて「手足がぬけてしまいそうな虚脱感」をもたらすものと説明される。「虚脱感」とは、義務とか使命とかを忘れさせる、ある種無重力の状態ともいえる。

徳光は、婦人こと小西由利に誘われるまま「黒い丸薬」を嚥下するとみるみるまに、「胸のバッジも側近奉仕も遠い所へ去って行った」という感情を覚えるのであった。徳光の存在を支えていた社会的地位も、当時の日本国民誰もが持っていた価値観も、天皇側近としての思いも、「遠い所へ去って行った」というのであるから、なかなかである。

一粒の媚薬が、その人間の生存の担保そのものを無化させるのだ。徳光は、国家公務員それも宮内庁役人として、周囲からは羨望のまなざしで眺められていた位置にいた。あるいは天皇の使者として、絶対的権限があるかのように周りは扱ってくれた。それらの光景や価値観すべてを、「遠い所へ去」らせてしまう役割を、「黒い丸薬」は持っていたのだ。無化の意味するものは、単純にいえば絶対的なものはないということだ。戦争も、天皇も、銃後奉公も、あるいはそれらに付随する必死で我慢しようとする姿勢も、すべて固定的なものは何もないという考え方ともいえる。

神秘の使者を迎える感激に涙さえ浮かべて居る者がある。侍従と司令官とは静かに兵の列をすぎて行く。

司令官の長靴の拍車が鳴る。侍従の片手はやはりポケットにある。やわらかい紙をもむようにしてごろごろの粒子をつまんで居る。小西由利が土産にくれた媚薬の丸子である。酒に投じて舌の上へ乗せたほろ苦さが甦って来る。目のくらむ心のしびれる遠い夢に思える。

『捧げ――銃！』

天皇の使者は絶対で、兵隊にとっては「感激の涙さえ浮かべる者」もいるという。前線での困難は、お国のため天皇のためという考え方であった。大東亜共栄圏という建前の構想は、日本の進出を正当化する思想であった。が一般の兵隊は、まさに精神と身体の消耗すべてを注いで、前線で戦っていた。だから兵隊は、侍従徳光に最敬礼をし、さらに「感激の涙」を浮かべるのである。あらゆる犠牲と困苦とが、お国＝天皇の名のもとになされる現実があった。単純、素朴な考え方の兵隊こそが、「涙」するのであろう。

これら諸々の性質を担っての絶対者天皇、さらにその僕（しもべ）としての徳光は、ここ二三日前までは宮内庁役人として朴念仁の人生を送ってきた。にもかかわらず小西由利からもらった「媚薬」をポケットで確認すると、「目のくらむ心のしびれる」世界に気が引かれて、現実の公務や前線の兵隊たちの困難を想像する煩わしさが後退するのであった。繰り返すようになるが無重力の「目のくらむ心のしびれる」空間こそが、侍従という肩書を忘れさせ、国家の一大事の戦争の艱難をも異化させるのであったのだ。

そしてこの現実の困難さを伴う世界を相対化させてくれる薬を手にした徳光は、形の上で天皇の使者足りながら、一方で「目のくらむ心のしびれる」世界に後ろ髪を引かれてバランスを保つのであった。物語の最終は、「心のしびれる」世界にむしろ傾斜する心境を暗示させていると言えよう。もうここでは硬直化した戦争の価値観は、遠のいている。

▼作者川口松太郎について

いま川口松太郎の作品を読むのは、難しいかもしれない。平成二五年現在で、彼の作品を新刊書店で購入しようとすれば、『人情馬鹿物語』(論創社)と『蛇姫様』(春陽文庫)ぐらいであろうか。都道府県立図書館クラスで『しぐれ茶屋おりく』(昭和四四年五月、講談社)や『川口松太郎全集』(昭和四三〜四四年、講談社)を読むことが可能だろう。その他は、古本屋に廻らずを得ないだろう。

この『媚薬』は、昭和二三年一月に、「小説新潮」に掲載された。運よく平成一八年一一月に、「小説新潮」創刊七五〇号記念名作選として刊行された中に再録された。が普段はなかなかお目に掛かれない作品だろう。

川口松太郎は、明治三三年一〇月に東京浅草今戸に生まれた。父は、左官屋。貧しく母が絶えず質屋通いをしていた。小学校を出て、質屋の小僧、古本屋の露天商、警察署の給仕、電信局勤務と転々とする。大正四年に久保田万太郎に師事。大正八年には講釈師悟道軒円玉のもとに住み込み口述筆記の手伝いをした。このとき江戸文芸と漢詩を学んだ。関東大震災以後は、大阪に赴きプラトン社などで活躍し、直木三十五などと雑誌「苦楽」を編集した。大正一五年に東京にもどり、昭和二年から小説、随筆、戯曲を書いた。昭和九年発表の芸道もの『鶴八鶴次郎』で、菊池寛に激賞された。

　彼の伝記で気を配りたいのは、浅草今戸生まれであるということだ。この下町育ちが、彼を久保田万太郎にひきつけ、万太郎が交流していた落語家の世界に違和感もなく入って行ったというこことは、その前後の講釈師悟道軒円玉のもとに住み込んだということにも通じていく。彼は、この世界から語りを学んだことは間違いない。川口松太郎の語りが、特異な江戸の香りのする下町町人気質に彩られ流れるようにあふれるところは十分に誰でも読み取れる。人情を重んずる下町の世話焼き人間を配置し、そこに今はなき江戸の情緒を背景として描くことを得意とした。

『媚薬』という作品も、戦後の昭和二三年だったから発表できたようなものである。天皇や堂上華族を相対化できる視点から自由にものがいえたのは戦後になってからだ。それでも妙に心惹かれ味わいとして凄味のある力を蔵しているところは注目してよいだろう。

◉6 松本清張『点と線』

青酸カリは汚職・心中とよく似合う

【あらすじ】

福岡県香椎(かしい)海岸の岩場で、××省課長補佐、佐山憲一と赤坂の料亭「小雪」のお座敷女中お時が心中を図る。二人の遺体は寄り添う形で翌朝に発見される。警察医は、心中事件として処理するが、地元の刑事鳥飼重太郎は不審なものを感じとり、ひとり調査を始める。一方、警視庁刑事三原紀一は、佐山のいた××省の大がかりな汚職事件を追いかけていて、この事件に機械工具商安田商会の経営者安田辰郎が関わっているのではないかと考える。警視庁は、汚職事件とからめて安田のアリバイ工作の疑惑を追及する。安田の北海道への出張擬装があばかれ、安田と肺結核を病む彼の妻亮子が、心中事件当日、香椎海岸まで出向いたことが判明する。物語は、安田夫妻が佐山とお時の場合と同じく、青酸カリ自殺をすることで結末を迎える。

▼青酸カリ

事件は、福岡県香椎海岸の岩場で男女の死体が発見されたところから始まる。この二人の死体のすぐ横には、青酸カリ入りのウィスキー瓶とジュース瓶が置かれていた。現場は堅い岩場で、足跡などが残らないような場所であった。

女は、「目は閉じていたが、口は開いて白い歯が出ている。顔はバラ色をしている」という様子であった。一方の男は、「これも頬は、生きている人のように血色よく見えた。まるで酔って眠っているようである」とある。二人の顔の表情と、傍にあった青酸カリ入りジュースの瓶で、警察医や鑑識係も心中と判断し解剖へとは進まなかった。ただ真冬の一月という寒い時期にジュースを飲んだことに対し、取調官たちからわずかな違和感がもちあがったが、それも心中を前にしての男女の「倒錯した一種の恍惚的な心理」という警察医の「文学的」解釈で片づけられる。もちろん、ここには、「刑事たちの間に、小さな笑いが起こった」というさりげない表現も付け加えられている。

この小説は、昭和三二年二月から翌年一月まで雑誌「旅」に掲載されたものである。この頃松本清張は、いくつかの作品で毒物を登場させている。同時代の『目の壁』(昭和三三年二月、光文社)にも、大量の硫酸が登場する。犯罪の証拠隠滅、擬装に硫酸が使われるのであった。あるいは『坂道の家』(昭和三四年四月、光文社『黒い画集I』収録)にも、四〇代の小間物商が本妻を捨て、バーで知り合った二〇代の女性と同棲生活をはじめるが、この女性が逃げ腰であることに気付くと、男は硫酸の入った瓶をチラつかせ〝俺から逃げたら硫酸をかけるぞ〟と相手を脅す場面が登場する。実はこれに似たセリフは、現実の世界にもあった。昭和三二年二月の、女優京マチ子に対する脅迫事件である。彼女は手紙で〝日劇地下の喫茶店まで十三万五千円を持って来い、約束を守らなければ硫酸をかけるかダイナマイトでぶっ飛ばす〟と脅されたのだ。犯人は二回ほど電話を掛け、現金を受け取ろうとしたところで警察署員に逮捕され、事無きを得た。

この時期の松本清張作品に、毒物がたびたび登場するのは、作品が書かれた時代背景を考えると何かしらの関連がありそうだ。そこで、『点と線』発表前後の犯罪史を眺めてみよう。小説発表直前の昭和三〇年あるいは翌昭和三一年の、毒物・薬物を使っての事件をいくつか挙げる。

(1) 昭和三〇年一月一一日の強盗事件。失業中の二人組が警察官になりすまし借りたタクシーで千葉銀行の行員を誘拐、麻酔薬で眠らせ搬送中の現金二四一〇万円を強奪。しかし、この薬物で眠らされた行員が目を覚まして車から転がり降り、犯人はすぐ逮捕された。この時の薬物は、千葉大医学部から盗んだクロロホルムだった。

(2) 昭和三〇年一月二二日、長崎県の農家で、何者かが朝食の味噌汁にホリドールを混入させ、家人二人が死亡、三人が重軽傷となった事件があった。犯人は言葉の不自由な障害者の長男であった。ホリドールとは、昭和一九年にドイツで開発された毒物であった。戦後日本にも入ってきてスプレー式の殺虫剤として、綿・果樹・米など広範囲に使用された。人が摂取すると、頭痛・痙攣(けいれん)・嘔吐・腹痛・意識喪失・呼吸困難(停止)などの症状が起きる。日本では、相次ぐ中毒事故死、殺人を目的とした事件が発生し社会問題となったため、昭和四六年に使用禁止になる。

(3) 昭和三一年三月九日、東京江戸川区の理髪店の長女が、自宅で青酸カリ入りのジュースを家族に飲ませ、心中を擬装したが失敗する事件があった。心中擬装という工作が、若い女性の手によってなされたことなどは注目すべき点である。

(4) 昭和三二年二月一五日、東京台東区浅草の薬品問屋の主人が、ドラム缶入りの青酸カリを瓶に詰め替え作業中、誤って瓶をたたいた拍子に青酸カリの小片が口に入って死亡した。この瓶詰めの青酸カリは、毒物とはいえ薬局で住所・名前・職業を記せば、比較的容易に購入できたのだろう。

これらの事件からわかるように昭和三〇年代、劇物や毒物に関係する犯罪が多く出てきた。化学薬品や農薬の普及とともに、身近なものとして一般市民の近くにあったことを物語っているといえよう。

ところで、青酸カリはどのようにして作られ、どのように使われているのだろうか。仙台高等専門学校教授（化学）の石山純一氏にうかがってみた。石山氏によるとシアン化水素（気体は青酸ガス、液体は液化青酸、水溶液はシアン化水素酸と呼ばれる）を合成し、それに水酸化カリウム（苛性カリとも呼ばれる）を等量反応させれば、簡単に青酸カリができるという。これは化学の専門家にとっては自明の理なのだろう。が、一般人にはなかなか理解し難い。果たしてこのシアン化水素という物質は、どのような性質のものであるのか。それは身近な元素（水素・炭素・窒素）からなる単純な化合物であるという。沸点は摂氏二六度であることから、常温では揮発性が高く、致死量は〇・〇六グラムと、青酸カリの〇・一五グラムと比べて極めて有毒な無色の物質である。特異な臭いをもつが有用性は高く、船や倉庫内の燻蒸消毒をする際に殺虫剤として使用される。歴史的にはナチスドイツによるホロコースト（大虐殺）においてガス室に利用されたともいわれている。

殺人を扱った小説でよく死体の口から特異なアーモンド臭があったため、毒物として青酸カリが疑われるという表現があるが、これは青酸カリをのんだ場合に、それが胃液により分解されシアン化水素が発生することによる。実際にはシアン化水素の臭いはアーモンドエッセンスではなく、果実または花のようなもので甘酸っぱい臭いであることが知られている。シアン化水素が毒物として作用する事情は、赤血球の中にあるヘモグロビンというタンパク質を構成する鉄イオンなどと結合するため、細胞内呼吸を封鎖することによる。これは、一酸化中毒と類似するともいわれている。

またなぜシアン化水素が「青酸」と呼ばれるかは、シアン化水素が未熟な青い梅に含まれるためだという説もある。シアン化水素は反応性が高く、様々な合成経路において反応体として、または合成中間体として多くの用途に用いられている。例えばナイロンの原料であるアジポニトリルを製造するためにも使用される。同様に、シアン化水素の誘導体である青酸カリや青酸ソーダ（青酸ナトリウムの慣用名、シアン化ナトリウムのこと）もまた金銀の冶金やメッキなど、化学工場において多くの用途に使用されている。

さてこのシアン化水素に水酸化カリウムを反応させてできた青酸カリではあるが、先ほどの説明に出てきた化学工場で働く人たち、あるいは薬局勤めの方々、さらには学校教材を扱う業者などは、比較的容易に手に入れることができたのだろう。物語『点と線』のなかで、主人公安田辰郎は機械工具を扱う業者で××省に関わっている人間として登場する。この××省納入業者という社会的信用性が、工具使用と化学実験に必要だと言えば青酸カリを入手しやすくさせたかもしれない。

しかし、一般の人々は青酸カリといえば、戦後昭和二一年に起きた帝銀事件を想起するかもしれない。犠牲者が短時間のうちに一二名も出た痛ましい事件ゆえ、人口に膾炙(かいしゃ)した毒物は、青酸カリといわれてきた。この事件を、前東京都監察医務院長の上野正彦氏の『毒殺』(平成一一年四月、角川書店)に添って解説してみる。上野氏は、『死体は語る』(平成元年九月、時事通信社)の作者として有名である。この本は、翌平成二年で五七刷も版を重ねた。

昭和二三年一月二六日、東京池袋近くの帝国銀行椎名町支店に、閉店後、中年の男が一人でやってきた。男は、東京都防疫課医学博士山口二郎の名刺を出し、腕章をつけ、全行員を一室に集め、GHQの命令ということで、近くに赤痢が発生したので行内の消毒をすると同時に行員の全員には予防薬をのんでもらうことになったと話をした。行員一六名すべてが強盗の言うとおり毒物をのんだことは、奇妙で不可思議なことに思われるが、当時のGHQといえば「連合国軍最高司令官総司令部」として、占領下にあった当時の日本で絶対の権力をもっていた。東京は焼け野原で、復興の兆しはあったものの、日本人は上からの命令には極めて従順だった。そのため、それらしき東京都防疫課職員で、しかも医学博士の肩書の下に全員がそろって指示に従った。この男こそが前例のない銀行強盗に他ならず、日本のみならず世界中が震撼させられたのである。

毒物をのんだ後、すぐに吐き気を催し、苦しみと悶えと意識混濁との状態で一一名が死亡。犯人は、周囲があえいで苦悶しているなかで、そこにあった現金と小切手などを奪い逃走した。毒物を巧みに扱った犯人として、七か月後に画家の平沢貞道が逮捕された。この毒物は青酸カリといわれていたが、はっきりした報告がなされなかった経緯もあり、割り切れない終結だという識者もいた。さらに逮捕された平沢貞道は、裁判で一二名の犠牲者を出しながら死刑宣告がなされず無期懲役という判決が下ったことに多くの国民が疑問を抱いたのである。

この毒物がいかなるものであったかという疑問と、平沢貞道の無期懲役という判決に割り切れぬ思いを抱き、研究会を重ねたグループがいた。そしてその研究の成果を公刊したのが、ジャーナリスト和多田進氏の「毒の告発」（「文芸春秋」昭和五五年一二月）であった。のち轍寅次郎氏という方との連名で『追跡帝銀事件』（昭和五六年五月　晩聲社）として刊行。それによれば、帝銀事件の犯人は、戦前の陸軍の生物兵器に関する研究機関だった七三一部隊（石井部隊とも呼ばれる）の一人だと推論されるというものである。椎名町支店で使用された薬物が、青酸カリではないことを強調している。それはアセトンシアンヒドリンという物質で、戦時中に登戸の陸軍第九研究所で作られたことを報告するものであった。この物質は、「酸性では安定であるが、アルカリ性の条件下では分解してアセトンと青酸になる」（遠藤浩良）という遅効性毒物だとする見解がある。

帝銀事件の経緯は、複雑であったようだ。この事件の解決途上に、七三一部隊と密約を結んでいたというGHQの政治力が関与してうやむやになったという解釈は、かなりの説得力をもつ。松本清張も『日本の黒い霧』（昭和三五年七月〜同年一二月、「文芸春秋」連載）で、GHQが介在したことを強調した。毒物事件を覆う政界や財界の「黒い霧」、こんなイメージが当時の松本清張に芽生えていたのかもしれない。

再び『点と線』に戻る。

青酸カリをのんだ場合、人はどのような状態になるのだろうか。免疫毒性学に詳しい前昭和薬科

青酸カリ服用で自殺を図った大学生のメモ
『裁判化学』より転用

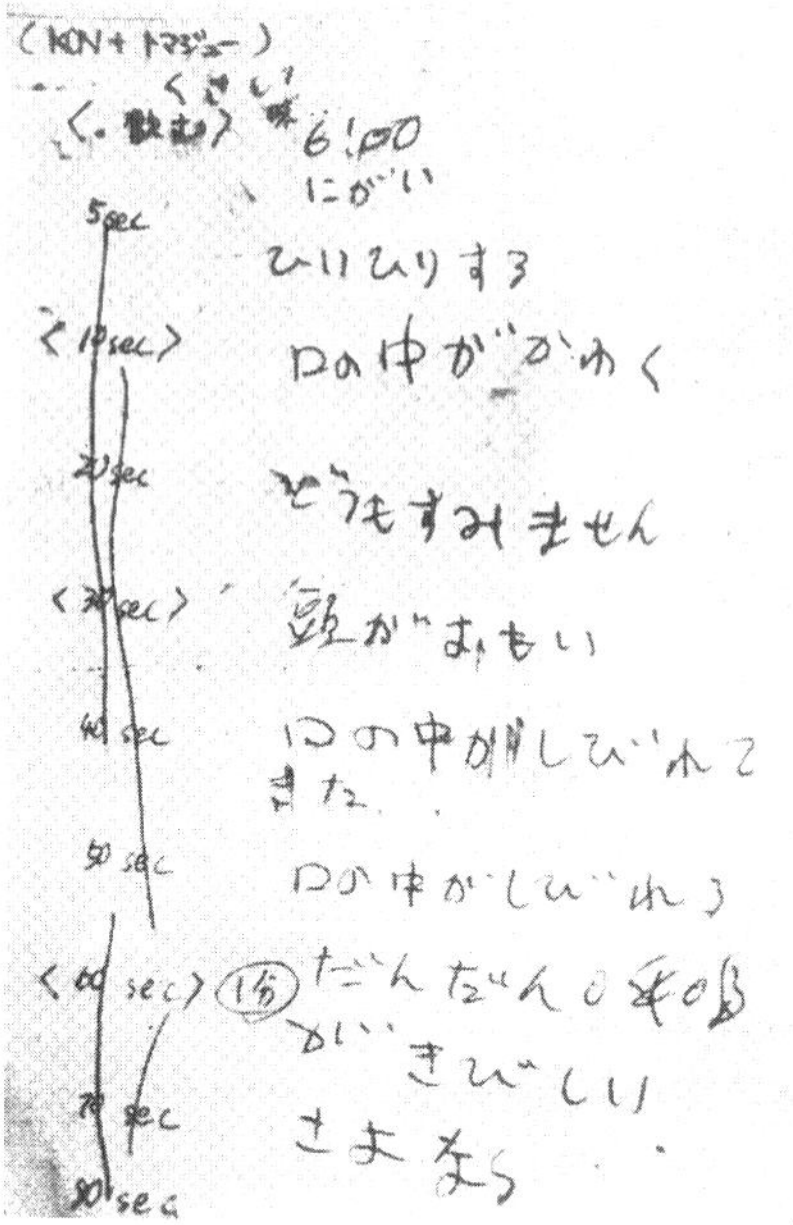

大学教授（薬学）の北條博史氏にうかがった。氏はがん細胞の増殖制御に関わる研究などで業績があり、『疾病と病態生理』（平成一三年一一月、南江堂）を執筆している方である。青酸中毒死の場合、「死斑が鮮紅色になるといわれるが」「色調も鮮紅色を呈するというまでには至らないことが多いので注意すべきである」（四方一郎・永野耐造編『現代の法医学』昭和六三年五月　金原出版）ということであった。死後顔色が一般的には「鮮紅色」になるといわれるが、そうでないときもあるという。だが、この小説では「顔はバラ色」であったと紹介されている。それゆえ、警察医は二人の男女の死体と青酸カリ入りジュースの瓶を確認したのち、解剖までには至らず、青酸カリ嚥下の心中とした。

さらに「女の姿態は、行儀よく横たわっていた」とある。特別な思いを抱かず読もうとすれば、このまま次の展開に移るだろう。ただ一抹の疑問をもつ読者からすれば、本当に毒物の嚥下後、どれほどかの苦しみや悶えはなかったのかという疑問も湧いてくる。そこで北條氏に重ねてうかがった。すると実に興味深い資料を提供してくださった。沢村良二・鈴木靖男編『裁判化学』（昭和五九年三月、廣川書店）のなかに、青酸カリ服用で自殺を図った大学生の死の直前の様子や苦しみがメモとして残されたものがあったのだ。この本は、専門書として売れた方であったのだろう。平成一六年四月で、既に一四刷もの発行を重ねていた。そこから紹介する。事例として、T大学理学部の学生が、トマトジュースに青酸カリウムを溶かして飲み、自殺した際に残したメモが掲載されてある。（右ページ写真）

そこに示された文面の乱れからすると、『点と線』の若い女性と男の「行儀よく横たわっていた」という様子は、もし自殺だとすれば相当の意志力が無ければ成り立たない「姿態」といえるのではないか、という思いを読者に抱かせる。だがこの考え方も前述の資料を知っている場合であり、事例にあくまでも疑問をもつ人の解釈だ。『点と線』では、若い男女の男の描写が「まるで酔って眠っているようである」という淡泊な観察で、発見時には鳥飼刑事の余計な疑念は打ち消される。あくまでこれは相思の間柄の心中であると、警察医や取調官は判断するのであった。

▼鳥飼の疑問／三原の実地検分

香椎海岸の岩場で青酸カリをのんだらしい男女の遺体を見て、福岡県警は疑うことなく心中という結論を下した。だがベテラン刑事の鳥飼重太郎と警視庁の三原紀一は、この二人の心中事件に疑問を抱く。鳥飼の方は秘かに個人的な捜査を、三原は上司に報告しながら洗い直しの線で捜査を進めるのであった。

鳥飼重太郎刑事の疑問は、二つあった。一つは××省課長補佐、佐山が東京からの列車で「御一人様」の食堂車の伝票を持っていたこと。もう一つは「女が佐山と一つ宿にとまらずに、五日間もどこに行っていたか」という点であった。が、これらは相思の間柄の情死事件への違和を提起する材料としては「あまりに弱」く、周囲への説得力はなかった。ただ鳥飼は、妙なわだかまりを覚え、現場にたびたび足を運び自分の疑問を確かめようとする。冬の一月、寒い「荒涼とした」海岸の岩場で、あたりが真っ暗な時間帯では「勝手知った」者でなければ、たやすく行動できないはずだという直感が、鳥飼に何か第三者の行動や動機が介在したのではないかという思いを起こさせる。一方、警視庁の三原紀一刑事は、××省の大きな汚職事件がらみで課長補佐の佐山に参考人として事情を聴くつもりでいた。佐山は課長補佐といえども実務に堪能な人間で、省内の行政事務にも「明るい」位置にいた。こんどの汚職事件にも「大きな役割を演じて」いて、彼に事情を聴こうとしていた矢先に心中をされてしまったという結果になったと三原は呟く。調べが進むと、心中した佐山にも、お時にも、それぞれ愛人がいたことが判明、だがその相手は判らない。佐山の死は「他から強制されたのではないか」というのが、三原の率直な感想であった。この思いは、三原の上司の主任も抱く。

証言によれば事件の前、料亭「小雪」の女中たちとその客が、東京駅の十三番線プラットフォームから、向かいの十五番線プラットフォームに佐山とお時が夜行特急列車〈あさかぜ〉に乗り込むところを見たという。そこで三原は、東京駅の十三番線ホームに実際にたたずんで、「八重洲口

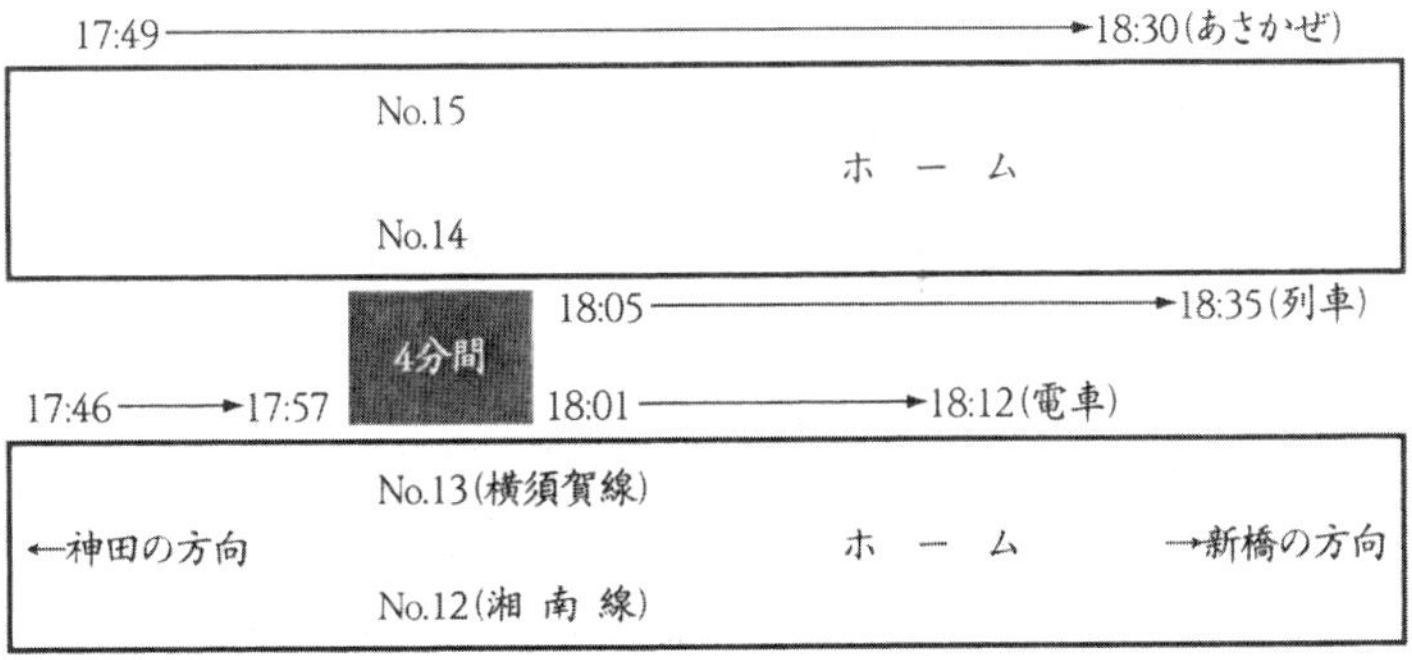

の方向を眺める」のであった。しかし、列車は絶え間なく出入りし、見通しが効くという状態にはならない。三原は、一時間以上も立ってみたが、ついぞ十五番線の様子はみえなかったのである。三原は、助役に会って刑事であることを伝え、十三番線のホームから十五番線の十八時三十分発の〈あさかぜ〉を見通せることができるかどうか尋ねてみた。助役は、運行表を開き、指で辿って「十三番線にも十四番線にも列車がなくて、十五番線にはいっている〈あさかぜ〉が見える時がありますね」と説明して、それがなんと「たった四分間ですよ」と付加する。上の図解をご覧いただきたい。『点と線』（平成一四年八月、文藝春秋＝没後10年記念出版）からの図引用である。

運行表を見せられた三原は、本当にこの四分間は、「まったくの偶然だろうか？」と考え、料亭「小雪」の女中二人と、彼女たちに見送られていた客がいたことに頭をめぐらす。その客こそ、機械工具商安田商会を経営する安田辰郎という人物であった。安田は、物語の冒頭から登場する赤坂の料亭「小雪」の「いい客で通っていた」男であった。さらに安田という男は、××省にも深く関わっている業者だと説明が付されていく。

松本清張の凄さは、この「四分間」の間隙という国鉄ダイヤの練り上げられた仕組みの陥穽を拾い上げて物語を紡ぎ出しているところにある。乗降客の雑踏と出発・到着を繰り返す列車、それは著しい特別なことが起こらない限り記憶から消えていくのだが、ここに犯罪や人生の重要な岐路が掻き消されていく可能性があるというのだろうか。よほどの人でなければ、「四分間」の間隙など利用しようと考える人は出ない。

▼安田の犯罪計画

三原は安田辰郎を訪ね、いわゆる仕事の出来る男だという思いを強く抱く。だが他方官僚の心理に「わけなく取り入りそう」なやり手としての印象をも三原は持つ。一般の人間には「ソツのなさそうな」立ち振る舞いをするのだが、人間の底の深いところで何かしら「気圧（けお）され」そうになると、三原は安田辰郎の印象を語る。頭脳は明晰で、判断力も処理能力も間違いなくある。さらに何かものを「狙い」そうな雰囲気を与える人物だと、三原は説明を重ねる。作家辻井喬氏も『私の松本清張論』（平成二二年一一月、新日本出版社）で、「愛嬌のいい」だけでは終わらない「寄りつきがたい」人間の裏に隠されたものがあることを、安田の人物造形の彫（ほ）りの巧みさと評し、そこに清張文学の魅力の一つを指摘する。

もうここまでくれば読者は、ホシが誰であるかお分かりであろう。ここでもう少し安田の人物像を解説したいところだが抑制して、安田の犯罪計画の原点に降りてみよう。この物語の妙味は三つほどある。

一つは、先ほどの東京駅ホームの死角の問題の発掘である。二つ目は、安田のアリバイが次第に崩されていく過程だ。三つ目は、その安田のアリバイ形成に妻亮子の随筆が語りかけているものがいかに暗示的であるかということに気付くこととといえよう。安田は、二度目の刑事の訪問を受けながらも「目もとに微笑を見せて、悠然と言った」。佐山の情死当日、自分は北海道に出張だったというのである。安田は手帳を見て、列車や青函連絡船の時刻を刑事の三原に伝える。情死事件が九州で起き、安田は当時方角としてはまったく「あべこべ」の北方にいたというのである。この不在の証明が、強固なアリバイによって覆われ、刑事たちの前に立ちはだかる。それが余人をもって代え難い粘り強い追求とその波紋のなかから醸されるひらめきで、三原が解き明かしていく醍醐味が、この物語の魅力になっている。が、ここではそれを追従するつもりはない。

むしろここでは、安田の犯罪計画の原点ともいうべき要素について述べてみる。九州香椎の海岸での事件の当日、安田は北海道にいたというのであった。その証拠として東京から札幌に向かう途中の列車で複数の人物と顔を合わせ、札幌でも業者と面会している。さらに青函連絡船に乗車した名簿まで提出しているのであった。

三原は、懊悩しつつ細い通路の推理を重ねるのであったが、何度も壁にぶつかる。しかし、九州の香椎海岸では、事件当日の夜一〇時ごろ西鉄香椎駅と国鉄香椎駅とに二組の男女が降りていることを突き止めたという手紙が鳥飼重太郎から届く。そこに安田がいて、もうひとり、謎の婦人がいたというのであった。実は、このどちらかの二人連れが殺人を犯し、他の二人連れが死亡したのではないかというのが鳥飼の推理として読者の脳裏にひらめくのではないだろうか。ここで少し考えを巡らしていただきたい。犯人は二人いたとしよう、その一人が安田だとした場合、安田はどうしてもかなり素早い行動を要求される。九州から札幌へ飛び立つのであるから、飛行機しかありえないのだ。加えて心中事件にも毒物の即効性が要求されるのだ。

この即効性を、どのように保証するかというのが問題なのであった。たとえば、トリカブトのようなじわりじわりと効くような毒物ではいけない。あるいは、先に紹介した農薬のホリドールなどでは心中というものにまつわる詩情が消される。鳥飼刑事は、場所の雰囲気が心中のそれに不似合だと語るが、嚥下（えんげ）する毒物はどうしても即効性が絶対的な条件として要求される。安田は、結論から言えば飛行機で九州から東京に戻る。そしてさらに札幌に舞い降りるのであった。事件には寝台特急列車も使用され、当然のことながら時刻表も用意されて周到に計画されていたことは間違いない。

入手に困難を伴う毒物では、その毒物の割り出しが進められる。帝銀事件に代表される戦後の混乱期が終息した時代で、復興が収束し新たに高度経済成長が始まるかもしれないという時期でもあった。繰り返すようだが、青酸カリは、薬局で比較的容易に入手できた。あるいは学校教材に使うと言えば、大学の研究室などでは簡単に備蓄できたのであった。物語の整合性を考えてみよう。安田は、××省に出入りする工具商の経営者である。この肩書を使えば、たやすく手に入れることが出来たのだ。そして心中に擬装するためには、飲料に混入させる必要があり、青酸カリのような毒物が浮上してくる。物語の連結が生じたのであった。青酸カリは、この物語では必然だったのだ。致死に到る時間がかなり短いかたちで要求されるためである。

▼播種性肺結核症の妻

刑事三原は、当初安田の言い分を疑って、鎌倉在住の安田の妻を訪問する。果たして彼女は、「美し」く、「蒼白いやつれが、その広い額とともに、理知的な感じ」を与える女性として、三原の眼前で蒲団から上半身を起こす。三原は、落胆する。安田の供述は、正確無比でその通りだったのだ。さらに主治医によれば、彼女の病気は「播種性肺結核症」というもので、医師の見立ては「全治の見込みは薄い」という深刻な症状であった。

しかし、その医師から彼女の意外な趣味が解説される。医師らと共に、同人文芸季刊雑誌の仲間として、安田亮子という署名で、「数字のある風景」という表題の「奇妙な文章」を寄せていたのだ。そこで三原が目にした文章の部分は、「主人も仕事の上で出張が多いから時刻表をよく買っている。じっさいによく見なれているらしいが」という一節だった。ここに物語展開上の暗示がある。この「数字のある風景」こそ安田夫妻が、結論から言えば「時刻表」を実に巧みに活かした「工作」を紡ぎだす、暗黒の根源だったのだ。

ただここでは妻亮子の「肺結核」であるという医師の診断名が、奇妙な安定感とその反面としての「落胆」を三原に与える。注意深い読者なら、この「時刻表」の存在を随筆でとり上げている安田の妻は、自分の主人の行動を何ほどか知っているのではないかと考えてしまうかもしれない。その一方で、いやこの妻は病床の状態にある。やはり犯罪までには関わらない人間だろうと一抹の疑問を否定するかもしれない。いずれにしても妻亮子がいう「時刻表」と、東京駅での「四分間」の間隙とが、なにほどかの関係にあるのではないかという些細な疑念を抱かさせる個所として興味をそそる。

物語推移の上で刑事三原が抱く印象は、「奇妙な文章」という表現で切り上げられる。実はこの「奇妙な文章」こそ、安田の犯罪計画を裏側から支えた強固なアリバイ作りに関与していたのであった。なぜなら安田の犯罪計画は、飛行機によって遂行された。飛行機こそ九州で二人の男女を死に至らしめ、すぐさま東京・札幌に飛び、一部列車で戻り再度札幌行を演出させた。その列車の吟味とアリバイとしての代人擁立の背後には周到な時刻表の読み方が要求された。妻亮子の時刻表への精通は、安田の犯罪計画にはどうしても必要だったのだ。妻亮子が記した夫安田を表現する一節、「主人も仕事の上で出張が多いから時刻表をよく買っている。じっさいによく見なれているらしいが」という部分は、この物語の眼目にもなっているのだ。場所の〈点〉、それを〈線〉でつないで工作を実施する安田。この安田の犯罪計画を支えていたのが妻亮子であったのだ。

彼女は、「播種性肺結核症」という病気で、夫婦生活が困難であった。たまに外出はできるが、情熱的な行動はもはや難しい状況にあった。自分の病状を客観化するあまり、夫の愛人関係を、理性の上では半ば許容してきた。しかし、感情はどうであったのだろうか。安田が出入りする ×× 省の部長級が、収賄で噂される問題が浮上している。安田の経営する工具商会は、急速に省官庁に入り込むまでに伸びてきた会社であった。直々に交渉する××省の部長の部下であった佐山が、九州香椎海岸で情死体で発見されたことに、動揺を起こしたのは××省の部長の方であったと物語に記される。安田のここまでやるのかという行動力と野心とに震え上がったのは、部長自身であったのだ。

だがもう少し人間関係を俯瞰的に眺めてみよう。安田の妻亮子は、自分の不甲斐ない病気のため理性的には夫の愛人を許容する。しかし、感情はそういかなかった。一方安田としても、××省の不審な噂を根本から消し、証拠を隠滅するため、佐山をお時との心中劇に見立てるドラマを演出する必要があるが、そのためにはどうしても妻亮子の行動を伴わなければならなかった。ここに安田夫妻の共犯関係が成り立つ。二人の緊密な心の結びつきは、それまでに身体の関係がかなり長い間疎遠であっても確実に存在した。それは、深読みかもしれないが、「じっさいによく見なれているらしいが」という一節の、時刻表と安田との感情的重ね合わせであったと筆者は考える。亮子が、時刻表をみていると様々なことを空想できるという楽しみ方を随筆に記しているが、それはそのまま夫の出張の非日常を連想することに通じていたのだ。これらの感情が夫の外出を許容していながら、どうしても愛人お時の存在を忘れさせなかったのではないか。それゆえ佐山を消すときに、お時も情死として見せかけることを夫に進言した読みの余白を、読者に与えるかたちになっている。

妻亮子は、夫にとって入手しやすかった青酸カリを使ってウイスキーに混入させ、役人佐山を騙(だま)すのであった。会社社長の奥さんが、直々に九州まで来て若い役人の佐山にささやけば、人生経験の浅い佐山はうなずく方向に向かったのだろう。ウイスキーに混入して見破られない毒物こそ、青酸カリであったのだ。その時佐山に同伴する人物は、安田の妻以外にはいなかった。相手を安心させる必要があったのだ。

「戦後は終わった」という掛け声とともに、新しい発展状況が日本の空気の中に感じられる時期、工具商経営者安田は、××省に出入りする機会を得て次第にその経営領域を拡大し始めていた。そこに収賄のような機会は生まれてくる。安田は、すべてを妻亮子に話していたのであろう。自分が食い込んでいった××省汚職事件のくすぶりを何とかして食い止めたい。多少の犠牲を払っても自分たちの築いてきた世界を死守したい。そこで考え出された案件が、擬装心中であった。拡大する安田の経営圏と利潤、同時に上昇を続ける化学製品の生産高の一項目に青酸カリがあった。この二つを結びつけたのが、安田のアリバイ工作と青酸カリの即効性だった。そこに妻亮子の情念も結びついていた。不治の病とはいえ、決断をすれば外出が可能だったほど、彼女の精神性の強さは保たれていた。

なぜ筆者は、安田と妻亮子の緊密性にこだわるのかといえば、物語の最後で二人のアリバイ作りが瓦解したことを知った時、彼ら二人は逮捕される前に青酸カリを嚥下する。逮捕という社会的制裁を受ける前に、二人が自害の方法を採ったからである。それも温存していた青酸カリを使ってのことであった。

安田の愛人お時は、妻亮子の認めるところの存在であったが、感情的には疎ましい性質を抱えた女性であったということは否定できなかったのだろう。それゆえお時は、妻の進言で安田が与えた青酸カリの犠牲になったのだ。青酸カリは、速効性という性質をもっていたがために物語上必然のものとなった。

▼時代と化学物質

日本犯罪史上初めて昭和一〇年一一月二一日に浅草で青酸カリを使った殺人が起こり、警視庁を狼狽させた。しかし、この毒物を使って擬装心中という計画を練ったのは、やはり戦後の昭和三〇年代まで待たなければならなかった。

昭和三二年という年は、それまでの敗戦国日本の復興という雰囲気を払拭させるほどの経済的勢いを持っていた。物語中の〈あさかぜ〉は、昭和三二年一一月のダイヤ改正で登場した夢の寝台特急列車であった。東京と博多を一七時間で結び、車中泊が出来るため効率的な側面も持ち合わせていた。乗客には大好評で、列車の名前も「あさかぜ」という「目に見えないものを名称とした」（浅野明彦『昭和を走った列車物語』平成一三年一一月、JTB）ため、当時生活第一と考える多くの国民に、夢と精神的ゆとりを想起させ斬新なイメージを与えた。それまでの国鉄特急列車の名称といえば、即物的なものであったのだ。他方、途中駅大阪を通過する時間帯が深夜になるので、労働組合から猛反発を受ける一面もあったが、結果は多くの国民に好評裡に迎え入れられる。後年のブルートレインの先駆けでもあったのだ。

さらに『点と線』発表の昭和三二年は、工業界の生産高が飛躍的発展を示した時代でもあった。そこで筆者は青酸カリの当時の生産高推移を調べようとしたが、現在それを調べることは困難であ

昭和 22 年	170
23 年	422
24 年	802
25 年	2484
26 年	3942
27 年	3075
28 年	4872
29 年	4604
30 年	4572
31 年	4331
32 年	7299

昭和 22 ～ 32 年の青酸ソーダ（シアン化ナトリウム）生産量（単位　トン）

ることがわかったので、その代わりとして工業用として利用されている青酸ソーダ（シアン化ナトリウム）の生産量統計データをあげる。これによって性質の類似する青酸カリの生産高の数値を推計することは妥当であろうと考えた。ここに至るまで、筆者は化学の分野では素人のため手間取った。東北大学名誉教授（化学工業）四ツ柳隆夫氏を通し、その教え子で独立法人産業技術総合研究所東北センター所長代理松永英之氏から経済産業省鉱工業動態統計室を通し回答を得た。上の表の通りである。表は便宜的に作成したことをお断りする。一見しておわかりになるだろう。昭和三二年に青酸ソーダの生産量が飛躍的に伸びているのだ。松本清張『点と線』に登場する青酸カリの根源がここにあるといっては語弊があるだろうか。

贅言だが、福岡の地理的位置についても触れておきたい。昭和三一年は、経済白書が「もはや戦後ではない」と記した年であり、経済成長が著しい年でもあった。九州に目を注げば、造船・鉄鋼・石炭産業が北九州に集中し、佐世保・八幡・小倉・福岡が九州経済を牽引していた。福岡は、特に大きな企業の支店が集中、不安定な朝鮮半島へも近い位置にあり、発展の可能性が大であった。街の開放的雰囲気は昔からあったといってよい。

経済から遠く離れた宗教団体の話になるが、かつてイエスの方舟で騒がせた千石イエスと信者の方々が辿り着いた街も福岡だった。今もその方々の会員制バー「シオンの娘」があり、生活がこの地で営まれていることを思うとき、開放性と進歩性を併せ持った街が福岡だと説明できるに違いない。ここに戦後初めて、夜行特急列車が東京とつながったのだ。

夜を徹して稼働する特急列車。これと化学工場で作られるシアン化水素という物質は、昭和三〇年代前半にやはり必要とされたのだろう。その過程で青酸カリのようなものがたくさん合成された可能性がある。この青酸カリの量産と、特急〈あさかぜ〉の登場とが交差したというのも時代の象徴と言えばいえる。あるいは他の化学物質を使って犯罪が行われたケースが、昭和三一年前後には複数回あった。一般庶民にも身近なものとして、化学物質が登場してきた時代でもあったのだ。さらに視野を広げれば、同じ化学製品を生産する新日本窒素肥料（現在のチッソ）が、水俣病の原因となるメチル水銀を海にたれ流し、人々に害を及ぼし始めたのも、ほぼ同時代である。

戦後の復興経済が収束を示しつつ、鉄道という大動脈と時間の迅速化という新しい局面を迎えたのが昭和三一年であった。経済の発展は急速な上昇を描き、官界に係る利権は膨大な利益を、出入り商人たちにもたらしつつあった。当然資本主義社会では収賄のような事態は起こりうる。この延長線に、主人公安田の野望が成立した。

ところで物語の犯人安田は、アリバイの道具に夜行特急列車を選定し、人が行き来し混雑するホームから目撃させ、「偶然」を工作する。それは、「鉄道という機構化された雑踏の死角を暴いていく過程」で、「点とは人間の社会関係が断たれた点を意味しているが、この物語ではその点と点を結ぶ関係をとおして社会の入り組んだ人間関係があらわれてくる仕組みになっている」（関井光男「松本清張あるいは鉄道と時間の文化記号」／「国文学解釈と鑑賞」平成七年二月、至文堂）ということでもあった。大衆が乗る交通機関が国鉄の列車であったとすれば、機械工具商経営者の安田は、そのダイヤをくまなく利用する一方で、当時としては贅沢な飛行機を使って犯行に及んでいたのだ。

昭和三一年当時の大学卒の初任給が一万五千円だった時代、東京・福岡間の飛行機の運賃は一万三千円であった。普通のサラリーマンが乗れる値段ではなかった。安田は、東京・福岡・札幌と飛行機を利用して犯行の現場へ、そしてアリバイ工作のため空を飛んだ。それが最終章あたりで確証となって説明される。××省出入りの機械工具商経営者という肩書は、社会的信用性という「死角」を抱えさせ劇薬青酸カリを易々と入手させ、さらに発展する鉄道と航空機の「死角」を重ねさせ、心中劇を企てたのであった。

◉7 川端康成『眠れる美女』

老いのエロスと睡眠薬

【あらすじ】

六七歳の江口老人は、東京近郊の海沿いにある「あやしい」宿に出かける。そこは老人だけを客とする秘密の宿であった。「眠り薬」で深く眠らされた全裸の若い娘の横で、老人たちはただ添い寝をするだけであった。「悪いこと」をしないことが、この宿の掟となっていた。江口老人は、ある夜出会った一人の娘を前にして、昔の女性たちとの交流の記憶をよみがえらせ、以後その陶酔境のとりこになる。昏睡している娘たちは「匂い」を発するが、江口老人は、それに誘惑され恍惚を重ねる。一方でそれは、死と隣り合わせのものでもあった。物語は傍らで眠っていた一人の娘が頓死し、その時江口老人が驚愕するところで終わる。

▼全裸の娘

いま江口老人の前には、全裸の若い娘が「昏睡」の状態で横たわっている。江口老人は、妖艶な気配と一種「気味の悪さ」を覚える「宿の女」から、「女の子を起こそうとなさらないで下さいませよ。どんなに起こそうとなさっても、決して目を覚ましませんから」と説明を受ける。強い「眠り薬」で、

「不自然な前後不覚の昏睡におちいっている」娘は、他者に関心を持たないで済む状態にいる。「宿の女」は、「どなたとおやすみにいたしましたかもね…。それはお気がねがありませんわ」というのである。「眠り薬」で眠っているので客も娘自身も、お互い気兼ねする必要はないというのだ。しかし、江口老人は、「宿の女」に対して「いろんな疑いがきざす」心持になり、更にこの宿全体に漂う不気味さを覚える。他方江口老人は、この宿に心惹(ひ)かれる一面もあった。さらに江口老人は、自分自身とこの宿に足を向ける他の老人を、「眠らされ通しで目覚めない娘のそばに一夜横たわろうとする老人ほどみにくいものがあろうか」と自嘲的な思いを抱く。全裸の娘に投与された「眠り薬」は、行動や意欲を抑制する働きをするのは自明の理だ。

江口老人は、全裸の娘に傍らで眠り、「いい夢を見た」「若い時を思い出した」と、過去の甘美な想い出に浸るのであった。これは過去への遡及であり、それを至上のものとして認識する、退行の美の世界が築かれていたといえる。ここでの「眠り薬」の働きは、過去に遡(さかのぼ)るための道具であったのだ。

▼川端の睡眠薬体験

裸で眠る娘を前にして江口老人は、宿で用意した「眠り薬」を服用する。この宿では酒は準備しないが、薬だけは置くというのである。しかし、この薬は効き目が弱く、老人用だと「宿の女」はいう。物語は昭和三五年の発表だが、この年を前後して当時川端は、睡眠薬を常用していた。

が睡眠薬に触れた先行研究は少なく、ひとり美学専攻の研究者木幡瑞枝氏が、その著『川端康成作品論』（平成四年六月、勁草書房）で述べている。その中で木幡氏は、川端の随筆「眠り薬」（「週刊朝日別冊」昭和三四年九月）について言及している。この作品は、川端の「眠り薬」をのんでの「いろんなしくじり」を紹介したものである。これを読むと川端が、意外にも睡眠薬に馴染んでいた事実が分かる。その後半部の一節を紹介する。

以前の私は旅行中と執筆中だけしか、眠り薬を使わなかったのに、昭和二十九年に「東京の人」という新聞小説を五百日以上も書いてから、連用の悪習にそまった。今はバラミンを主にアダリンなど、ドイツ製薬で、ミュンヘンの薬屋でバラミンを買った時、日本人は体が小さいから、日本のバラミンの一錠はドイツの一錠の半量だと注意された。この夏、西ドイツでのペン大会に私が出席してゐれば、ここ五六年、ドイツの薬のおかげで夜毎の眠りを与えられてゐると話したかもしれない。しかし、眠り薬から一日も早くのがれたい望みは強い。

右は、作家自身の肉声で興味が湧く。川端が常用していた薬品が、バラミンというものであったこと。時期が、昭和三〇年前後だったということ。この薬がその当時開発されたものか、あるいはそうでないとしても、現在からすれば五〇年以上の隔たりがあることなどである。

ここでおよその睡眠薬の歴史について触れてみたい。村崎光邦・青葉安里責任編集『臨床精神医学講座　14　精神薬物療法』（平成一一年三月、中山書店）収録の菱川泰夫氏論文によれば、次のように説明される。この著書は、専門的用語が多く読みにくいのだが、その中から単純に拾い上げてみると次のようになる。数字は、筆者が便宜上記した。1が最も古く、4・5が現代のものである。

1　バルビツール酸系が登場するまで
2　バルビツール酸系の登場
3　非バルビツール酸系の登場
4　ベンゾジアゼピン系の登場
5　非ベンゾジアゼピン系の登場

川端康成がのんでいたバラミンという薬は、右の時代のいつのものであったのか。菱川氏の論文には、非バルビツール酸系のものであったことが紹介されている。氏によれば、非バルビツール酸系は依存症の発生や乱用による問題を生み出したという。ちなみにサリドマイドもこの時期の薬品であり、その薬理作用が大きな社会問題になった。非バルビツール酸系が極めて危険な副作用を含有していた時代の睡眠薬であったことは、皆さんご存じだ。しかし現在この時期の睡眠薬や安定剤は使われていないのかというと、そうでもないようだ。例えば睡眠薬ではないが抗ヒスタミン薬のトラベルミンは、非バルビツール酸系に属して薬局で購入でき、乗り物酔い止めに使われている。

このバルビツール酸系ないし非バルビツール酸系は、どういう意味を担っていたのか。水島裕編『今日の治療薬』（第二九版　平成一九年六月、南江堂）によると、こうある。バルビツール酸系とは、

「昔からの睡眠薬で、視床、上行性脳網様態に働き、中枢抑制作用がある。安全性が低く、耐性や依存性を起こしやすいため現在の使用は少な」いものであると。他方非バルビツール酸系とは、「小児や安静が保てない患者の脳波および心電図検査施行時に入眠させるのに用いられる。(中略)バルビツール系と同様に依存性や呼吸困難が問題となる」という。このようにバルビツール酸系も非バルビツール酸系も、その睡眠薬は「依存性や呼吸困難」などを併発する可能性があった。これらの難点を克服したところに、現在のベンゾジアゼピン系という睡眠薬が開発されたといえよう。

このバラミンを、もう少し詳しく知りたい気もする。確認したところ、それは市販名であり製剤名は、エチナマートというものであった。作品発表時から少々隔たったものになるが、鈴木郁生監修『常用医薬品事典』(昭和六〇年一一月、廣川書店)によれば、

> 急性毒性：ヒトに対する致死量は不明であるが、15gの服用で死亡した例もあり(中略)慢性毒性：連用により精神的依存の徴候を示すことがあり、殊にアルコール慢性中毒者や情緒不安定な患者は陶酔を求めて連用し、耐性を生じ、大量を摂取するようになり、身体的依存まで発し、明らかにバルビツレート(筆者注：バルビツール酸系)類似の禁断症状が認められる。

とある。なかなか副作用の強いものであったことが分かる。

あるいは前述した川端の随筆「眠り薬」の中にも、川端自身が睡眠薬をのみ、朦朧とした意識状態で、宿で他人夫婦の寝床の間に横たわってしまった失敗譚が紹介されている。相当な意識混濁

状態である。実はこの行為、誇張や虚構ではない。

今から二〇年以上前、関東地方のある高等教育機関の学校に、パジャマ姿の中学生が早朝舞い込んだという話をうかがったことがある。守衛さんが機転を働かせ、本人を落ち着かせ、住所や名前を聞き保護者に来てもらったとのこと。どうも聴くところによるとご本人は病気だったらしい。服薬していた安定剤か睡眠薬が、バルビツール酸系のものではなかったかと、筆者としては平成二五年のいま思い当たるのである。

この件を神経科医師にうかがってみたところ、睡眠時遊行症（夢遊病）というものがあり、これは男児に多くみられ、睡眠状態のままで歩いたり行動したりするものだそうである。この症状は、成長と共に消失するといわれている。川端康成の随筆には、大人である本人が前述の睡眠時遊行症の如く行動した様が記されている。これは、当時昭和三〇代のバルビツール酸系睡眠薬の作用であったのではないかと推測される。昭和三〇年代の睡眠薬が、時として「精神的依存の徴候」へ傾斜する可能性が充分にあったことは、紹介してきた通りである。そして副作用のあらわれとしての特異な行動も、目に付いたのであろう。

ここで少々脱線するが、この意識朦朧（もうろう）という状態を生み出す安定剤を素材にした小説を紹介したい。松本清張の推理小説『彩り河』だ。この小説は、連載発表時が昭和五六〜五八年のもので『眠れる美女』とは約二〇年の隔たりがある。物語はキリスト教の博愛主義を売り物にする昭明相互銀行社長下田忠雄が、次々に邪魔な人物を殺していく話である。その殺しに薬品名ハロペリドールという無味無臭透明な液体が使われる。この薬は、医師用のみで一般の薬局では売っていない。精神科医が、興奮する患者を鎮めるために使用するものである。『彩り河』には、「この薬を約一ミリグラム飲むと、約三十分後には、まず脱力感に襲われる。一ミリグラムは、点眼薬の一、二滴にあたる。／脱力感の次には、当人の動きが鈍くなり、呂律（ろれつ）が回らなくなり、ちょうど頭のぼけた老人のように、舌たるいものの云い方になる。／思考力が著しく減退して、外界に対しては無関心な状態に陥る。自己に起きている異常を気にしない。自己がなぜこのような状態になっているかも、まったく考えようともしないのである」とある。物語の中では、液体の飲み物に本人が知らない間にほんの二、三滴たらして精神朦朧状態にしてしまい、のち断崖に誘導し自殺に見せかけるという場面が出てくる。

現在診療中の神経科医にたずねてみた。この薬を投与しての現実の症状は、この『彩り河』の描写通りだというのである。松本清張は、昭和五〇年代に開発された薬の特徴をよく押さえ、物語の構想を練ったと考えられる。なお平成二五年の現在でも精神安定剤として、この薬は処方されている。薬理は、抗幻覚妄想作用と鎮静作用としてある。

物語に戻れば『眠れる美女』の中で薬をのみこみ頓死する福良老人、あるいは物語の最後で色の黒い娘が突然死するところが描写されるが、これら睡眠薬による死亡はあながち虚構ばかりとはいえない。川端が常用していたバラミンの副作用に「15gの服用で死亡した」事実例があったことなども記されている。いわば時には死と隣り合わせの極めて危険な代物として、睡眠薬とそれがもたらす陶酔境があったのだ。このバルビツール酸系の副作用を考える時、『眠れる美女』の物語世界は、薬理的な裏打ちをもっていたことがわかる。
蛇足だが現在我々が不眠を訴え、病院にいけばどうなるのか。病院に行くと親切な医師は、睡眠薬について説明書を渡してくれる。そこにはこうある。

現在、使われている睡眠薬はベンゾジアゼピン系睡眠薬です。かつて使われていたバルビツール系、非バルビツール系睡眠薬と違い、危険な副作用がほとんどなく、耐性も生じにくく（癖にはなりません）、激しい退薬症候（身体依存を形成しやすい薬物を長期服用して、急に服用を中止したり減量したりした時に起こる症状。不安、不眠、焦燥、発汗など）を起こすことも少ないのが特徴です。（＊＊＊クリニック）

ここから、現在使われている睡眠薬の多くは、ベンゾジアゼピン系か非ベンゾジアゼピン系のものであることがわかる。現在医師が処方する睡眠薬は、ほとんどが危険な副作用がないものである。ただ外科手術の時に使用するような、強い催眠作用をもたらすものもあるのであろう。が、薬剤研究の水準は、かなり洗練されたものになっていることが理解できよう。

▼「眠り薬」と同時代

物語を積極的に読もうとすれば、江口老人の脳裡に浮かぶ次々に異なる過去の女性の身体の記憶が、連鎖しあっていくところに妙味があるのかもしれない。が「眠り薬」という手段がなければ、江口老人もたびたび恍惚境に入っていくことは出来ないのだ。

さてこれほどまでに「眠り薬」が頻繁に引き合いにだされる背景には、現実世界のどのような薬品の流行があったのだろうか。いや流行といえば語弊があろうが、昭和三〇年代の「眠り薬」の宣伝文句は気になる。テレビが現代ほど普及していない時代、新聞の果たす役割が、メディアとしては大きなものがあったと思われる。その新聞の広告を引用したい。

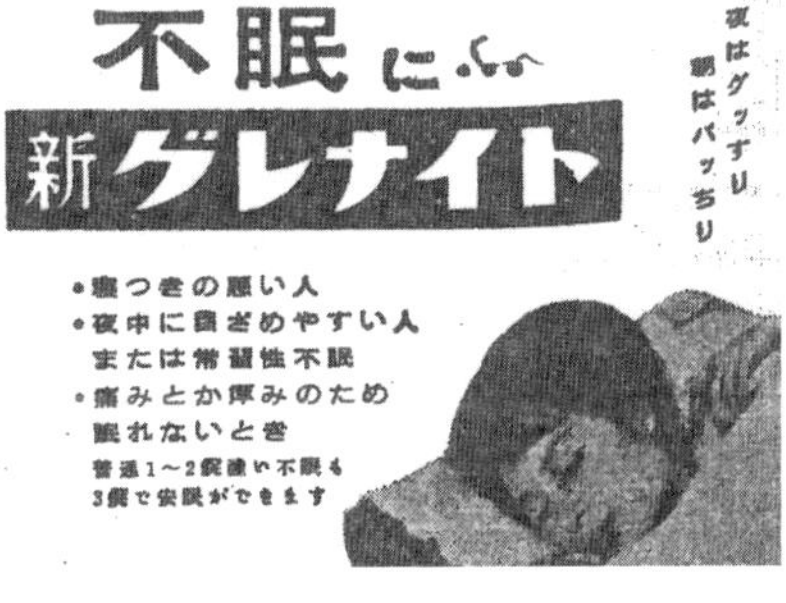

上の三点は、「毎日新聞」の中からのものである。昭和三五年一月五日から一三日までの約一週間の間にそれも同じ種類の新聞に、四点以上が掲載されるという頻度であった。頭痛薬のノーシンを含めるとそれ以上である。かなり頻繁な回数で宣伝がなされていたと考

えるのは、筆者の思い込みだろうか。考えようによっては「眠り薬」は気に病む人、あるいは周囲を意識し過ぎる人にとって、比較的身近なところにあった証左ともいえる。それも医師の処方箋無しで、誰でも購入できたのである。神経の高ぶりや不安な状態で寝付けない人のために、右のアトラキシン、新グレナイトなどは、効力を発揮したのであろう。医師を介在しない薬局が、市民の身近にあったのだ。

アトラキシンとは、現代の大阪府病院薬剤師会編『医薬品要覧（総合新版）』（昭和五〇年七月、薬業時報社）によれば、次のようにある。一般名がメプロバメート、製造元は英国・米国・日本とある。薬理作用は神経性筋肉緊張や筋肉痙攣を除去する、とあるから強い薬品であったことが推測される。副作用および禁忌症は多い。眠気、時に倦怠感、脱力感、ふらつき、頭痛、胃腸障害、浮腫、心悸亢進、まれに運動失調、言語蹉跌（さてつ）、失神などと続く。加えて注意事項には、薬物依存傾向と記されている。

同じ『医薬品要覧（総合新版）』で、新グレナイトも確認してみる。発売元は武田薬品。適応症は不眠症、瘙痒、疼痛による不眠、めまい、乗物酔い、ヒステリー。特徴は速効性で拮抗的、副作用は血液障害。注意事項として、妊婦には注意して用いるとある。妊婦に注意という事項があるので、バルビツール酸系の睡眠薬かと想像される。繰り返すようになるが、これら睡眠薬は、市民にかなり身近なところにあったと判断される。現代からすれば、かなりおおらかな時代であったのだ。

あるいはこの時代、睡眠薬を自殺の手段にした作家もいた。火野葦平である。彼は、明治四〇年一月、福岡県の生まれで、父は石炭仲仕の親分として名を馳せた人であった。葦平は、昭和一二年九月に応召し、一三年二月『糞尿譚』で第六回芥川賞を戦地で受賞する。その後『麦と兵隊』(昭和一三年)、『土と兵隊』(同)、『花と兵隊』(同一四年)を発表して、ベストセラー作家になる。戦後も精力的に活躍したが、昭和三五年一月二四日、自殺を図った。しばらくの間、彼の死因は心筋梗塞とされていたが、のちに真実が判明する。倒れた夜、客との饗応で葦平は、かなりのアルコールを飲んでいた。その後、客が帰ったあとにアドルム(催眠鎮静薬。シクロバルビタールカルシウムの商品名)を呑み込んだのであった。作家としての精神的いきづまりがあったのであろう。アルコールとの併用で、相加・相乗作用が出たとのこと、重ねて当時の睡眠薬が現代のベンゾジアゼピン系のそれとは比べにならないほどの顕著な副作用があったことなどが考えられる。

これまで述べてきたような新聞広告の睡眠薬と市民との近接点、あるいはアドルムやカルモチン(4太宰治「HUMAN LOST」参照)における現在の薬とは違う危険な副作用などを考えるとき、物語中の「昏睡」という表現は、死を予感させるリアリズム的雰囲気をもっていたといえなくもない。これら薬による「昏睡」の延長線上に、「眠れる美女」の世界が形成されたのであった。

▼娘の「匂い」

「昏睡」した若い娘は、もちろんものがいえない状態にある。その娘が娘たりうる雰囲気をあらわす手段に、物語では「匂い」という形容が周到に用意されている。実にたびたび「匂い」という表現が登場する。

▽娘の匂いがただよううちに、ふと赤んぼの匂いが鼻に来た。

▽娘の若いあたたかみとやさしい匂いのなかで、幼いようにあまい目覚めであった。

▽娘にふれるのがほんとうに惜しくて匂いのなかにうっとりしていた。（中略）このままあまい眠りにはいれれば、こんなしあわせはなかった。そうしたくなったほどだ。

▽娘の肩の匂い、うなじの匂いが誘った。

これらの引用部分の他にも沢山見うけられる。眠らされた娘を前にして、会話が出来ないとすれば嗅覚や触覚で相手と交流するしかない。視覚や聴覚ではなく嗅覚を優先させながら娘を説明しようとすれば、この「匂い」という方法は、それなりの意味を持つものといえる。例えば香料会社に勤務し、パフューマー（調香師）として活躍し、『悪臭学人体篇』（イースト・プレス）の著作がある鈴木隆氏にいわせれば、

視覚や聴覚がなくても、匂いという化学物質に反応する神経さえあれば、危険を察知してこれを避け、栄養となるものを探しだし、配偶者を見つけたり生殖行動を起こすことができ、原初の生物はそれだけで生きていけたのだ。（『匂いのエロティシズム』平成・四年二月、集英社新書）

という。かなり根源的で生存のための重要な機能感覚として、〈匂い〉を捉えている。

先ほどの引用文四点の一番初めの部分の後には、「つかの間の幻覚であったのか。なぜそんな幻覚があったのかといぶかってもわからないが、自分の心のふとしたうつろのすきまから、乳呑子の匂いが浮かび出たのだろう」とある。これを読むと「匂い」という感覚そのものを、江口老人は、「幻覚」かもしれないとしている。確かな現実ではなく「うつろのすきま」から派生した嗅覚としての「匂い」は、現実を超えて過去を美化する詠嘆として、慰撫を与えてくれるプラスの感覚としてあったのだ。さらにそれは過去の時間や空間にさかのぼるための手段でもあったのだ。

「眠り薬」で昏睡の状態にある娘は、話をすることが出来ない。当然動くことも、相手の意向をうかがうことも出来ないのである。とすれば娘自身の存在をどう表現するのか。残された手段は、「匂い」だけかもしれない。娘たちは、生物として極めて原始的、原初的ありようの一つの典型ともいえる手段で、相手にその存在を発信しているのであった。先ほどの鈴木隆氏の解説が説得力を持つ。江口老人は、この残された手段としての「匂い」の世界に没入する。そして「匂い」から過去の自己の来歴を想い出す。江口老人は、「老年の凍りつくようななさけなさ」といいながらも、一方では「匂い」から「乳呑子」を振り返る。さらには過去の女性との甘美な交流の記憶を、まざまざと思い起こすのであった。この女性との交流のありようの回想にこそ、やや比喩的表現を使わせてもらえば浦島太郎の龍宮城の世界があったといえよう。

ここで娘に投与された「眠り薬」は、言葉や身振りを限りなくゼロにして、「匂い」という原初的な手段で、相手の心を誘うエロチックな仕掛けをつくったともいえる。この「匂い」は、少し気の利いた表現を使わせてもらえば、江口老人のいわば記憶の風景を、鮮やかに呼び覚ます効能を果たすものともいえよう。

もう少し「匂い」という言葉に付き合ってみる。例えばいま比較的標準とされる「日本国語大辞典」第二版（平成一三年一〇月、小学館）をひもとけば、「人の内部から発散してくる生き生きした美しさ」「優しさ、美的センスなど、内面的なもののあらわれにもいう」とある。江口老人は、目の前にいる美しい娘の、音声を消された状態の、生き物としての根源的表出手段ともいうべき「匂い」の魅力に、引き入れられていく。例えば静かな眠った状態で、江口老人は、「匂いのなかにうっとりしていた」という嗅覚の恍惚境に浸るのであった。その恍惚境は、「匂いがこかった。（中略）目のつぶりようからして、若い妖婦が眠っていると見えた。江口が離れてうしろ向きになって着かえるあいだも、娘のあたたかいにおいがつつんできた。部屋にこもっていた」というものであった。「眠り薬」は、「匂い」を際立たせ、あるいは「娘の純血」をいっそう増すための触媒の役割といえようか。

この怪しい宿にやってくる老人どもに、「その底にはもはや悔いてももどらぬもの、あがいても癒されぬものがひそんでいる」としたら、若い美女の発する「匂い」には「うっとりすることで」「こんなしあわせはなかった」と感じさせるところに、意味があったのだろう。積極的行動ではないかたちで、陶酔の境地に浸ることができるのだ。それは身体のすべてを使って五体で覚える喜びではない。金銭で自由に肉体を売買する男女間同士の関係なら、普通は想像がつく。しかし、この物語に登場する老人たちは、「眠れる美女」の前で、肌が触れ合う前の感覚機能だけで、人生の「癒されぬ」過去を慰めてもらうのだ。忘却が、それまでの「悔い」を緩和させるという桃源郷のような機能を果たしてくれるように、「匂い」は優しい無重力の世界に誘ってくれるのだ。とするならば「眠り薬」は、繰り返すようになるが「匂い」を際立たせてくれる役割を果たすものといえよう。

聴覚といえば、通常の社会生活の中の、様々な雑音や音声が響き、交錯し合っている世界をいうのであろう。しかし、ここでは「娘のあまい息が老人の顔にかかった」という音声が消えた世界で、嗅覚のみが、研ぎ澄まされている。

ここまでくると「匂い」は、音声のない状態で、老人を妄想の世界に引き入れる手段としての役割を果たすといえる。それはまた行動のないかたちでの恍惚境でもあり、いわば退行の唯美的世界に沈潜するかたちともいえよう。退行といっては言いすぎだろうか。むしろ前田久徳氏のように、「はかなさ」とでも形容すべきかもしれない。前田久徳氏は、娘の美を次のように説明する。

生々しい人間関係から完全に解放された場所で初めて発現可能であり、また、それが江口の老いの孤独感や寂寞感、煎じ詰めれば死の意識に照射されるからこそ、はかなさを際立たせ、ますます美しく〈いのちそのもの〉としての光芒を放つ。

（「康成晩年の〈場所〉」、「文学」平成六年四月）

むべなるかなである。この「はかなさ」を支えている要素たりえて「匂い」があったのだ。

▼同化の願望

江口老人は、「眠れる美女」に「仏のようなもの」の感情を覚え、「はなやいだにおい」に「ゆるし」や「なぐさめ」を錯覚する。老人は、その桃源郷のような境地に浸りたいと切に願望する。娘と同じ境地に同化することだけが、この煩わしい現実からの逃避であり、静かな、えもいわれぬ歓びなのであった。それは、「眠れる美女」を前にして、ありし日の「咲き満ちた散り椿」の「ゆたかさ」のような心的躍動感を追体験するものであった。この「椿のようなゆたかさ」とは、「生の交流、生の旋律、生の誘惑、そして老人には生の回復」であったという。

とすれば「眠り薬」が果たす役割は、かつて意欲的に生きてきた時代の根源的悦びを回想するものでもあった。もう少しいえばその役割は、「眠れる美女」を横たわらせ、老人に懐かしい喜悦の感情を呼び覚ますものでもあった。だがこの高揚感とは反対に、他方で江口老人は行動の鈍い老人本来の現実に引き戻される。

▽しかしそれは老人が眠った若い娘の手に触れている、かなしさにほかならないだろう。
▽娘の長い笑い声のやんだあとの静かさは気味が悪かった。
▽おれはまだそれほどみじめな老人じゃないと言ってみたくもあるのを、江口老人は控えて、

それは、即ち「生の回復」としての歓喜とはまったく正反対の虚無ともいうべき感情であった。空虚な「かなしさ」でもあった。江口老人が覚える女性関係の中での来しかたの悦びは、その背中合わせに、空しさと「みじめ」さを併せ持つ闇の暗さも抱えていた。

しかし江口老人は、この「過ぎ去った生のよろこびのあとを追う」ことに、一種「魔力」を感じ、「しだいに魅入られて来た」という感情を強くする。「死んだように眠らされた娘とともに死んだように眠ることに」、限りない「誘惑」を江口老人は覚え始める。それは、「白い眠り薬が二粒あった。江口老人はつまみあげてみた」と、ただならぬ嘛下の誘惑にかられる描写として登場する。これは「眠らされた娘」との同化である。

江口老人は、過去に幾人もの若い女性と深い付き合いを重ねてきた。いま「眠らされた娘」を前にして、江口老人は、過去の甘美な空間のなかに、自分ももう一度「娘」と同じ状態で同化没入していきたいと願う。なぜ江口老人は、「娘」と同じ状態になりたいと切に願うのか。それは「血のさわぐ悪」の「ゆらめき」という誘惑を覚えながら、眠ることで、甘美な過去へ遡求できると判断するからだろう。あるいは自分の「おかした悪」を忘却させるため、「死んだように眠ること」で、「背徳の悔恨」を緩和させてくれるものが、「眠り薬」でもあったからである。なぜなら眠っている娘は、会話をしないのだ。引用として繰り返しになるが「枕もとにはやはり白い眠り薬が二粒あった。江口老人はつまみあげてみた」というくだりで覚える眠っている娘への同化が、自己のかつての「悪」を〈忘却〉させてくれる作用を含んでのものとしてもあるからだ。

ここまでくれば「眠り薬」の働きは、黙って眠らされている美しい娘の「匂い」によって老人が許されるという恰好をとる。「ゆるしなぐさめ」られるというところに注意すれば、次の引用は、物語の深いところを説明しているものといえる。

老人どもは羞恥(しゅうち)を感じることもなく、自尊心を傷つけられることもない。まったく自由に悔い、自由にかなしめる。してみれば「眠れる美女」は仏のようなものではないか。そして生き身である。娘の若いはなやいだにおいは、そういうあわれな老人どもをゆるしなぐさめるようなのであろう。

「眠り薬」で言葉をなくした娘が、「秘仏」のような存在として老人の目に映る。老人どもは、自己の尊厳と面子(めんつ)とを保ちながら、自由自在に過去の感情生活の空間を行き来する。この現象は、娘たちが「眠り薬」をのんではじめて成立するものであった。江口老人が、二度三度と、「眠れる美女」との同化を願うのは、回想と記憶が湧き出るエロチシズムの織りなされた世界に、自分をいざなってくれるからにほかならない。

▼薬の背理

繰り返すようになるが、江口老人は過ぎ去った人生のなかで女性との色彩ゆたかな交流の意味や味わいを、より深く認識しようとすればするほど、その恍惚境へ遡りたい願望を抑えるわけにはいかない状態になる。それが物語では、

「朝飯の後で、もう一度、あの眠り薬をくれないか。お願いだ。君にお礼はする。（中略）
「なにをおっしゃるんです。ものには限度がありますよ。」

という「宿の女」との会話のやりとりにも明瞭に現れる。江口老人は、再三「宿の女」に「眠り薬」を所望する。それはもう一度陶酔境に浸ることが出来るのではないかという切なる願望でもあった。過去の記憶や歓びや心のゆたかさが蘇ってくるなら、そこに再び遡ってみたいと願うのは人情でもある。加えていま目の前に横たわる若い娘は、処女性と娼婦性と母性といったものが融合しているようにも江口老人には映るのであった。再び夢を可能ならしめるには、「眠り薬」無くしては不可能なのだ。江口老人は、過去へ遡（さかのぼ）る〈切符〉としての「眠り薬」を切望するのは当然だったかもしれない。娼婦性とどこか安らぎを与えてくれ、「自尊心を傷つけ」ることなく本人を許してくれる、いわば「仏」のような母性をもった存在、そんな「眠れる美女」は、全裸で若い美女である一方で、エロスの権化でもあったのだ。

しかしエロスの権化は、やはり陶酔境の女の主として、老残の男をいつまでもそばに置いてはくれなかった。それゆえ物語の末尾で、色の黒い「匂い」のきつい娘が、突然心臓麻痺で死んでいく事件が用意されている。これはエロスと隣り合わせに、闇の死の世界が控えていることの説明でも

あった。「眠り薬」は、娘を不自由な状態にさせながらも、他方エロスを増幅させ、ついには死をもたらす装置としてあったのである。

補足ながらひとこと。平成七年、横山博人監督・原田芳雄主演・大西由香助演で、映画『眠れる美女』が配給された。この映画は、小説『眠れる美女』と『山の音』とを重ねて映像化されているが、少々エロチックに構成されていることも確かで映画配給時には、結構な数の観客の動員がみられた。

▼同時代世界文学との共通点

ところで物語のはじめの部分に、次のような一節がある。「なにもわからなく眠らされた娘はいのちの時間を停止してはいないまでも喪失して、底のない底に沈められているのではないか」という江口老人の述懐である。この「時間を停止して」という言葉にかかわって、世界の文学を見渡すとき、ギュンター・グラスの『ブリキの太鼓』(一九五九=昭和三四年)の主人公オスカルの姿を連想するのは、奇抜なことであろうか。オスカルは、幼少期に地下室に転落したときのショックで、成長が止まるのであった。この成長が止まったオスカルは、その後、実に数奇な運命をたどることになる。『ブリキの太鼓』の発表は、『眠れる美女』発表の前年である。もちろん西洋の作家ゆえか、人間の情念の描き方がグロテスクという感は否めない。それでも「時間を停止して」という言葉に連なる想いと、オスカルの成長の止まりを繫げようとするのは、果たして筆者だけであろうか。いまこの作品を手にするには、集英社文庫が手っ取り早い。

グラス『ブリキの太鼓』(集英社)

『眠れる美女』の時間停止は、束の間の短いものである。が江口老人をして「畸形」な夢を見させ、他方「胸のなかに別の心臓が羽ばたくよう」な快感を覚えさせる。「眠り薬」で覚えるこの世界こそ、ギュンター・グラスの『ブリキの太鼓』のオスカルの成長停止の姿に通じるものではないか。あえていえば、このうなされる「畸形」な夢と、「別の心臓が羽ばたくよう」な快感とは、「眠り薬」の正作用と副作用といえなくもない。

もう少し同時代の世界文学を眺めてみたい。同じ一九五九年にはアメリカの作家バロウズが『裸のランチ』を発表する。いま、この作品の鮎川信夫訳単行本を入手することは、少々手間取る。が、それでも読めば面白く迫力もある。物語には麻薬中毒患者が登場する。『眠れる美女』の「眠り薬」と、『裸のランチ』の麻薬とは、薬剤としては全然違うが、麻薬中毒患者が、物語のなかで闊歩する姿を大胆に描き出した意味は大きい。第二次世界大戦が終結し、その後の混乱した状況を脱し、時代はさらに安定期のなかで経済成長を辿っていく。しかし、そのなかで混沌とした迷いを、多くの人びとが覚え始めてきた時期でもあったのだ。「眠り薬」で眠らされた娘を前にして、過去の世界に遡っていく江口老人。ナツメグという麻薬で、混沌とした陶酔境の中で心地よい状態に浸る主人公。どちらも退行の美学という形容が、当てはまる。

さらにヨーロッパ文学を眺めてみよう。グラスがドイツ生まれなら、イタリアのモラヴィアは、一九六〇（昭和三五）年

モラヴィア『倦怠』(河出書房)

バロウズ『裸のランチ』(河出書房新社)

に『倦怠』という作品を刊行する。これはいま、河出文庫（河盛好蔵・脇 功訳）で手にすることができる。かつての単行本の帯には「ローマ法王から禁書の烙印を押された」という文言が記されている。

　江口老人が、「眠り薬」で眠らされた裸の娘を前にして抱く思いは、既に人生の倦怠の時期にいる老人の心境を物語っている。もちろんモラヴィアの『倦怠』とは違うが、江口老人は人生の老いへと傾斜した時期に、いわばたそがれ的段階で妄想を抱くのであった。このように考えると世界同時的文学の呼吸が、この物語にもあったと判断するのは曲解だろうか。

◉*8* 村上龍『超伝導ナイトクラブ』

テクノロジーの果ての代謝物質

【あらすじ】

銀座の路地裏にボディビルで鍛えたママの経営する「超伝導ナイトクラブ」がある。そこに集うのは、光通信・材料・生物工学など業界の最先端の技術者たちだが、彼らは自分たちの知識をひけらかす成金の俗物たちである。彼らは、その最先端技術によって抽出された代謝物質を使って、夢を追うあまり支離滅裂な行為を重ねていく。その中には社会的記憶を失くす「奇跡的」な物質や、「日本がんセンターの付属機関」研究所長が話す冬眠物資などが登場する。それはあたかも現実にあるかのような錯覚を起こさせる一方で、SF的小説空間なのだと思い直させるところもあり、筋はめまぐるしく展開する。そして物語は、退廃的終局を暗示する彼方に向かう。

▼代謝物質リプチオシン

超伝導ナイトクラブに集う常連たちは、成り上がりの俗物たちだ。それゆえ「オレ達のポリシーではテクノロジーに疲れを覚える奴は」「徹底的に淘汰した方がいい」という極めて貧困な優越感だけが、彼らの生きる根拠になっている。その優越感は、受験勉強で勝ち取ってきた狭いプライドが異常に肥大したもので、教養というものはひとかけらもない。この歪んだ精神から彼らを解放してくれるものは、酒と「スケベ心」だけと語られる。その酒といえば、成金の俗物根性ゆえ銀座のバーで高額なものをがぶのみする。一方「スケベ心」は、金に任せてSM趣味をエスカレートさせるという変態ぶりだ。ボデイビルで鍛えたママはいう、「スケベ心」を露わにする彼らこそ信頼できる人間だと。何か倒錯の心理を覚えないわけではないが、ここには、酒と「スケベ心」がテクノロジー一辺倒の価値観から解放してくれるものだという暗示が感じられる。

彼らの職業は、製薬会社に勤務する高圧試験官、コンピューター断層撮影（CT）技師、外資系の投資コンサルタント会社員、ニューセラミックで義歯を作る技工士、人造ウイルスによる遺伝病治療専門病院経営者、新世代コンピューター研究者などである。これらの職業を目にして物語の時代を想像できる方は、いらっしゃるだろうか。この作品は、昭和六一年から平成元年のバブル期に連載された小説だ。

表題にある超伝導は、「磁気を利用して細胞の正常組織と悪性組織を見分けることができるんだよ」という科白に象徴される。単純化していえば超伝導状態を作り出し、そこから派生する強力な磁気を利用するという考え方である。言葉を換えれば金属を冷やしていくと、あるとき物質の性質が変わり電気抵抗がなくなるという原理を応用したもので、今誰でも知っている医療診断装置（MRIなど）に使われている。もともと物質中の電気抵抗がゼロになる超伝導は、水銀や鉛を絶対零度近くまで冷却する中で初めて発見された現象をいう。この原理は、強力な電磁石を作る場合などに利用されるのだ。この強力な電磁石のありようを応用すると、「磁気を利用して細胞の正常組織と悪性組織を見分けることができる」という技術につながるのだ。ただこの物語は、飛躍の面白さが小説転回のバネとしてあるところにある。「酸化物超伝導物質の組み合わせは無限だ」という科白（せりふ）は正しく、それを医療世界に結びつけ極端に発展させ、更なる話題に転換させていくようなところが小説の妙味になっている。彼らクラブ常連の持つ工学技術は、容易に医療や薬剤に繋がって行く。

人造ウイルスによる遺伝病治療専門病院経営者が、カウンターで叫んだ。「法律には触れるが記憶を消してしまう代謝物質があるんだよ、リプチオシンはウミヘビの皮から採取した細胞に遺伝子操作を加えて抽出するんだが、これは新皮質の記憶部位だけに作用する奇跡的な物質なんだ」と。それは「社会的記憶だけを消す」物質だという。クラブに集う常連の目は、異常な輝きを発する。彼らはみな技術者だ。それゆえ現実を揺るがす新発見には目がない。

この部分をどう解釈するかだが、素直に書き手に寄り添おうとすれば、奇妙な説得力を持っていることも否定できない。それは物語の細部（ディテール）が奇妙な現実感（リアリティ）を持っているからこそ、読み手に現実に本当に起こりうるかもしれないという感情を与えるものだ。これが村上龍文学の特徴だ。

代謝とは、「外界から摂取した無機物質や有機化合物を素材として自らの生命活動のために必要な物質を合成する活動と、食物中のあるいは体内の糖質、脂質、タンパク質に蓄えられているエネルギーを生体内の化学反応に利用できる形に変換する活動を指す」（今堀和友他監修『生化学辞典』第4

版　平成一九年一二月、東京化学同人）と説明される。

物語に沿うように解釈すれば、超伝導による磁場の下で作り出された特殊な構造を持つ代謝物質を紡ぎだしたというのであろうか。あるいは超伝導の原理を使って特定された代謝物質を、分離量産していくというのであろうか。超伝導と代謝物質との論理的結びつきの説明をさがすのは難しい。ただ現実に揺さぶりを掛けるような代謝物質を、クラブに集う常連たちはむさぼり求める。それゆえ夢のような代謝物質が、登場するのだ。

酒の席とはいえ、新世代コンピューター技師はリプチオシンを彼の愛人に打つことに決める。この技師には、「家庭はイヤですが、慰謝料を払うなんてもっとイヤなんです」という思いがあるその裏側で、「一緒になってくれと二年間言い続けて」いた愛人がいた。技師は、その銀子という愛人をホテルに誘い、酒に酔わせて寝入ったところで彼女の尻にリプチオシンを注射で打つ。愛人銀子を好きなあまりの行為であったが、「銀子は恐慌状態だった。そうパニックだった。わたしはサイコセラピストではないから無言で震える彼女をどうやって救ったらいいのかまったくわからなかった」と、行為後の混乱ぶりを技師は解説する。ここには小心者の呵責に苛（さいな）まれる姿が描かれるのだが、目の前に横たわる「無言で震え」「どんなことをしでかしてもおかしくない雰囲気」を持った銀子に対して、何も出来ないで呆然とする男がいる。しかし、「コンピューターはヴィーンという可愛い音を発するが銀子はかすかに笑いかけてきた」と、銀子の意識回復の様子が、「コンピューター」起動時の擬音語に譬（たと）えられ、深刻さからユーモラスな雰囲気に変貌していくところは物語の面白さだ。果たして銀子は、自分の過去をすべて喪失していたのであった。


「わたしを知っているか？」

「知らない」

「あなたはあたしを知っているの？」

「知っている」

「よかった」


ここで技師は自分が考えていた嘘の「ストーリー」を、彼女の脳に注入する。彼女のアパートも、自分が「新しく借りて」世話をしたのだと技師はささやく。失われた彼女の記憶を、技師は自分の都合のいいものに書き換えるのであった。

果たして現実にこのようなことが起こりうるのだろうか。精神医学を専門とする東北文化学園大学教授の二木文明氏にうかがってみた。現象面だけを言えば精神医学的には、「心因性の健忘」というものとのこと。これは何らかの精神的原因で生じる「追想の障害」（過去の記憶を思い起こすことができない事態）だというのである。よくいわれる記憶喪失で、ショッキングな出来事に遭遇したり、解決できない葛藤やストレス状況に深く陥った時などに出現するという。ただ留意しなければならないのは、この場合の「追想の障害」は、本人の生活史に関連した記憶（これは「エピソード記憶」と呼ばれる）に限られる点だ。つまり自分の名前、生育歴、住所、家族、仕事などに限定されて起こるというのである。車や自転車の運転技術、泳ぎ方、計算、知識など（これらは「手続き記憶」と呼ばれる）は失われないとのこと。小説のなかの銀子の記憶喪失は、生活史に関連する「エピソード記憶」であれば、現実に起こりうることになる。ただ、もちろん小説の中に出てくるリプチオシンという記憶を失わせる薬物は、実在しない。この小説は、一面で夢物語を語りながら他方幾分か現実との接点を持たせて描かれている。そこに読者を楽しませる小説的要素があるのだ。

しかし、現実は小説よりも奇なりという言葉がある。この小説が発表されはじめたのが昭和六一年からである。科学技術の進歩は目覚ましい。この小説発表から二七年後の平成一九年七月のインターネットに、プロプラノロール関連記事が載る。ボストンのハーバード大学やカナダのモントリオールにあるマギル大学の研究室では、心的外傷（トラウマ）によって心拍数の上昇などで苦しんでいる被験者に、その原因となった出来事を想い出している時にこの薬を投与したところ、症状の軽減が見られたとのこと。これは、高血圧で心臓疾患を抱えている患者にプロプラノロールを使用したもので、脳から読みだされた記憶が、脳に再び格納されるプロセスを妨げることによって、記憶を消し去ることに成功したものだという。この治療方法で特定の記憶に対して永久的な消去が出来るかもしれないという仮説が出た。物語『超伝導ナイトクラブ』のリプチオシンにかなり近い性質のものといえなくもない。

実はこのプロプラノロール、日本でも本態性高血圧症や狭心症や発作性頻拍の予防や偏頭痛発作の発症抑制（『今日の治療薬』平成二一年二月、南江堂）に使われている。ただ副作用もあるとして頭痛、めまい、幻覚、悪夢、錯乱など、中枢神経症を含む一八種以上の症状が記されている。記憶の一部を消す代わりに幻覚や錯乱が出るのでは、やはり諸刃の刃なのであろうか。これらの資料は、前昭和薬科大学教授北條博史氏の親切な教示や提供によることをお断りする。薬の中身は、田中千賀子他編『NEW薬理学　改訂第5版』（平成二一年五月、南江堂）に拠れば「β受容体遮断薬はβ受容体と特異的に結合し、カテコラミンのβ作用を競合的に抑制する」とある。難しい解説だ。同書のこの後の部分によれば「β遮断薬の最も重要な効果は心臓作用である。β_1遮断作用により、心拍数は緩徐になり、心収縮力は低下し、心拍出量は減少する」とある。およその見当が付こうか。神経系の伝達物質として働くアドレナリン、ノルアドレナリン、ドパミンをカテコラミンという。プロプラノロールはこのカテコラミンの心臓促進性に拮抗的に作用するものと言えよう。神経に作用する薬のため、結構副作用はあるに違いない。さらに北條氏の教示から得た資料であるが、平成一九年二月一五日付けインターネットサイト「ABCニュース・ヘルス」に「辛い記憶を消し去るベータ阻害薬」と題して、「病的な不安障害を患い、恐怖から生まれる生理的影響に苦しむ人々の治療に、将来役立てられる可能性がある」と紹介しているが、他方疑問も付記されている。ここまでくると村上龍の小説が、近未来を明らかに照らすと言えば大げさかもしれないが、何らかの暗示を提供するという点で、存在意義を持っていたといえるかもしれない。

さて薬理学の話から急転回するが、ここで付け加えておきたいことがある。それは小説に盛られた記憶喪失の構図のことである。作家村上龍は、昭和二七年の生まれだ。昭和三四年から三六年に掛けて少女漫画雑誌「りぼん」に、横山光輝の『おてんば天使』という作品が連載されたことを同世代の筆者は思い起こす。この作品は、大筋三つぐらいに分けられるが、その第一話は以下のようになっている。登場人物は、小学校低学年の主人公、牧村エミ、中学三年の姉千恵子、高等学校三年の兄健太郎と汽船長の父親たちである。久しぶりで家に帰った父は、新しい母となるとよ子を家族に紹介する。だが長男健太郎は、新しい母の出現を嫌がる。そんな折、海難事故があり、父が船長を勤めていた船が遭難する。果たして父は漂流しているところを密輸船に助けられるが、記憶喪失の状態になっていた。その密輸船も暴風雨で航行が危ぶまれた時、以前大きな汽船の船長であった父親は、かつての仕事柄、航海士を押しのけ自分が船を操縦し困難から脱出する。この記憶喪失の光景は、まさに前述した二木文明氏が解説した「追想の障害」である。自分は誰か、名前も住所も家族も分からないという状態になっているが、船の航海術という手続き記憶は間違いなく本人から離れないのである。海難事故で喪失した船長の「社会的記憶」は、まさに『超伝導ナイトクラブ』に登場するコンピューター技師の愛人銀子が、リプチオシンを打たれたときの家族歴や生育歴や住所の喪失と重なる。村上龍がこの漫画を読んでいたというのではないが同じ構図だ。

現代で難破があれば、どこでどの国籍で誰が乗っていたのか、すぐにわかる。しかし、昭和三〇年代の子供たちは、住所も氏名も所属も分からなくなった記憶喪失男という設定に対して、はらはら胸を躍らせながら読んでいたことを想い出す。リプチオシンは現実にはありえないものとしながらも、漫画がもつ饒舌性と活劇的躍動感が、そのまま『超伝導ナイトクラブ』の展開の面白さに重なると言いたいのだ。

リプチオシン注射で過去を喪失した銀子は、目を覚ました場所がホテルの一室であったため、自分は娼婦だったのかという反問もする。親切で面倒見の良い新世代コンピューター技師の世話にな横山光輝『おてんば天使』
（昭和36年5月「りぼん」付録、集英社）

り、新しいアパートで自分の過去をいぶかりながらも生活していく。その途上で銀子は、他の男性に「惚れ」てしまい技師は狼狽する。が銀子が恋した銀行員も、この怪しいナイトクラブの連中により恋路を邪魔され、銀子は再び新世代コンピューター技師のものになりかけようという展開に進むのかとも思いきや、残念ながら技師は仕事で躓き「会社の同僚に去られ」「離婚し」、あっけなく「マントルの女」と「排気ガス」での「無理心中」の顛末を迎える。

残った銀子は、ナイトクラブの常連の勧めで「肝臓と腎臓を新しくセピアトニク樹脂製のものに替え、ついで血液交換をして生まれ変わった。もう過去のことなどまったく気にしていない」という情況になる。そしてママの勧めで「店で働く」ことになるのであった。かくして彼女の葛藤はなくなる。外貌も「映画『メトロポリス』の中のロボットの女王そっくりだということで」「ポリスと呼ばれることにな」る。ここに描かれている「肝臓と腎臓を新しくセピアトニク樹脂製」に替えるなどということは現実ではありえない。いま血液を洗うことについては、腎機能が悪化した人たちに対してする人工透析（血液ろ過）という医療法はあるが、それが人間を生まれ変わらせるなどということにはならない。ただ、筋に沿う限り面白くあたかも現実にあるが如くの脈絡で語られるのだ。新世代コンピューター技師の存在は物語から消えていき、銀子は、過去の苦悩を緩和させナイトクラブの店員として働き始める。そして近未来映画に出てくる人物同様「ポリス」という名称で親しまれることになるのであった。この小説の道行は、まさに「酸化物超伝導物質の組み合わせは無限だ」という表現の中の「無限」という科白を野放図に転回させたSF的空間にもなっているのだ。湿っぽい未練や過去を懐かしがる遡求の感情は、ひとかけらもない。

▼冬眠物質

この超伝導ナイトクラブで「ウイルス」と呼ばれる男が、「日本がんセンターの付属機関でPDII冬眠研究所所長」だという「白髪の紳士」を紹介する。紳士は、「HIT」という「冬眠誘発物質」が、「冬眠中の温血動物の血漿(けっしょう)に含まれて」いるが、その「純粋抽出」に成功したと告げる。実はこの物質、ビタミン、ホルモンに次ぐ第三の代謝物質と呼ばれているプロスタグランジンとは違うという。以前からこのプロスタグランジンは、「制ガン」「梗塞症の治療」「睡眠のコントロール」「老化のメカニズム」に深く関わっていて、今後の解明に多くの期待が寄せられている実在の物質であるが、「HIT」はそれを上回るというのだ。その量を調節すれば「ピタリと冬眠時間を決めることができる」るというのだ。

「HIT」という物質は実在しないのだが、プロスタグランジンは、生理活性物質として薬の中で作用している。例えばアスピリンの抗炎症作用は、プロスタグランジンの生合成抑制機能によるものといわれている。このプロスタグランジンには種類があり、プロスタグランジン2には睡眠誘発作用がある。この作用に近いものとして、冬眠物質「ＨＩＴ」の「純粋抽出」がでてくるのだ。村上龍は、実によく調べて実在する物質の作用機序を理解している。その上での現実と虚構の織り交ぜがなされるのだ。もちろん読者は、惑乱させられる。ここに前述した物語の細部が奇妙な現実感を持って、読み手に、本当に起こりうるかもしれないという感情を与えるのだ。巧みな技術だと言わなければならないが、ここに村上龍の文明批評があるのだろう。

再び先ほどの「ＨＩＴ」に戻ろう。この物質をどう使おうとするのか。それは「冬眠を利用して精神分裂病（現在は統合失調症）を治す」というのだ。これは物語の進行上、どういう筋立てになっているのかといえば、かつてリプチオシンを打たれ記憶喪失になったポリスが、何かしら自己の過去に遡求しようとするそぶりを示すというところへ繋がっていく。それは自己の失われた過去へのこだわりと、後述するカルロスという技術者への接近で、語られるという筋になっていくためだ。

ここで精神科医二木文明氏に、冬眠を利用して統合失調症を治療するというのは、本当にあるのかと問い掛けてみた。果たして二木氏は、かつてあったというのである。一昔前にあった「持続睡眠療法」というものを、物語はヒントにしたものかもしれないとの返事であった。その療法は睡眠薬で患者を二週間ぐらい眠らせておいて、統合失調症の症状を軽減させるというものであった。食事は何らかの方法で取らせるとのこと。この治療法は睡眠薬の中毒症状や異常身体的合併症をまねきやすく、また熟練を必要とするため、抗精神薬の登場とともに廃（すた）れ現在は使われていないということだ。ここまでくるとこの物語は、奇妙な細部のリアイティが改めて信憑性をもっていることに気が付く。

冬眠物質に関する現実の研究を眺めてみる。少々前のことになるが、大脳生理学専攻で愛媛大学名誉教授片岡喜由氏は『脳低温療法』（平成一二年九月、岩波書店）で、「冬眠動物が冬眠に入ると、体温は10℃くらいまで急速にまた何の支障もなく下がる」状態で「脳の浮腫を抑える物質、活性酸素の産生を抑える物質、脳の毛細血管を守る物質が冬眠動物の血液中に存在するのではないか」と説き、「この物質の存在が明らかにされ、薬として製品化されると脳低温療法は格段に進歩する」と語った。ノンフィクション作家柳田邦男氏もこの問題に言及している。

三菱化学生命科学研究所主任研究員を務めていた近藤宣昭氏は、片岡喜由氏が探求していた物質を『冬眠の謎を解く』（平成二二年四月、岩波新書）で、「血液中に分泌されるホルモン性の物質」だと断定し、それが「脳」で増える「冬眠特異的蛋白質（略してHP）という」ものであり、それだけではなく冬眠する動物の体には「概念時計」というものも作用してはじめて可能となると解説した。近藤氏は、この冬眠状態を医療に応用出来れば次のようになるという。手術などで患者の体温を「より低い温度」にし、「血流を止めておける時間も飛躍的に延」ばすことができればその患者の「体への負担」を「大幅に改善」できるという。もし可能になれば多くの人が期待するし、あるいは「代謝に依存する病気の進行」を「抑える」ことが出来るともいう。

物語の登場人物たちは、右の冬眠物資の性質をかなりよく踏まえて自分のアイディアを語り出す。彼らは、冬眠物質を探しそれが手に入ったなら、不特定多数の人間たちを宗教で靡（なび）かせるようにし、かつ人格改造も出来ると踏む。彼ら先端技術に係る者たちは、多くの人間たちの意識を変えることが出来るかもしれないと気色ばむのであった。

繰り返すようになるが彼らの弱点は、「モラルも常識も教養も」無く、「最先端技術にかかわっているという自負」だけを拠りどころとする点だ。それは「何も知らないまま、ただ土を掘ることしかできないモグラ」が「土を掘り続けたらたまたま重要な何かに接する地点へ顔を出してしまったというのと同じだった」と譬えられる。これは社会全体を俯瞰することが出来ない人間の謂いでもある。このモグラたちが、クラブに集う常連たちだというのである。何か重要なことを仕出かすかもしれないが、他方周囲が見えないところでむきになって働いているという姿であることも否定できない。これも村上龍特異の現代技術者批判と言えなくもない。いずれにせよ冬眠物質を使って彼らは、人格改造や洗脳というよからぬことを考えた。

▼カルロスの存在

リプチオシンで記憶喪失になった旧銀子＝ポリスが、クラブに集う連中から冬眠物質の話を聞く。その延長でポリスは、自己の過去を求めてカルロスが行う脳体験再生の仕事に期待した。カルロス本人側からすれば、若い女性ポリスに接近できるという下心があったのかもしれない。物語で彼が登場するはじまりの部分には、「全世界のテロを指導している偉大な男」、「ベンチャービジネスのカルロスと呼ばれている」男として紹介される。だが少々西洋史に通じている人であれば、スペイン国王カルロス2世（一六六一～一七〇〇年）をもじったのではないかと考えてしまう。ハプスブルク朝最後の王で、その治世中スペインは内政外交共に破綻をきたし、後の衰退を決定した人物である。この物語の終焉でも、カルロスは事業にいきづまり自殺していく。村上龍は自己の文学モチーフについて、聞き手竹森千珂のインタビューに答え、レイナルド・アレナスというキューバ生まれの作家の『夜になる前に』という小説を取り上げ、アレナスは「徹底的な反カストロで、僕が今愛しているキューバっていう国をすごく悪く言っているから」興味深く読んでみたところ、「悪く言っていてもやっぱりキューバ人だから、ものすごいエネルギーを持っていて、反カストロでも十分面白いんですよね」(「ユリイカ」平成九年六月、臨時増刊)と述べている。このアレナスの作品に『めくるめく世界』というのがあり、この物語は実在した怪僧セルバンド・デ・ミエル師の波乱万丈の生涯を綴っているが、物語の中には海賊に襲われるとか精液の海とか、とにかく奇想天外の話が「めくるめく」ように展開し、舞台もメキシコやスペインと転じ、カルロスなる人物も登場する。この『めくるめく世界』の筋の無い展開は、どこか『超伝導ナイトクラブ』のそれに通じる印象を受ける。作家アレナスは、カストロの独裁を徹底的に批判して当局に睨まれ、亡命してアメリカで大学教員や作家生活を送るが、最後はエイズを患い服毒自殺をしていく。

物語に戻ろう。ナイトクラブで働いているポリスは、かつてリプチオシンで社会的記憶を消され臓器移植で別の人間となった。のちに「他の人の体験をデジタル化して、再生」できる「脳の嵐」という代理体験を豪語するカルロスに惹かれつつ、自己の過去を求めて彼の実験に従い始める。その過程で彼女は、カルロスと恋仲になる。それをはじめは店のママも認めて微笑むのであったが、カルロスは次第に異様な変貌を示し始める。彼はどういうわけか、今までにない異常な熱情的叫びや弁舌をふるうようになる。既に彼の頭の中には政治に介入しようとする意識が芽生えていたのだ。

常連やママや恋人ポリスまでも、彼ら自身の触感で違和感を覚える。なぜか、それは常連たちの価値観と衝突するからであった。彼らは、みな権力ある者たちに必死で抵抗し、自分たちが扱う専門的世界での知識や開発力にしのぎを削ることで自分たちの存在を確認してきた。それがどういうわけか、カルロスは政府筋と連動するプロジェクトに深く関わろうとしたのである。常連たちは猛烈に反発する。クラブのママもポリスまでも、不信感を募らせる。

ポリスは、自分の恋人を「呪われた者」と見なし始め、常連たちはカルロスに対して敵だという意識を持つ。もはやカルロスは、ポリスの恋人でもなく、常連たちに「疲労感を漂わせ」「異常な」「何かを信じきってしまっている」心を持った人間として考えられるようになる。そしてポリスが呟く。「ずっとさっきから頭の中でモヤモヤしていたのが何だったんだろう」と考えて辿り着いたものが、「快楽の系譜」だったと。その説明のなかでカルロスの存在を、「反動保守」と定義する。カルロスは、既に政府筋と結託し、何か大掛かりなプロジェクトで洗脳的仕事をしようとしているという。ポリスの呟きは、カルロスに対する不信として次のように語られる。これは物語の特徴的調子(トーン)でもある。

飛び降りるって気持ちいいじゃん？　高いところから低いところへ重力に逆らわずジャンプしたり滑るのっていいでしょう？　スキーだって高いところから低いところへというベクトルがエネルギーを生んで逆に低いところから高いところへという動力となるわけじゃない？　それは人力による滑車から原子力へと到るすべてのエネルギーに言えることじゃなくて？　で、ラマピテクスの時代にもいたと思うの、地面から再び樹上に戻ろうという反動保守の猿人がいたと思わなくて？　そういう猿人は進化しようとしていたわたくし達自由猿人の大いなる敵でしたのよ、おわかりになる？　でも反動保守の猿人たちはその後何千回何万回となくわたくし達ヒトを危険に陥らせてきたのです、それがカルロスよ、

ここでポリスは、「快楽」の根源は、「高いところから低いところ」へ「滑」り落ちる実感にこそあったという。そこで作用する「動力」を、楽しいもの、あるいは快い感情として実感することが我々を進歩させてきたと。しかし、「樹上」の空間から落下することに違和感を覚え、再び「樹上」の世界へ戻ろうとした「反動的」猿人こそカルロスであり、彼は発展を阻もうとしている「猿人」の象徴として存在するというのであった。もはやカルロスは、超伝導ナイトクラブの常連ではなく、権力を握った者へと変貌した者として捉えられている。カルロスが語る饒舌は、常連たちの信用を得るかたちから程遠いものになっていた。

元々のカルロスに対する疑惑は、異常な情熱とほとばしる弁舌でナイトクラブの室温があたかも数度上がるような状態にさせたところにあった。ポリスに至っては、カルロスの弁舌熱でアイラインがずれ落ちるほどであった。ママもまた異様なカルロスの弁舌に、何ほどかの疑念を抱いた。そこに何があったのかといえば、政治であった。カルロスの情熱は「文部省」につながり、謂わば国家的規模の教育に関わる様相を示し始める。常連たちは感覚で嗅ぎつけ敵視し、カルロスを「消せ」と叫ぶ。しかし頭脳明晰なカルロスを掃討するにはどうすべきかという回答は出せない。後で、このカルロスをどう退治しようかという話はうやむやになるが、連中の一人のセラ義（ニューセラミッ

クで義歯を作っている技工士）はなんとかなりそうだとほくそ笑み、大きな自然や宇宙や節理というものの存在を語り出す。それは次のように語られるのだ。

　オレは自分で言うのもなんだが何度も人工歯根史に残るような発見をしてその度にモンキーダンスを踊ったもんだ。発見と開発が繰り返されていく現場に立ち会ったものなら誰でも思う疑問なんだが、それが人類の英知などと言うよりもあるシナリオが敷かれていてオレ達はそのシナリオに沿って歩いているだけなんじゃないかという気になってくるんだ、

　これは既に進歩というものが以前から用意されていて、たまたま時間的空間的に自分がそこに居合わせただけで、これまでの努力も大きな自然の流れという営みのほんの一齣（ひとこま）のシーンに触れたにすぎないという認識である。苦労した「発見と開発」というものは、実は大いなる歴史の中で既に用意されていたものだという。この部分に何かマルクス主義的歴史観を覚える人もあるだろうか。実はこのくだり、物語終結部へのひとつの布石になっている。物語の展開はここでは終わらず、先ほど来のカルロスをどうするかという問題を棚上げしたままで、変な「天才科学者の小人」がクラブに立ち現れる。「からだの中の、爆風か拷問でやられたように見えるおびただしい傷跡」を抱える異形の小人の外見は、じつは先端技術者たちが、なりふり構わず日夜研究に没頭しているさまを、寓意的に表現したものといえないだろうか。普通あるいは通常の人のありようとは著しい違いをもった人間が、この小人であり、かつ先端技術に携わって凌（しの）ぎを削って仕事をしている常連の異形さ

を代弁したものと見えるのだが。

その小人が連れてきたホステス風の二人の女は、「店の雰囲気を一挙にインビなものにし」「ネズミのクソほどの知能しか持っていな」い、「退行的な」「変態」じみた恋愛談義をする。物語ではこれが延々と続き、先ほど紹介したアレナスの『めくるめく世界』の筋のない展開を連想してしまうのだ。二人の女は自分たちの容姿を客観化していて、単にそれを治したいというのではなく、精神や肉体そのものを「改造されたがっている」のだという結論に進む。彼女たちの隠微な告白は、変態じみて漫画チックなものであるが、それがどれほどの意味も持たないことは夜明けの時間とともに収束していくことからもわかる。小人の抜群の科学的知識も、異形の風貌も、人間の根源的コンプレックス的逸話に収斂(しゅうれん)されていくのだ。そして先端科学の世界的発見や凌ぎを削る開発の行きつく先が、自滅という結果になるということで、物語は終焉していく。


見出しは、「ハイテク特殊映像に賭けたカルロス村田氏自殺」内容は、「脳に特殊な電気的な刺激を与えることにより映像を喚起させるという画期的な装置を使用して、新しい学習素材を開発していたカルロス村田こと、村田良治さんが、きょう十四日未明宿泊先のホテル・ニューオータニで死んでいるのが発見された。（中略）」鑑識の発表によると、自殺だという。

カルロスは、「文部省」を巻き込んで大掛かりな開発と展開を目論んだが、結局のところカルロスが呟いた「SMプレイって本当に面白いのか？」という質問にセラ義が「面白いっていうか、オレは人類の本質だと思うね」という返答したことに倣って、プレイ中に倒錯した心境にはまって死んでいく。このSMプレイ中、倒錯的心理を抱えたままでのカルロスの自殺は、どのような意味をもっていたのか。それは前述した先端技術者たちが、苦渋を味わい凌ぎを削る過程で、「発見と開発」の「現場に立ち会った」者が実感する「それが人類の英知などと言うよりもあるシナリオが敷かれていてオレ達はそのシナリオに沿って歩いているだけだ」という歴史観を、しみじみと味わったところにあったのかもしれない。それは別の言い回しをすれば、苦闘する姿も自然の摂理の中のほんの一部であり、「退行的な」「変態」じみた行為もまた、自然のなかの人類という生き物の「本質だと思う」という認識に回帰していくのではないか。それゆえクラブのママは、「彼らのスケべな」あり方に信頼を置いていたという言葉を発するのであった。

▼テクノロジーの果て

常連のひとりが叫ぶ「酸化物超電導物質の組み合わせは無限だ」という科白の次に、「イットリウム・ベリウム・銅系・無限」と呟くのは、金属材料開発だけに留まらず、医薬系物質の開発につながるような、とてつもない空想を我々にもたらすことの面白さがある。さらに「スケべ心」が「人類の本質だ」と豪語し、超伝導の原理を使って開発された代謝物質リプチオシンなるものに、固唾を呑むのもそこにある。ここに日常の技術至上主義の陥穽と反対に、技術者たちの精神の解放を設定した物語の構図が出来る。

代謝物質の開発については、社会的記憶喪失物質や冬眠物質などが列挙され、不老不死にも通じる一方、煩わしい現実逃避の秘薬としての役割を発揮する。実際にある代謝物質の役割を説明しつつ、空想の物質までも実際いまそこに実在するかのように語り出す。ここにこの小説の特徴がある。それは近未来的な人造人間のポリスが記憶を失くしたままで、現在の平成の時代で通常の生活をすることにも通じている。物語における脈絡の破格と言えばそうだが、この不都合性を超えて祝祭的な場所としてナイトクラブの夜は展開して行く。

そしてカルロスが抱く「人工冬眠が五分、十分の単位で使えるようになっているから、それで脳を空っぽにしておいてあの嵐をビューーッて吹きつければ子供だろうがオランウータンだろうがみんなヒンズー教徒みたいになっちゃうよ」という大衆洗脳への野望も、仕事疲れの果ての自殺として片付けられる。これがテクノロジー社会の果ての姿を寓意しているように感じるのだ。

◉9 中島たい子『漢方小説』

都会の孤独と揺らぐ心

【あらすじ】

主人公川波みのりは、かつて付き合っていた恋人から、他の女性との結婚話を聞かされショックを受ける。さらに仕事のストレスもあり、独り住まいのマンションで、突然ロデオマシーンに乗ったような痙攣（けいれん）と胃痛に襲われ、救急車の世話になる。総合病院で痛みは治まったものの、その後は原因や治療を求めて病院を転々とする。みのりは、たずねた五人目の漢方医にようやく納得の得られる診断を下され、やがてその医者に恋をし漢方医学に傾倒していく。この過程で彼女のシナリオライターの仕事ぶりが紹介され、同時に東京という大都会の中での孤独な一人暮らしの一面が描かれていく。そして彼女を取り巻く人々の心模様もユーモラスに説明され、ここに主人公の状況が客観化されるとともに、自己回復への兆（きざ）しが語られていくのであった。

▼ポップソングと主人公

スマップの唄う「夜空のムコウ」の作詞を担当したスガシカオの作品に、「コノユビトマレ」という歌がある。もちろん彼は歌手としても著名だが、その歌詞の一部を紹介する。

どこにも居場所がないって思う人　ぼくのこの指とまれ
ムリヤリもう探さなくていい
希望見つけるのやんなっちゃった人ぼくとかくれんぼしようよ
必ず君みつけるよ
（中略）
誰かとても寂しいと言う人　ぼくのこの指とまれ
ムリヤリもう笑わなくてもいい

（『ギター弾き語りスガシカオ　ベスト・コレクション』平成二一年四月、ケイ・エム・ピー）

ここには都会の若者の孤独とそれを解消するための優しさが、巧みに盛り込まれている。何気ない歌詞で、周囲の人としっくり交流できないで悩んでいる若者の心境を、「寂しい」とさりげなく表現する。そして同じような悩みの人に、「ぼくのこの指とまれ」とやさしく寄り添える標（しるべ）を示すのだ。心通える仲間を「ムリヤリ」「探さなくていい」と窮屈な努力の方向を選ばなくても、解決策があるよと優しく語りかける節回しになっている。スガシカオの人気の秘密は、他者と連帯したい現代の若者の孤独な心境を、乾いた情緒に訴えながら、その問題には、実は単純な解決方策があることを柔らかく優しく囁（ささや）くところにあるようだ。

実はこの歌詞は、非常に分かりやすいことばを使いながら都会の孤独というべき問題を捉えている。スガシカオの描く「ぼく」「君」は、おそらく一〇代や二〇代の若者を指しているのに違いない。その「ぼく」は、「八方塞がり」だと悩むのだ。ここには将来に向けて、なんとか「希望」を見つけなくてはならないと焦る心境が垣間見られる。しかし、その「希望」の実体が、どのようなものであるかはなかなか把握出来ない。ただ何かをつかみたいという焦りと、他方で仲間にも語りえない孤独や寂しさがあるのだ。

「ぼく」は、努力して疲れた人に、「この指とまれ」と連帯を呼び掛ける。他方「バイトに遅刻しちゃいそうだから／ゴメンちょっとかけ直していい？　あとでちゃんと聞くよ」という科白で、「ぼく」には既に異性の友達がいることがわかる。しかしその友達と、心を許して話し合えているかといえば、それは難しい。

この歌がヒットしたのは、現代若者の「バイト」感覚、「希望」探し、連帯感の難しさなどという心理を感情断面から巧みに捉えていて、それを優しく唄っているところにある。実は中島たい子『漢方小説』の世界には、このスガシカオ「コノユビトマレ」の世界の若い世代の感性から年齢は多少上になるが、都会の孤独に陥った女性の心境と相通じるものがあると考えられる。

▼主人公の疾患

主人公川波みのり　三一歳、脚本家、独身女性。彼女は、以前付き合っていた彼が突然北海道から久しぶりに現れ、面食らってしまう。カレが結婚するというのである。安全パイだと考えていた昔のカレの変わりように、愕然とする。「私」は表面上動揺を隠し、「満足げな彼」と地下鉄の駅で別れた直後に、「車両に乗っている私以外の人がみんな結婚しているのではないかという恐怖感に襲われ、すると急にお腹が張ってきて痛みだした」という状態に捉えられる。この精神的圧迫が、次第に主人公の身体と神経とをそれまでの人生経験上思いもしなかった異常な方向へと導く。それは、「ユニクロのパンツがはみでているお尻を玄関にむけて倒れ」という、自力ではどうにもできず救急隊員が駆けつけてもらう場面の、

私はセルフ・ロデオマシーンになっていた。突如として体が暴れだし、自らの生みだす振動にかれこれ小一時間はガタガタとふりまわされていた。マシーンの回転数はますます上がり、いっそ振り落として欲しかったが、乗ってるのも暴れてるのも自分だから降りようがない。私が何を言っているのかよくわからないので、大家さんが代わりに私の名前を彼らに告げた。私は流しの上にある近所の総合病院で出してもらった胃薬を指さして、それを飲んだとたんこのように全身がふるえだしたことを彼らにわかってもらおうとした。

という状態につながる。「私」は、痙攣を起こして自分を制御できなくなったのだ。安全パイだと考えていた彼に振られたために、自分だけが取り残されたと痛く感じ入る。あげくの果てに「恐怖」を覚え、深く悔やんで悩み込む。気が付いた時には自分自身の身体の自由が利かなくなっていたのだ。よく耳にする現代都会の単身赴任者の内向の果ての、神経と身体の疾患と断言してもよい。誰かに気持ちをこぼすことができたなら、どれほど気が楽になることか。あるいは複数の話し相手に

心中の悩みごとを発散できたなら、いかほどに気分が晴れたことか。「私」は、くよくよと悩んだだけであったのだ。おまけに連帯する人がいない。孤独だけが友達なのだ。

失恋での落胆が内向を色濃くさせ、正体不明の痙攣（けいれん）を呼び起こしたのであった。本人は、病院で処方された「胃薬」が引き金で、こうなったというのだが、ことはそれほど単純ではあるまい。いずれにせよ自制できない筋肉が病的にひきつけを起こしたのだ。

冒頭のスガシカオの歌詞のように、この指にとまって優しく会話を出来る人がいればいいいのだが、それができない。「私」は、都会に独りでいることの寂しさをまぎらすことは出来ないのだった。地下鉄の「車両」に乗っている人々は沢山いるのに、自分以外はすべての人が「結婚」していて、自分自身だけが脱落した失格者で、大変な無能力者のように思え、それが「恐怖感」に変貌していく。繰り返すようになるが、「どこにも居場所がないって思う人ぼくのこの指とまれ」と優しく語り掛ける人が隣にいれば、川波みのりは内向しなくて済んだのだ。

▼症状と漢方

単身赴任の中年の男性が、風呂場で心臓停止で倒れていたという話を聞いたことがある。電話が通じないので週末に妻が心配して、夫のアパートに出向くと、既に死亡していたという話である。あるいは独り暮らしの男性が、ついつい悩み考え込み、それがもとで腹痛を起こし、我慢が出来ずタクシーや救急車を呼んだというパターンもよくあるらしい。現代人は、複雑で晴れ晴れとしない心模様をいつも抱えているのだ。

「私」のその後の胃の具合は、病院から出て一時的快癒はあったものの全快とは程遠いものであった。

さらに寝ようとすると、眠りに落ちかけた次の瞬間、心筋梗塞かと思うぐらいに心臓がドキーンッ！　と打って、飛び起きる。それのくり返しで寝るに寝られない。やっと一、二時間寝ついたと思うと今度は自分の体温の上昇にビックリして何事かと目覚める。毛穴が全開して止まらない汗。なのに微熱。

川波みのりの神経は、相当に参っている。もし仮に「私」が家族といっしょに住んでいたなら、この神経症的な状態を語ることにより、くさくさした心境を発散することができたのではないか。ここには間違いなく他者と共有する場を見出し難い都会の単身者の呟きがある。あるいは単身者でも、もう少し自然の景観に恵まれた土地に住んでいたなら、その風景に癒されることもあり違った反応を示したのではなかっただろうか。しかし、彼女の職業が脚本家なので、やはりこれは無理な注文かもしれないが。

いずれにしても「私」こと川波みのりの症状は、重かった。心臓が波打ち、寝付いたかと思うと今度は自分の体温の高さで目覚める。汗がでる。よく眠れないという状態だ。消化器系はどうかといえば、「固形物はすでに食事のリストから消え、温かい流動物すらだましだまし入れないと胃のあたりがすぐにドキドキしてくる」という塩梅（あんばい）であった。この身体的症状を抱えて、「私」は医者に診察をお願いするのであったが、結果はしっくりこなかった。のち「私」は、何度か病院を変え症状の説明を繰り返すのだが、医者からは「心療内科やカウンセリング」に行くことを勧められる。「私」にとってこの診断は、「自分の一部を捨ててこいと言われているように聞こえる」というもので、自分は身体の病気であることを理解してほしいと悩む。しかし、複数の医者に心療内科を勧められ「やっぱりイカれているのは体ではなくて精神の方か？」と考え込む一幕もあったが、「私」はこの煩悶（はんもん）を、「物を書いている人間にとってストレスはネタそのものだ。なんの障害もないストーリーを書いて誰が面白いと思う？　ストレスの恩恵で暮らしている自分が、今さらストレスが原因で体調を壊すなんて」という自嘲あるいは反語めいた注釈で否定しようとする。ここに物語前半の主人公の悩みが描かれる。

　ところが「私」に思いもかけない転機が訪れる。あれこれ悩んでいた「私」が、アパートで考えることもなく「老人ホームのクリニックでもらった漢方薬を口に放りこんだ。懐かしい記憶がよみがえった。私は子供の時から喘息（ぜんそく）もちで、高校の時に体質改善の為に漢方医に通ったことがある。（中略）そうだ、東洋医学という選択肢もあったじゃないか」という閃き（ひらめ）を抱く。この考えで五人目の医者坂口先生に辿り着くのであった。坂口先生は、見事に悩める「私」の患部を言い当てる。

　　「ドキドキするのは、ここでしょ？」
　と言った。私は驚いて言葉も出なかった。（中略）

他の医師は信じてさえくれなかったのに、診察室に入って数分で彼はどこだかあててしまった。この腹診で私はまいってしまった。以後、この先生に私はドキドキすることになる。

いままでどの医者にも診てもらえなかった患部を見事に当ててもらったのだ。「私」が求めていたのは、自分の精神的領域の疾患ではなく、総合的な身体疾患を診てもらうことだった。それがこの漢方医坂口先生により的確に指摘され、嬉しさと同時に呆然となる。困っている病気を診察してもらいたかったのに、なかなか診てもらえなかった歯がゆさが霧散し、換わりに自分自身の今までの考えに確信を強めるかたちになる。

漢方薬を口にして、「懐かしい香りに記憶がよみがえった」主人公は、過去の自分の症状回復を振り返ったといってよい。ここに、自分の根源に遡れるものかもしれないという思いが萌す。「私」は、長い間さがしていた自分の病の状態を理解してくれる医者に出会え、限りない嬉しさを覚え、同時に「参ってしまう」という状態にもなる。

坂口先生の診たては、次のようなものであった。

> 東洋医学的に診ると全身のバランスが崩れていて、私の場合、『火』が勝って上半身に熱が上がってしまい、例のドキドキや胃の不調を引き起しているのだという。（中略）
> 治療的には『腎』の働きを良くするということで（中略）
> 「『サイコケイシカンキョウトウ』と『ロクミガン』というお薬を出します。（後略）

という診断で、「私」は納得と安心を得る。「私」の心境は、「この一ヶ月半の不安が肩から抜け落ちていくのを感じた」のであった。「私」は、もう坂口先生の診断に何も疑いは抱かず、漢方薬にかなりの効力があると考えるようになる。患者が、好いというからには薬の効き目は倍増する。精神的にも尊敬できる医師に出会えば、病状も回復へ向かう。それまで一か月半苦悩していた患者が、待ちに待った救世主に出会えた感覚にも等しいものであった。

右の『サイコケイシカンキョウトウ』というのは、漢字に直せば「柴胡桂枝乾姜湯」となる。現在小太郎、帝国漢方、剤盛堂その他から薬剤として出ている。組成は、サイコ、オウゴン、カロコンなどである。効能や効果は、「衰弱して血色悪く、微熱、頭汗、盗汗、胸内苦悶、疲労倦怠感、食欲不振等があり、胸部あるいは臍部(さいぶ)周辺に動悸を自覚し、神経衰弱気味で、不眠、軟便の傾向があって、尿量減少し、口内がかわいて空咳等のあるもの」(『日本医薬品集　医療薬　二〇〇八年版』平成一九年九月、じほう)とある。よく読むとこの効能は、川波みのりの症状とまごうかたなく一致する。

「私」は、この薬を求めて苦悶していたといえなくもないような効能書きである。「臍部周辺に動悸を自覚し、神経衰弱気味で、不眠」というところなどは、特に一致する。この時点で「私」は、じほう社の薬品解説をよんでいたとは記されていないが、さらに医者にも心服していたのだから、効果は抜群であったろう。ただ薬は効き目があるということは、処方を間違うとマイナス面が出てくる危険性もある。使用上の注意として、

1　患者の証（体質・症状）を考慮して投与する。
2　カンゾウが含まれているので、血清カリウム値や血圧値等に十分留意する。
3　他の漢方製剤等を併用する場合は、含有生薬の重複に注意する。（前掲載）

という但し書きもある。しかし、これは漢方医が処方しているので間違いはないだろう。

さらに『ロクミガン』についてである。漢字で書けば、「六味丸」となる。組成は、ジオウ、サシュユ、サンヤク、タイシャなどである。現在この薬は、クラシエやツムラなど四社以上の会社が製品として出している。効能や効果は、以下のとおりである。「疲れやすくて尿量減少または多量で、ときに口渇があるものの次の諸症：排尿困難、頻尿、むくみ、かゆみ」（前掲載）というものである。さきほどの紫胡桂枝乾姜湯との併用で、効果はあると判断してよい。

「私」は、この時点で愁眉（しゅうび）を開いたといえるだろう。精神的悩みが、身体的不調を引き起こし、両者のバランスを欠き混乱を招き、救急車まで呼び込む状態に陥った状態に一条の光がさしたかたちになったのだ。主人公の身体と精神は、安定化の方向に進む。と同時に、「私」が無意識に欲していたのは、「香辛料ほど強くなく、茶葉よりも……」という「やわらかで素朴」なものであったのだ。もう少し噛み砕いて言うと、「私」という人間を「素朴」に受け入れて、「やわらかく」扱ってくれる他者を求めていたのかもしれない。あるいは単純にいえば「暖かい言葉をかけてくれる」人を、欲していたと言えるかもしれない。「私」なる人間は、都会の中で他者と交流しながらも、「やわらかさ」をもって自分を肯定してくれる人が、身近にいなかったのだ。もしここに母親や兄弟姉妹という人間が家族として交流していたなら、川波みのりの孤独な姿は、もう少し変わっていたかもしれない。彼女は、間違いなく都会の中の単身者なのだ。主人公川波みのりが飢えていたものは、他者との穏やかな交流と言えないだろうか。漢方医坂口先生が、腹診で見事に見つけた疾病の患部。「私」は、長い間悶々としていたものが一瞬にして解決したような気持になったが、それは腹診というかたちを取りながら、相手のこころへの架橋となる行為だったのだ。

それは言葉を換えていえば、冒頭で述べたスガシカオの「コノ指トマレ」という優しい連帯の仕方に通じるものであったのだ。「私」は、医師坂口先生へ尊敬の念を抱くというよりも、悩みの質を理解してくれた他者へつながれたという安堵感を得たと言った方が妥当かもしれない。

さらに主人公は、漢方薬への信仰ともいうべき効能書きにはまり込んでいく。「私」の友だち茜ちゃんが、漢方薬の解説本を繙いて、主人公を前にして生薬成分を解説する場面がある。


「『ブシリチュウトウ』ってとこ見て。何の生薬が入ってる？」

「えーとね、人参、甘草、生姜、朮、朮ってなに…オケラだって。虫？」

「植物のオケラでしょ」

「そっか、よかったね植物で。あと、附子だって」

「ブシ？」

「ブシ、ブシ…書いてある…キンポウゲ科のヤマトリカブト！」

「なぬっ!?」

とぼけた会話だが、これも「私」の心境にゆとりが出てきてのものだ。ご存じのように、ヤマトリカブトには有毒な成分が含まれ、全身がしびれ、場合によっては呼吸困難で死に至るという恐ろしい薬草だ。ただし、この二人のやりとりで漢方薬の成分を話題にするくだりは、「私」の内部に既知のものとなっていたが、その成分が植物であり、化学合成品ではないのだということの再確認にあるのではないか。即ち自然界に生えているものであるというところに、安心感が醸(かも)された気配がある。これは筆者の独断ではない。それは主人公「私」が、次第に気付いていく大きな問題に通じていると判断されるからだ。それが、後の「からだ」の部分に表現されている。次の坂口医師の発言を見てみよう。

「何も問題がないという人はいませんよ。体は常に変化していますし」
「変化、ですか。病気は?」
「自分が生みだす変化ですから。自分の一部でもあるわけです」

というように「病気」も「自分が生みだす変化」であるという認識が示される。とすれば、この「自分が生みだす変化」という認識を、自分で受け入れるかどうかの問題でもあったのだ。これは非常に単純化して言えば、自己の状態を客観化できるかどうかということでもあった。「私」こと川波みのりは、次第に病状の回復と同時に自己の静観化の方向を得てきたような気持ちに向かう。

若者特有の精神の混乱は、誰にでもある。当然心に不安の波は起こる。ただすべて自分の身の周りに起こる現象を、自分自身の変化の一部だという認識に立てるなら、さほど落ち込むことはないというのである。ここに辿り着くまで「私」は、かなりの時間と労力と神経を費やしたのであった。

▼「七情」と解決

「私」は、脚本家という仕事柄、他人の作品をかなり批判したり罵倒したりしたことがあった。「私」は、自分が書いた脚本は、揺るぎの無い絶対のものだという自信を持っていたためである。がある時、自分の作品に落ち度があるため、テレビ局の上役が同業の他者のものを選ぶ。「私」は、このことを知って愕然とし、「おいてけぼり感」を覚える。「私」は、それまでの自信が揺らぎ崩れ、それによる動揺のために震えと動悸が止まらなくなる。それはかつて元の恋人にふられて陥った「ロデオマシーンのスイッチがオンになった」状態と同じであったと言える。しかし前のときのどん底に落ちた状態とは少し違い、「私」は坂口先生へ尋ねる方法をとる。ここには意志的行動がある。もちろん坂口先生は、「私」の個人的内面の世界はわからない。症状を説明しない患者を前にして、医師は語る。

「『中医学には『標治』と『本治』という考え方があるんですよ」と言われ、「川波さんは根本的に悪いところはまだ治っていないので気をつけて下さい」

という助言であった。根本的なところ（＝「本」）が治っていないので、表面的な症状（＝標）が直りかけたと自分で判断しても十分気をつけて下さいというものであった。自分の認識の不十分さを指摘され、他方、右往左往する自分の性癖もまた改めて考えさせられたといえる。この落ち込み時に、男友達の森ポンが心配して見舞いにやってくる。ふたりのやりとりは、以下のようなものであった。

「本気で漢方医のことが好きなの？」
「好きだけど、それもこういうことじゃない気がする。男も欲しいし、病気も治したい。でも、男に癒して欲しくはない」
「やっぱどこか壊れているよ、おまえ」

というもので、話が複雑骨折する。「私」は、いま欲している望みや感情は認めるが、感情や精神の根底のところで、異性という存在だけで「癒」されたくないという。それは精神的空白を、異性という概念で埋めたくはないという発言である。これはもう少し掘り下げれば、精神の豊かさに対する求道とも言えようか。「私」の孤独は、森ポンが考えるレベルで満たされないのだという強弁にも思われる。がここが物語の一つの妙味になっていることも確かだ。

「癒」されない孤独を抱えた「私」が苦悩しているのは、半分自分の脚本家としての能力の足りなさに起因していることも否めない。そのショックで前述した「おいてけぼり感」を覚えて焦ったのだ。それは何を示すかと言えば、自分はもしかして無能力者ではないかという恐れでもあった。

それはまたその先に更なるショックと不安とを呼びこみ、「ロデオマシーン」という在りし日の身体と精神と神経との連動的疾患を引き起こすのではないかという考えに通じるものでもあった。

だが現在の「私」は過去の自分とは違い、もしかしてこれは自分の情緒の不安定さにあるのではないかと考えるようになる。それは感情の問題だが、身体を含めて総合的観点が必要だという考え方を抱くようになるのであった。「私」は、「七情」という文字が目にとまり、それが「東洋医学における精神面の扉」だと気が付く。「七情」とは、単純に中医学の説明を付せば、怒・喜・思・憂・悲・恐・驚の七つの情緒変化をいう。これらの感情が強すぎたり、長い期間続いたりすると様々な病気を引き起こすと考えられる。

さらに「私」は、述懐する。「私は腎が弱っていると診断されたけれど、それも、ショック（驚）と不安（恐）から腎を傷つけたのだと解釈できる」「この七情とはストレスのことだ」「感情と臓器は同一なのだ」「精神は物質、そう思うと、不思議に気が楽になった」という認識に辿り着く。「感情と臓器は同一なのだ」という認識は、情緒活動と身体としての臓器がつながっているということで、実はバランスをとるために、前述した総合的安定をはかるという実に素朴な考え方でもあった。この考え方は、至極単純で誰でも日常生活で考えることかもしれない。しかし、「私」の病気と妥当な診療をしてくれる医師をさがすという遍歴の中で、ようやく手にしたひとつの重要な解答でもあった。更に根本の解答は、他にもあったのだ。

それは、「私の目的」は、「『病気を治したい』という段階から一歩踏み込んで、『変化を恐れない自分になりたい』ではないだろうか」という認識に辿り着いたことでもあった。この認識は、なかなか説得力をもつ。「私」は、元の恋人が結婚するという話を聞きショックを受け、動揺してしまう。その動揺があまりに激しいものであったため精神や神経の参りようが、身体と連動して「ロデオマシーン」のようになって自分の体をコントロール出来なくなり、救急車の世話になる。周囲の人々に迷惑をかけたという自戒は、病根を言い当ててくれる巡礼にも似た医者探しに「私」をして駆り立て、気がつけば高等学校の記憶を辿るかたちで漢方医に辿り着くということになったのだ。それはある意味で、安全パイと思っていた元恋人の変化に、自分がついていけないことでもあったのだ。ショックで、自分の根底がぐらつき、その動揺を鎮めるための治療遍歴が川波みのりの物語でもあったのだ。

人間が生活していくうえで、変化は必ず起こる。しかし、その変化にいちいち動揺していては何もできないのだ。その動揺をなるべく小さなものにして、「シーソーみたいにバランスで考え」ることが出来れば、ショックを緩和できるのだ。これは漢方の考え方でもあり、医療や薬の処方を超えた日常生活の基本でもある。この考え方に辿り着くため「私」は、右往左往して七転八倒する生活を送ったのであった。

物語の最終章、主人公は「東京都薬用植物園」で、「桃色の牡丹(ぼたん)の花が一面に咲き乱れていた」光景を見て、「そこは桃源郷ならぬ牡丹源郷だった」という思いに駆られる。そこでの認識は、「ここには何かがある。その『何か』に言葉をあてはめるとしたら、やはり『気』という言葉しか思い浮かばない」というものであった。その「気」とは、自然界にもともとあったもので、あらゆる生き物にたいして元気を与えるような相互作用をもったものといえよう。それは元の恋人の変わりようで一喜一憂している姿が小さな在り方であったという反省を促すものでもあり、もう少したくましく生きていかなければならないという思い直しを与えてくれる場所でもあったのだ。

◉10 リリー・フランキー『東京タワー』

そのとき、オカンは抗がん剤治療を拒んだ

【あらすじ】

小説の副題は「オカンとボクと、時々、オトン」。主人公のボクは、母との二人暮らしを筑豊（ちくほう）の炭鉱町で過ごす。やがて自立心が芽生え、母から離れて上京し、美術大学に入り、サラ金からの借金生活を送る。その後、絵を描き字を書いて生計を立てることが出来るようになり、借金を返済し終える。だが還暦を迎えた母に甲状腺がんが見つかる。がんの摘出手術をし、元気になった母だったが、寂しそうな様子を見かねて、ボクは母を東京に呼ぶ。やがて二人の生活が始まる。東京での生活が七年に及ぼうとする頃、母のがん転移があらわになる。最早手術は不可能で、抗がん剤治療が始まる。やがて、ボクと父に看取られながら、窓から東京タワーが見える病室で母は息を引き取る。この物語は、地方出身者が東京に憧れてやってきたことを東京タワーという建造物に象徴しながら、故郷に戻れないで苦悩する人間の独白にもなっている。

▼「時々、オトン」という家庭状況

ボクは、小倉で生まれた。「姑、小姑、四人の下宿人と暴れん坊のオトン」、そして、「労働力や

精神力においても、大変過酷な花嫁だった」オカン、そんな家庭での出発であった。

大きくなってから聞かされた話と幾ばくかの記憶をたどって、ボクは三歳の頃の家族の原風景を次のように再構成している。帰宅したオトンが突如「ガラスのはめ込まれた木桟の格子戸を完全に破壊し、わめき散らしながら土足で廊下を進むと、絶叫するばあちゃんをなぎ倒してオカンを追い回」す、その様子は「籠城事件に突入する警察の特殊部隊でも、もうちょっと上品に入って来るだろう」という激しいものだったが、こんな「風景」が、「この家にはたびたびあった」というから、驚きだ。こんな厄介極まりないオトンに対するオカンの忍耐と窮屈と鬱屈とは、並みのものではなかったと考えられる。

その後オカンはボクを引き連れオカンの実家に出戻り、町の料理屋などで働くことになる。ところは筑豊の炭鉱町であった。二人は、住居を転々とする。生活費を稼いでくれるオトンが、不在だったためである。普段の日常は母と子一人の生活なのだが、ボクは長い休みになると「小倉の家にひとりで行かされ」そこでオトンと祖母と一緒の生活を送るのであった。

そのオトンがどのような職業についていたかといえば、同僚のおじさんが、「指輪の柄の入れ墨を彫って」、かつ「髪をツルツルに剃った」出で立ちで、ボクは「身体が固まって低温の汗が出」てしようがなかったところで働いていたというから、堅気（かたぎ）の職業ではなかったのだ。

オトンは、ボクにとって平和な家族の一員ではなかった。幼少期と少年期のボクにとってオトンは、宙に浮いた存在としか捉えられていなかった。ボクには、オカンがいれば満足するというかたちで生活が続いていた。まさに、「ボクには父親というものが、そばに居ないことが当たり前になっていたし、もう、そのことでなにを思うこともなくなっていた」のだ。そんな家庭環境だった。

それでもボクは、普通の家庭に対してある程度の憧れはあった。小学生になり小倉でオトンとオカンとボクと一緒の生活をするという話が浮上した。ボクは、周りにそのことを吹聴し転校を言いふらしていた。ここには普通の両親同居を前にしたときの心躍るような単純な嬉しさが感じられる。だが、この復縁話はとん挫する。

そしてまた引っ越して、廃院となった古病院の病棟を改装した貸家に住む。怖くて夜には「トイレに行くことが最後までストレスになった」というほどで、母子分離できないでいるボクのありようが語られる。もし父親がそばにいたならば、ボクはもう少し恐怖を抑制できる精神を持つことが出来たかもしれない。のち成長して筑豊の中学から大分の高等学校へ入学して自堕落な生活を送るようになったのも、いわば父親という精神的支柱を欠いた子供がよく陥るコースであった。俗にいう父親不在による社会的規範の希薄さを抱えた子供になっていた。煙草を吸う、学業を軽視する、などということは、父親不在の子供にまま見かけるケースである。自分の置かれた状況の中で、踏まえなければいけない道徳や人としての倫理的価値観を軽視する傾向は、まちがいなくこのボクにもあった。

それと同時に奔放で身勝手なオトンが、配偶者オカンに相当の迷惑をかけたのだろうという想像をそそる。間違いなく多くの読者は、オカンに同情を禁じ得ない。オカンの苦悩ぶりが、小さいボクの心理を通して描かれることはないのだが、読者にオカンの苦渋の内面を想像させる。この想像が、後述する東京タワーが見える病院でのオカンの闘病の切なさを倍加させていることは間違いない。一方、オトンといえば、息子への愛情がないとはいえないのだが、やはり影が薄い存在で、オカンとボクの親密さを強めるための触媒にしか思えないほどであった。

▼慈愛に満ちた母性、オカンの役割

ボクは母一人子一人の家庭で育ったためか、典型的な外弁慶の子供として成長していく。家の中では、母親にとっていい子としての顔を持っていた。あるいはオカンもまた、後年ようやく手にした店にボクの美大卒業証書を貼り出すことで、自己の存在理由を確認しようとしていたのかもしれない。それがすべてであったのだ。そんな母親に育てられながらボクは、母親から離れ「自立をした喜び」を得たいと願う。ボクの自立心は、比較的早い方だった。既に中学で芽吹き始めていたのである。

親元を離れてボクは、大分県の美術高等学校に入学する。母親から離れる日、ディーゼル車の中で「自分のことはなにも記さず、ただボクを励ます言葉だけが力強く書いてあった。そして、〝母より〟と締めくくられたその便箋と一緒に、しわしわの一万円札が一枚でてきた。／ボクはおにぎりを食べながら涙が止まらなく」なる。のち自堕落な下宿生活が始まるのであったが、高等学校卒業前には「早く違う世界に、今よりもっと大きな場所にという想い」を抱くようになる。すなわち東京を目指すのであった。

やがてボクは、現役で武蔵野にある美術大学に合格する。母親についての、九州を離れるときのボクの認識は、「オカンの人生は十八のボクから見ても、小さく見えてしまう。それは、ボクに

自分の人生を切り分けてくれたからなのだ」という客観化されたものだった。遡って少年時のボクとオカンは、「少しでもどこかに居なくなれば、泣きながら行方を探し、泣き止まないうちに、すぐ、帰って来てくれる。互いが一緒に居ることで、ひとつのかたちを成しているようなものだった」という関係だった。母子分離などという言葉は、ここにはない。母親の存在感だけが、自分を守ってくれるのだ。さらにボクは語る。「世の中に、様々な想いがあっても、親が子を想うこと以上の想いはない」と。ここには母を慕う至上の感情がある。神にも近い慈愛に満ちた母性のありようで、それは日本的エートスといえるかもしれない。

物語では、いくつかのオカンの描写が奇妙に読み手を引きつける。例えば、大学四年生で卒業が出来なくなったとき、ボクはオカンに電話をする。卒業ができないので、学校をやめようかどうしようかと伝える場面である。普通の母親だったら怒りだすのが一般的だと思うのだが、この場面でオカンは怒らない。そのかわり、オカンはどうして卒業できないのかと、ボクに執拗に言葉で迫る。「なんでかね……」という問いが繰り返されるのである。ボクは返答に窮する。もっともである。遊び呆けての学生生活であったからだ。

▼ボクの生活転換

ボクは、「根拠のない可能性に心惹かれ」「そこに行けば、なにか新しい自分になれる気がして」上京した。そしてオトンの「東京に行ったら、もっと色んな人間がおるぞ。それを見てこい」という言葉にも励まされ、喜び勇んで武蔵野にある美術大学に入学する。しかし、「街を歩いていると何度も踏みつけてしまうくらいに、自由が落ちている」「それを弄ぶようにな」ったためボクは、転落してしまう。ボクはいつの間にか「サラ金のカードは八枚になった。四日に一度やって来る返済日に利息すら返すこともできずに、家賃も滞納し、下北沢のアパートも追い出されることに」なる。いわゆるサラ金地獄である。ボクには内心まずいという忸怩たる思いはあったのであろう。が、不思議にこの物語では暗黒な内面は語られない。バイトを続け、催促の電話から逃げ、ひたすら隠れ家に遁れる描写が続く。

そんなボクにも転機が訪れる。海苔会社の倉庫で集荷のアルバイトを辞めたのを最後に、バイトをしなくてもなんとか暮らせるようになったのだ。「五年間遊び呆け」た怠惰なボクはそこから抜け出せた理由を、「色々な仕事に」「興味を持ち、働くということに抵抗もなくなっ」たためだと語り出す。物語の中では、この「興味を持ち」というところにボクの再生が語られるのであった。この様々な仕事に対する「興味」こそ、意欲ややりがいに通じる関門だったのだ。

ボクは前向きに歩みだす。「借金」返済という思いも、あったのであろう。更に「仕事場」を新たに借りるだけの意欲と目標が出てきたこともあったのだろう。ボクは、「仕事がなくても仕事場に残って絵を描き、字を書いた」という積極的な姿勢になりだす。ボクとリリー・フランキーを等価に結びつけることは芳しくないだろうが、どうしても「文章家・小説家・イラストレーター・絵本作家・デザイナー・アートディレクター」などという作者の肩書は物語中のボクと連動させたくなる。

当然生活は前向きになる。しかし、人生は無情だった。これまで蔭になり日向になり、あらゆる自己の願望を抑えて息子の成長だけを願ってきたオカンが、身体に異常を来たしたのであった。「〝首のあたりがなにかクリクリする〟とオカンが言い出したのは姉妹で別府に旅行した時」であり、「町の医者に診察してもらったところすぐに九州大学の大学病院を紹介され」たが、その結果は「『オカンね、ガンになったんよ』」「『甲状腺のガンなんよ』」と電話で告げられる。それでも、手術は成功する。この場面でのボクの心境は語られないが、今までの物語の推移を辿ってきた読者とすれば、胸が一瞬ぎゅっと握り潰されたような気分になるに違いない。

物語ではボクの心配が述べられることなく、突然飛躍したかたちで、「『東京で、一緒に住もうか？』」という電話の声に集中して表されるのであった。そして一週間が過ぎて、オカンから電話が届く。「『本当に行ってもいいんかね？』／『あぁ、いいよ……』／『そしたら、東京に行こうかね』／『うん……。来たらいいよ』／意外な返事だった。しかし、あのオカンがそうすると言うのだから、よほど精神的にも切羽詰まっていたんだなと思った」というやり取りだった。老いては子に従えとは格言にあるものの、九州の炭鉱町で育ち六〇歳までそこで過ごしてきた女性が突然東京の都会生活に馴染めるのかどうか、と「おばちゃんたち」親族は心配した。当然かもしれない。適応障害を引き起こすかもしれないと危惧したのだ。しかし、「おばちゃんたち」の気の揉み方は、杞憂に終わる。オカンは、見事東京に適応していく。

▼オカンのがん治療

ボクは、母親のガン細胞が転移していたことで動揺する。かつてオカンは、九州在住時「九大病院で甲状腺も摘出手術を受けて二年後、度重なる苦しいヨード治療を受け」、その後回復して上京したと、ボクは思い込んでいた。ここでのヨード治療とは、九州大学病院では昭和五九年度から施行している治療だという。同病院がんセンターのホームページによると、正常な甲状腺はヨードを原料として甲状腺ホルモンをつくっている。この甲状腺から発生する「分化型甲状腺がん」も、「正常甲状腺と同様にヨードを取り込む性質を持って」いる。そこで「放射線を出すヨード（放射線ヨード、１３１Ｉ）を飲んで胃や腸から吸収させ、がんに取り込ませると、がんの中から放射線を照射して治療を行うことができ」るというものである。入院して「１３１Ｉの入ったカプセルを複数個飲んで」もらうという治療である。

一般の読者はお分かりだろうか。口から入ったカプセルが胃や腸から吸収され、それが静脈を通って甲状腺に取り込まれるというのである。ここには、がん細胞の細胞分裂は正常な細胞より活発であるという前提条件がある。体内に入ったヨード１３１Ｉでがん細胞をたたくという仕組みについて、もう少し説明してみよう。この治療法の根本原理は、「子供のほうが放射線の影響を受けやすいとされるのも、大人に比べて子供の細胞分裂が活発だからです。／ならば細胞分裂が活発ながん細胞も放射線の影響を受けやすいと言えます。がん治療に放射線が用いられるのも、正常な細胞よりも活発に分裂するがん細胞のほうが放射線の影響を受けることを利用しているのです。」（青山智樹他『世界一わかりやすい放射能の本当の話』平成二三年五月、宝島社）というものなのだ。

オカンは、九大病院での手術とこの治療で成功を収め上京した。「おばちゃんたち」の懸念もよそに東京に馴染んだオカンだったが、甲状腺がんとは厄介極まりないものだったのだ。「転移していたガン細胞は、声帯付近と食道の一部で大きくなっていて、その膨らみが呼吸喉を塞いで」「声帯をすべて摘出」しなければならないという状況になる。が主治医に紹介された「フランス留学から戻ってきたばかりの甲状腺専門医」のお蔭で、「声帯は極力温存」の方向で手術が成功する。しかし、オカンとの「楽しい時間は、鈴が坂道を転がるように音色を残しながら足早に過ぎて」ゆく。

そして、ボクとオカンとの東京生活が七年も過ぎようとしていた頃、「ボクが一番恐れていること」が起き、「巨大な運命の竜巻が平野の向こうからどんどん近づいて来るように」感じ、戦くことになる。それは、「いけんねえ……。食べ物が奥に入っていかん。吐いてしまう……。苦しいでいけん」というオカンの呟きは、現実的には胃袋に転移したガンが正常な細胞を「塗り潰し」ていたのであった。医師はいう。「手術は無理です。お母さんの体力的な問題もありますが、なにしろ進行の速いものですから、胃の全体、その他にも広がり始めています」「もう、後は、抗ガン剤治療ということになりますが」というスキルス性胃がんの末期的状況であった。そしてオカンの「抗ガン剤治療が始まる」。「初めは身体がだるい、気持ちが悪いと訴え、嘔吐を繰り返すようになる。全身に激痛が走るようで、うつ伏せになったまままもがき苦しみ、顔を上げたかと思えば吐き続ける」「時々、気を失いそうな吐き方をする」という大変な苦痛を伴うものであった。

がんの末期症状で幾ばくかでも回復の可能性があるとすれば人は誰でも、その可能性に賭けるに違いない。その一縷の願いから始まった抗がん剤治療だった。しかし、ボクは、時々気を失いそうな吐き方を直視するのであった。それはボクに、果たして抗がん剤治療という選択で好かったのか、それとももう少し別なかたちで母親の病状の推移を見守る方法はなかったのかという動揺の念を引き起こすのであった。「抗がん剤が投与されてすぐに、オカンの体調は見るからに悪化した」と率直に記されている。ここにあるのは症状の改善ではない。あるいは緩和でもない。悪い腫瘍部分である患部を目掛けて投与される抗がん剤が、実は他の細胞までも衰弱させてしまう諸刃の剣としての相貌を露わにした姿があるのであった。

二段階目の抗がん剤治療の様子は、「七転八倒し嘔吐を繰り返しても、もう吐き出すものがなにもない。それでも身体は胃袋と食道と舌を洗面器の中に投げ出そうとするように押し続ける。／くちびるは切れて血が滲み、少ない吐瀉物の中にも血が混ざりだした」と説明される。

右の一文の解釈をたずねるため筆者は、がん研究に長年携わってきた研究者でかつ医師である宮城妙子氏（東北薬科大学特任教授／医学）にうかがってみた。宮城氏は、実に膨大ながん研究の論文業績がある方である。ちなみにインターネットで氏のお名前を検索してみよう。糖鎖研究では優れた業績を残されている。つい近年もインドの癌学会から講演に招聘されるという実績のある方である。お忙しい公務を縫って時間を頂き、当方はうかがった。この作品が発表された前の平成一四年頃の、胃がんに対する抗がん剤治療の様子についてである。

宮城氏にいわせれば、薬は以下の四種が主体で、これらの中から一種あるいは二種を組み合わせて投与することが一般的との説明であった。

5‐FU、TS‐1（DNA合成に関わる酵素の代謝拮抗剤）
シスプラチン（プラチナ製剤―DNA転写・複製阻害）
イリノテカン（DNA分裂に必要なトポイソメラーゼ阻害）
タキサン系（DNA分裂に必要な微小管の阻害）

右は平成二四年の現在でも主流の抗がん剤とのこと、さらに現在話題の分子標的薬は、平成一四年頃は胃がん治療には使われていなかったとのことであった。あるいは進行性の胃がんには、TS‐1にシスプラチンを組み合わせた療法が有力で、この物語発表前の平成一四年頃も多くの症例が報告されていただろうとの話であった。その効力は、がん細胞の進行・増殖を食い止めることにある。ただ、がん細胞を傷める働きがあるということは、その反面、なんでもない細胞までを傷めつけてしまうことも出てしまう。文中の副作用としての「吐き」気は、おそらくシスプラチンにあった副作用ではないか、この薬は、強い催吐作用と腎障害を起こすとされているとのことであった。

TS‐1は、5‐FUに三つの工夫を加えた経口抗がん剤であり、先ほどの紹介でもあったように分類でいうと代謝拮抗剤のひとつである。前昭和薬科大学教授の北條博史氏に、その作用機序をうかがうと、「薬は正常な代謝物と見誤られて細胞に取り込まれ、核酸合成に関わる酵素を阻害したり核酸に組み込まれて誤った情報を作り出しDNAを阻害する」(田中千賀子他編『NEW薬理学第5版』平成一九年五月、南江堂)というものだそうだ。文献紹介は、北條氏のご教示による。

筆者の素人解説で恐縮だがこの種類の薬は、細胞が分裂、増殖する際に必要な代謝物質に似た構造をもっており、本来の代謝物質の代わりにがん細胞にとりこまれることで、がん細胞のDNA合成を阻害するというものなのであろうが、それが体内に長く存在できるようにするために、TS‐1の前に開発された5‐FUというものが分解されるのを防ぐ薬剤の加工が加えられ、副作用を軽減する薬剤の配合がなされているというように工夫が重ねられた薬ともいわれている。

一方、シスプラチンを、薬局などでよく使われている『今日の治療薬』(水島裕編 平成一九年六月、南江堂）で確認してみると、腫瘍の縮小ならびに延命を目指す目的で投与されるという。ただ宮城氏も述べておられるが、重篤な腎障害を引き起こす可能性や嘔吐・悪心・食欲不振などがみられるという。平成一四年前後では、この催吐作用に対する制御は難しかったようだ。ただ平成二四年の現在、シスプラチンの副作用について有効な制御剤も投与されるようになっている。嘔吐中枢への刺激をブロックする作用をもつ製剤で、アプレピタントやパロノセトロンという薬が登場し使用されているとのことであった。医学の数年間における進歩は目覚ましいといえる。物語のオカンが、もう少し後の時代の闘病生活だったらまた違ったかたちがあったかもしれない。でもこう解釈するのは、客観的立場にいる読者だからだろう。

次いで前述の四種のなかで、イリノテカンという薬物の名称をどこかで目にしたことがないだろうか。中国の雲南省では、ヌマミズキ科の旱蓮木（かんれんぼく）が街路樹に植えられている。その木の根から、アルカロイド成分のカンプトテシンが発見され、これを化学的に合成したものが、抗がん剤のイリノテカンである。イリノテカンは、細胞の中にあるDNAを切断することで、細胞が分裂増殖するのを阻害する、この機能を薬剤として応用したものである。ただ強い効き目のため副作用もあるようで、腎臓・肝臓障害などが気になるようだ。

物語の中で描写される「吐瀉物の中にも血が混ざり」については、宮城氏は、

がん細胞の増殖には、栄養と酸素を供給する毛細血管の新生が必要で、がん細胞自身がそれを促進する因子を産生している。この症状は、一般的にこのがん組織内の新生毛細血管分

布が粗な病巣中心部が壊死脱落し、残存周辺部の血管が破壊し出血して起こると考えられる。

という見解を示された。〈病巣中心部が壊死脱落し、残存周辺部の血管が破壊し出血して起こる〉という言葉から、なかなか厳しい状態にあったことが推測される。

がん細胞だけを挫いて、他の正常な細胞には影響を与えない抗がん剤というものは難しいのだろうか。オカンの一回目のガン治療の描写で、「初めは身体がだるい、気持ちが悪いと訴え、嘔吐を繰り返すようになる。全身に激痛が走るようで、うつ伏せになったままもがき苦しみ、顔を上げたかと思えば吐き続ける」というところがある。この「全身に激痛が走るようで」というところからは、薬が全身の細胞に相当にダメージを与えていることが想像される。耐え難さが、これ以上ないという様子でもある。

ところで物語のこの部分が読者を引きつけるのは、それ以前のオカンが、ボクを労り励まし続けた存在だったからなおのこと、気丈夫だった母親の衰弱や病変の好ましからざる状態が色濃いものと映るからだ。ここに至って小説の技巧を云々することはいらないだろう。ただ物語としての構成を考える時、オカンの存在は、ボクにとって励ましを与えてくれる同伴者であり、とりわけ母一人子一人という家庭のかたちが、ボクを縁取り成長させてきたことを改めて感じさせるものになっている。

▼がん治療最前線

物語中のボクから距離をとって、がん治療のあり方を相対化するなら、近藤誠氏『患者よ、がんと闘うな』（平成八年三月、文藝春秋）『がん治療総決算』（平成一六年九月、文藝春秋）のような判断をとることも出来たかもしれない。近藤氏は、がんの放射線治療を専門とし、乳房温存のパイオニアとしても知られている医師である。彼の判断は、単純にいえば様子見だ。本質的な考え方は、がんは自分自身の一部で、共生の姿勢を取るべきだというものである。ただ苦痛がある人は、医療機関に行って原因を調べ、取れそうであれば治療してもらうのが妥当だという。しかし、どうにもならないことががん治療には少なくないともいう。固形がんが抗がん剤で治らず、免疫療法でも治らないことがその例だというのである。近藤氏は、「臓器を切除する手術であれば、立ち止まって考えてみる必要があります。臓器を残すことができる別の治療法を探し、それが無理なら、無治療・様子見という選択を考えてみたらどうでしょう」というのだ。

近藤氏は、日ごろからどんな宣告を受けても動じないこころを涵養しておきなさいともいう。確かに一理はある。しかし、ただ誰でもがんと宣告されればうろたえるのではないか。日ごろからがんといわれても動じないこころの準備をするということは、なかなか難しい注文であろう。物語のようなかたちで実際母親ががんで苦しみ、もしかしたらいくらかでも病状の進行を止める可能性があるという抗がん剤治療を聞かされたなら、多くの人は可能性に賭けるという方を選ぶことになると思う。

あるいは江川滉二『がん治療第四の選択肢』（平成一三年四月、河出書房新社）などを読んでいたら違った治療の選択をしたかもしれない。しかし、これもあくまで後年の読者が客観的な立場にたっているからいえることであって、当事者になれば動転し何かにすがりたいというのが普通だろう。江川氏の説は、もともと人間が持っていた免疫力を利用してがんを治療しようとするものである。患者を苦しめることのない治療方法としては朗報だと考えられる。

この『がん治療第四の選択肢』の一章には、「平林茂　肺に転移したがんは消失していた／ある患者家族の手記」という部分がある。「父、平林照雄（六八歳）のがんが発見されたのは、いまから三年ほど前の九八年の二月ごろ」だったと始まる。がんは悪性（下咽頭部の扁平上皮がん）で、手術の後コバルト照射を行った。二週間で許容量の「制限ぎりぎりまで照射」した。しかし、今度は「新しい場所から腫瘍が芽を出した」ため治療を抗がん剤に切り替え、「腫瘍の増大を抑える方針にし、手術による完全治療を目指」した。のち「食道の一部までを切除し、小腸の一部を移植してつなげる一二時間におよぶ『遊離空腸移植手術』をした。幸い手術は成功し、経過も良好だった。しかし、転移の不安がとても心配だった」と述べている。

そして、そのときたまたま広げていた「中日新聞」（一九九九年八月一八日付）の小さな記事が目に留まったという。それは「東京大学医科学研究所の前教授が、みずからクリニックを開いて、がんに対する『免疫細胞療法』をおこなう」というものであった。この治療療法は、「患者さんの血液を採取して、その中からリンパ球を取りだし、これに刺激を与え活性化および増殖させて、再び患者さんの体内に戻すということを繰り返す」というものであった。ただ保険が使用できないため一回あたり二〇万円かかるという費用面の問題もあった。平林茂氏は、施設を見学させてもらい、これだけの設備とスタッフを抱えていれば「逆に安いのではないか」という印象も綴る。さらにこのクリニックは、利潤追求ではない確信を彼に与える。

その後、父平林照雄氏は、検査の結果、肺への転移が認められ、このクリニックでの免疫療法を受けることになる。そうした治療により、肺へ転移した腫瘍が消失したことが明らかになり、筆者の平林茂氏も父親も家族も江川医師もみんなで喜ぶというかたちになる。筆者は「素人の私がいうのでは、説得力がないかもしれませんが」「とくに再発や転移を心配なさる方や、現に再発で苦しんでおられる方には検討していただきたい」「また、末期的状態の患者さんも、決してあきらめないでほしいと思います」とまとめている。ここで江川滉二氏の研究の凄さと副作用のない治療方法が報告されているのだ。僥倖のひとつだろう。

さらに平成二四年八月に刊行された藤堂具紀『最新型ウイルスでがんを滅ぼす』（文春新書）によれば、殺がんウイルスG47Δ（デルタ）を開発した経緯とその意義が解説されている。著者は、脳神経外科医として長い間、脳腫瘍を専門に研究してきた方である。藤堂氏は、副作用も後遺症もないがん治療をめざした。この意味では江川氏の研究に通じるものがあるが、藤堂氏の研究の意義は「がんを餌（えさ）にして増えるウイルス」のヘルペスウイルスを開発したところにある。それは「がん細胞だけを破壊し、正常細胞は殺さない」という性質を持っているため、副作用のないかたちで効力を発揮するというものであった。現にG47Δの効果について、「がん細胞を二日で全滅させた」という報告も、この著書に掲載されている。多くの難治療と呼ばれるがんに効くとしているため注目すべき治療法としていま脚光を浴びつつある。しかし、右の治療法も平成二四年に一般読者の目に触れたものである。『東京タワー』発行前の時代に、選択肢としてこれらがあったとはいえない。

▼苦しみの末に

物語に戻る。抗がん剤治療に入る前、医師の診断は「いえ。手術は無理です。（中略）なにしろ進行の速いものですから、胃の全体、その他にも広がり始めています」「もう、後は、抗ガン剤治療ということになりますが」「人にもよりますが、劇的な効果を得る可能性は、決して高いとは言えません。そして、抗ガン剤治療を開始しますと、患者の身体にかなり負担がかかります」というものであった。実はこれら医師の説明の「劇的な効果を得る可能性は、決して高いとは言えません」というところは、よく検討すれば、情況が好くなる「可能性」は低い、という意味とも解釈される。ただ患者や家族の側からすれば、もし可能性が少しでもあるのであれば、そこに賭けたいという思いは湧いてくるに違いない。抗がん剤の進展は、近年目覚ましい進歩を遂げている。患者の血管を通してカテーテルを運び、患部に向かって薬を注入するやり方がテレビで紹介されたりする。視聴者は、ただ固唾を呑んで見入ることになる。手術ではない、血管を通して薬を運ぶ様子には驚かされる。

それでもなお、ガンには進行の段階（ステージ）がある。オカンの場合はどうか。

「オカンは頑張っていた。苦しみもがきながら抗ガン剤の副作用と戦い、その先にあるのかどうかはわからない奇蹟の光を見つけようと漆黒の墨汁の中で、墨を幾度も飲み込んでは、それを吐き、何度も意識が切れそうになる彼岸の際まで」「そして、オカンはボクに言ったのだ。／『もう、やめたい……』／この治療をこれ以上続けても、なにも起きることはないだろう。／『もう、やめよっか……』／ボクは言った。あきらめたのではない」。そして、「少なくともこの抗ガン剤治療の中には一枚も当たり牌(パイ)は入っていなかったのだ」

という結論に辿り着く。

ここにあるのは抗がん剤治療の得も言われぬ苦しみの姿である。さらにその後のオカンは、「すっかりやつれてしまった」「結果的に抗ガン剤がオカンを衰弱させてしまった」という状態になる。ボクは、抗がん剤治療の成果をほとんど認めないかたちでの発言をしているのだ。治療のはじめには、もし幾ばくかでも治癒の可能性があるのであれば、それがどれだけ苦しくても取り組む価値があるのではないかと判断していたし、周囲の人たちも、オカンが治るかもしれない姿を想像してそれを勧めたのであった。しかし、治癒の可能性はみえてこない。むしろ全身の苦しみや痛みが、耐え難くなる。治癒の可能性よりも、苦しみからの解放の方を選ぶ姿がここにあった。

そして、ボクはつぶやく。

「なにか現代のボクらには想像もつかないことが起きるかもしれない。医学といったってわからないことだらけじゃないか。（中略）／人の命は0と1で組み立てられているわけじゃない。間違った数字を入力しても正しい回線に繋がることだってあるに違いない。／そんな曖昧な世界の中で医者がなにを言ったところでそれが必ずしも的中するとは限らないのだ。／みんな、なんでも知ってるつもりでも、本当は知らないことがたくさんあるんだよ。／世界の不思議や、いろんな奇蹟。ボクたちの知らないことはたくさんあるんだ。」

ここには治療を続けることよりも、それを拒むこともひとつの方法ではないかという思いがある。

▼擬態語の効用

ボクは、オカンが絶望的病状にあり最早手を尽くす術がないという状況認識に立つ。この困りようを少しでも軽減する方法として、呪術めいた擬態語が用いられる。母親の苦しい抗がん剤治療の果てにボクが抱いた表現手法は、困難を緩和する一つの方法でもあったのだ。

「オカンは頑張っていた。苦しみもがきながら抗がん剤の副作用と戦い」「何度も意識が切れそうになる彼岸の際まで、渦に目が回るほど、ぐるぐるぐるぐる、ぐるぐるぐるぐる」と擬態語を繰り出す。この物語で意図的に使われている表現だ。

かつてオカンがオトンとは別の男性と再婚しようとしてヘルスセンターの待合室で話し込む場面で、独りになってボクが寂しくやるせなく、いたたまれなくなったときにも、この「ぐるぐるぐるぐる」という擬態語が使われた。ボクが、どうしようもなくどこに行ったら安心できるかという状況の時、この擬態語は発せられる。オカンの病状がこの先どこに向かうのかという途方に暮れ、かつ居たたまれない感情に苛まれるとき、この「ぐるぐるぐるぐる」という四連語が登場するのだ。それは、苦境を示しながらも、何とか韜晦の感情と昇華の念によって、バランスを保とうとする表現のようにも思われるのだ。

物語のなかで、この擬態語はたびたび登場する。作者リリー・フランキーが得意とする表現である。実はこの擬態語こそ、物語を特徴付けている表現と考えられる。少し注意深い読者ならば、気付いたであろうと思われる。「ぐるぐるぐるぐる」という擬態語が、物語中に八か所以上にわたって表記されている。注意を引く箇所の部分を、引用してみる。

「春になると東京には、掃除機の回転するモーターが次々と吸い込んでゆく塵のように、日本の隅々から、若い奴らが吸い集められて来る。（中略）根拠のない可能性に心惹かれた。そこに行けば、なにか新しい自分になれる気がして。／しかし、トンネルを抜けると、そこはゴミ溜めだった。（中略）ぐるぐるぐるぐる、ぐるぐるぐるぐる。」

ボクは志のある方向へと進まない限り、「東京」という都市を「ゴミ溜め」としてしか認識できないのだ。精神の混沌の状態から脱することが出来ないとき、途方に暮れて困ったとき、この擬態語が役割を発揮するのだ。この擬態語には、ボクの困難を代弁すると同時に、混乱と混沌、堂々巡りの困惑の状態へ身をゆだね解決を先送りしている心境も読み取れる。

ここに、作者リリー・フランキーの現代都市文明に対する批評を読むことも出来る。明瞭な目標と刻苦する姿勢が無い限り多くの若者は、「ゴミ溜め」のような場所に生活するはめになる。すがすがしさが欠落する街に、青年の前向きの意識や行動がなければ、「ゴミ溜め」に変貌する性質をもった場所が東京なのだ。作者の経験が、確かなかたちで背後にあるため奇妙なリアリティを獲得しているということもできる。

　昭和初年代のプロレタリア文学に遡るが、葉山嘉樹『海に生きる人々』を振り返ってみよう。彼の物語に擬態語・擬音語が多いのは、彼の労働や生活経験がしっかりと作品に取り入れられているため、その効力が文学としての威力を発揮しているのである。それが作品の独特のリアリティを確保している。『東京タワー』にも同じような作者の経験が裏打ちされていることは間違いない。それが擬態語の奇妙なリアリティとして活きているのだ。

　さて前述した病院でのオカンの苦闘ぶりを見て、ボクは苦悩する。どう母親に対処したらよいかわからない困惑に襲われたとき、この「ぐるぐるぐるぐる」という繰り返し語を使ったのだ。慰めも、希望も、安易に語れないとき、ボクは擬態語の空間に逃げ込むのであった。擬態語は、現実の対象に密接しているとは言い難い。音との関わりのない状態を音でもって表現しようとする、そこに自分の心境を感覚的あるいはシンボリックに表そうとする飛躍的なかたちが成立する。この飛躍的なものが、作者が感受した現実のなかの問題との関係や距離として現れるのだ。知的な解説をするよりは、感覚でものをいうというやりかたである。少し穿った見方になるが、ミュージシャン福山雅治が、この小説の帯に推薦文を綴（つづ）っていることに注目してみよう。音楽家福山雅治が感嘆した物語の魅力とは、この感覚的・感性的な擬態語の多用と無縁ではなかったのではないかという推測を抱かせる。

音に委ねて、判断を保留しようとする雰囲気を漂わせているのだ。その効用をさらに付け加えるとすれば困惑の感情が、時として「祈り」までも伴って渦を巻くかたちになっているのだ。そして、音声として受け取ることによって、現実との関係を留保している心境にあることを表現しているようにも見える。ここに作者の独自の場所があるのだ。それは、決断できない男の人物造形でもあり、苦しい母親のがん治療に寄り添って介護する地方出身者の浮遊する苦悩の空間でもあったのだ。

◉11 奥田英朗『オーナー』

パニック障害への処方箋

【あらすじ】

田辺満雄は、日本一の発行部数を誇る新聞社の代表取締役会長であり、プロ野球中央リーグ「東京グレート・パワーズ」のオーナーでもあった。彼は、経営難の太平洋リーグの数球団に合併を勧め、一リーグ制への移行を推進し、世間の反発を買っていた。「くだらない馬鹿者どもが」——これが彼の毎日のつぶやきだった。強気の反面、酒を呑まずに寝付けたことはもう三年もなく、不安を抱えていた。ときに暗闇になると手足が硬直し、布団が跳ね上がるほどの発作があった。やむなく彼は伊良部総合病院神経科の門を訪ね、診断を請う。ここで満雄は、抗不安薬を処方してもらい、一時の安心を得る。しかし、また不安の闇に襲われ、再び薬を請う。満雄は、二度三度の発作のあるパニック障害に襲われながら必死で窮状をのりこえ、結局第一線の職場から退くことで状態は快方に向かう。

▼仕事人間の落とし穴

円広志（まどか）というシンガーソングライターがいる。「忘れてしまいたいことが今の私には多すぎる／

私の記憶の中には　笑い顔は遠い昔」にはじまり、その先に「とんで　とんで　とんで　まわって　まわって　まわって　まわる」（株式会社ヤマハミュージックパブリッシング　COMPACT　DISC付録）と繰り返す、あの『夢想花』の作詞・作曲をした歌手であり、テレビのバラエティ番組出演や音楽プロデューサーとして今も活躍中の方だ。

『夢想花』は、誰が聴いても活力が漲（みなぎ）っていて、且つ現代の人間関係の煩（わずら）わしさの根源を巧みに衝（つ）き、それでいてどこか郷愁を誘う雰囲気がある。この歌は、八〇万枚を超える大ヒットを飛ばした。その円広志氏が、何とパニック障害を抱えていたという。彼の歌唱力と彼の作る歌の特異な郷愁に魅せられていたファンのひとりとして、それは驚きだった。

彼の『僕はもう、一生分泣いた』（平成二一年一月、日本文芸社）に、その経緯が詳しく述べられている。彼は、身体には絶対の自信を持っていた。明け方まで呑み会が続いても、一、二時間の睡眠で仕事に出かけるということが度々あったそうだ。風邪をひいても熱い風呂に入って汗をかけば、どこかに吹っ飛んでいた。一〇年間一度も健康保険証を使わず、「健康家族」として大阪市から表彰されたこともあった。

そんな彼が、ある日、自分の運転する車が新御堂筋（みどうすじ）から新大阪に差し掛かる高架橋の下で、異常な体験をした。それは、ブレーキを踏んでいるのに「景色が勝手に動く異常に、不安が広がった」というものであった。のち「額から脂汗が流れる。脇の下がジトッと汗ばんだ」「止まっている間も僕は怖くて力いっぱいブレーキを踏み続けた。／それでも、景色は動いた」というもので、ここから彼は、自分の体に異常を覚えるのだが、ストレスがたまっているというくらいにしか判断しなかった。しかし、この「異常体験」が脳裏に引っ掛かり「今度、(同じ症状が)出たらどうしよう」という不安が、たびたび頭をよぎった。この不安が恐怖になり、呼吸が出来なくなったこともあったという。それがやがて「夜がたまらなく不安」という症状に変わって行き、「トンネルも駄目」「シートベルトさえできない」「絶望のあまり、自慢の外車を次々と売り払」い、「トイレもドアを開けておかないと怖くて用をたせなくなっていった」状態になる。

円氏は、身体や精神に異常があると認識しつつも、それを認めると「即入院で番組を降板しなくてはならなくなる」という絶対的な恐怖に陥った。芸能界の仕事に連なることで人間存在としてのありようが保障されるという思いを強く持っていたのであった。しかし、症状は改善せず悪化の一途をたどる。結局自宅で妻を前にして「『仕事、全部やめたから』」「そのときまた感情が高ぶって、僕はその場に土下座して妻に言った。／『もうこれ以上、俺を責めないでくれ。許してくれ』／誰が責めているわけでもないのに、僕はマネージャーに対して言ったことを繰り返した。／我が家にいる全員が泣き崩れる僕を、唖然(あぜん)とした様子で見つめた。／滂沱(ぼうだ)と流れる涙。錯乱する僕を前に妻は何も言わなかった」誰が見ても休養を必要とする状態になってしまったのだ。

この状態に至るまで身体や神経に蓄積された疲労について、彼自身振り返って次のように述べている。少々長いが引用する。「いま思えば、好きな音楽の仕事をずっとしていたかったのに、なかなかそうもいかず、音楽に携わる時間が削られていたことだったのかもしれない。もちろん、テレビのバラエティー番組の仕事は納得してやったつもりだった。／が、心のどこかに音楽の仕事への渇望があったのだろう。それに加えて、芸能界の複雑な人間関係にかなり疲れていた。そこへ過労が加わり、さまざまな要因が絡み合って極限状態になっていたのかもしれない」（前掲書　円広志著）という。

ここには「好きな」音楽の仕事に就きたいという感情を抑制し、生活第一主義的考え方で与えられた仕事に邁進した人間がいたと判断される。だが無意識のうちに「好きな」ことへの「渇望」がストレスとなり、さらに「芸能界の人間関係」に疲弊した感情が重なり、加えて思いもかけないかたちで仕事上の「過労」が重荷となり、脳神経・肉体・心の世界が、「極限状態」になっていたという構図を読み取ることができる。

幸い円氏の病気は療養の甲斐あってのち回復に向かい、今は以前同様仕事をこなしているようだ。筆者も、テレビ番組で円広志氏の笑顔での談話を何度か視聴した。ファンとしては嬉しい限りだ。

▼新聞発行部数日本一の会長

さて『オーナー』という小説を見てみよう。作品の主人公田辺満雄は、日本一の発行部数を誇る「大日本新聞」の代表取締役会長で、プロ野球球団のオーナーでもある。「球団の合併問題」で、マスコミからの反発を受け、取材合戦の渦に巻き込まれている。その有様は、「いくつものマイクが突きつけられ、餌に群がる鯉のように、記者が輪を狭めてくる」と表現される。

満雄は、「経営が苦しいと窮状を訴えてきた太平洋リーグの数球団に合併を勧め、一リーグ制への移行を推進しよう」と考えた。ところが「世論」が、猛烈な反発をし出したのである。満雄を「諸悪の根源」とみなし、怒濤のような取材合戦で彼を叩きだした。もちろん政治部記者出身の満雄は

『世間』などというのは、マスコミが操るものだ」、世の評価なるものは刹那的で、マスコミが意図的に作り出すものだということくらいは認識していた。だがこの冷静な判断と裏腹に、満雄は「世間」から猛反発を受け、非常に窮屈で苦しい羽目に陥る。

もともと政治部記者であった満雄は、戦後の日本をどう復興させようかと腐心し新聞人として奮闘してきた。そこには使命感のような感情もあった。更に出世を重ねていくうちに経営者としておさまるようになり、球団を苦労して有名にさせ、野球そのものの存在自体を高からしめた功績を持つ男として伸していった。現在では大物政治家とさしで渡り合えるような地位をも得ている。だが満雄は、今世間から「ナベマン」と呼ばれ、その評価は「国民的な敵役」にまで落ちていた。マスコミから餌食の如く敵視され、満雄は弱気に陥りはじめている。マスコミは、連夜満雄を自宅直前で待ち構え、彼をつかまえ、なんとか言葉を引き出そうとした。翌日の新聞には決まって「扇情的」な見出しが躍り出る。満雄にとってマスコミの連中は厄介で腹ただしく、まさに「下等な」生き物にしか映らなかった。

▼不安障害／パニック障害

ワンマン会長の満雄も、部屋の中でひとりになると「不安」でしかたがない。夜は、もうしばらくの間電灯を消して寝たことがないという。満雄の恐怖と不安は、以下のようなものであった。

キンという小さな音がした。静寂の中でなければわからない音だ。何だろうと思い、目を開けると、そこは暗闇だった。一瞬にしてパニックになった。手足が硬直し、布団が踊るほどに全身が震えだした。「あわわわわ」声にならない音を発する。体中に汗が噴き出て、満雄はベッドから転がり落ちた。懸命に這いながらドアを探す。

右の引用の「一瞬にしてパニックになった。手足が硬直し、布団が踊るほどに全身が震えだした。『あわわわわ』声にならない音を発する」という部分から、小説の作者奥田英朗の特異な諧謔的表現がみてとれる。ここに物語の特徴がある。布団があたかも意識を持つ人間かと思わせて、そこに半テンポ遅れて隠れた人間の身体の異常さが説明されるのだ。布団を面白く擬人化しているのだが、ここには急激な当事者の変化と慌てぶりと驚きが潜み、他方恐怖と不安という感情が混乱したさまで戯画化されて捉えられている。満雄は、「声にならない音を発する」状態で、既にその困惑ぶりは極限にあることがわかる。ここでの特徴は戯画化されたものとはいえ、この場所から逃げられないという恐怖、そしてそこから生じる不安が大きく描かれているところにある。これは、広場恐怖の――「安全な場所（通常は家庭）にすぐ容易に逃げ出すことが困難である」「あるいは列車かバスか飛行機で一人で旅行することに対する恐れ」「ただちに利用できる出口のないこと」（融道男ほか監修『ＩＣＤ‐10　精神および行動の障害―臨床記述と診断ガイドライン』平成五年一一月、医学書院）――という症状につながるものと言える。

広場恐怖と同様パニック障害は、一般にいうところの不安障害に分類されるものの中のひとつである。これは珍しい病気ではない。精神医学的な観点から言って、人が一生の中で罹る確率は「一般人口の二〜三％程度（女性は男性の約二倍）と推定されており、潜在的な患者数がかなり多い」（熊野宏昭・久保木富房編『パニック障害ハンドブック』平成二〇年四月、医学書院）と解説されている。パニック障害という病名がついたのは、まだ二〇年ほど前のことだが、病気自体は昔からあり、とりわけ仕事上の成果を求める現代日本の風潮では、この症状を訴える人は思いのほか多くなっている。

先ほどの引用は満雄のパニック発作が一回きりの部分であったが、パニック障害とは突然激しいパニック発作に襲われ、再び起こるのではないかと不安になる病気である。以前は、不安神経症や自律神経失調症、あるいは心臓神経症とも呼ばれていた。「働き盛りの男女に多い」（佐藤啓二『グッバイパニック障害』平成一四年一一月、メデジットコーポレーション）のも、この病気の特徴である。

例えば真面目で仕事の幅を限定しがちな人、自分がやらなければと考える使命感が強い人、意欲を増すことでより精度の高い仕事ができると考える人などは、この病気に罹りやすいのではないだろうかと、筆者は考える。が、ことはそれほど単純ではないようだ。精神神経科領域専門の渡辺登氏の著書『パニック障害』（平成一五年一一月、講談社）によれば、パニック障害の原因がすべて解明されているわけでもなく、ただいくつかの脳内神経伝達物質がカギを握っていると記されている。さらに誘因としてストレスが考えられるが、それは原因ではなく単なるきっかけだという。加えて発作を引き起こす「ひきがね」となるのは、ストレスや不安などの心理的なものばかりではなく、身の回りにある物質的なものや体調も含まれることがあるとの説明がある。もうひとつストレスという問題のなかで、当事者には気付きにくい仕事依存症をあげている。また女性であるためのパニック障害事情という頁を割いている。職場はまだまだ男性中心の考えが根強く、家庭においても家事や育児が女性の分担としてあり、こころの病にかかることも多い。あるいは依存症に陥る女性も多いとの解説がある。なかなか女性を取り巻く環境は厳しいようだ。

次に渡辺登氏『パニック障害』からパニック障害の概念図を下に紹介する。図の強迫性障害とは、何度も手を洗わないと気持ちがすっきりしない、家に鍵を掛けたか何度も確認してしまう、ひとつの考えが頭から離れないで確認しないと不安になるという状態である。これは誰でも多かれ少なかれ体験したことがあるのでないか。

今ストレスという言葉を用いると平成二三年三月一一日の東日本大震災に被災された方々の心模様を想像する人

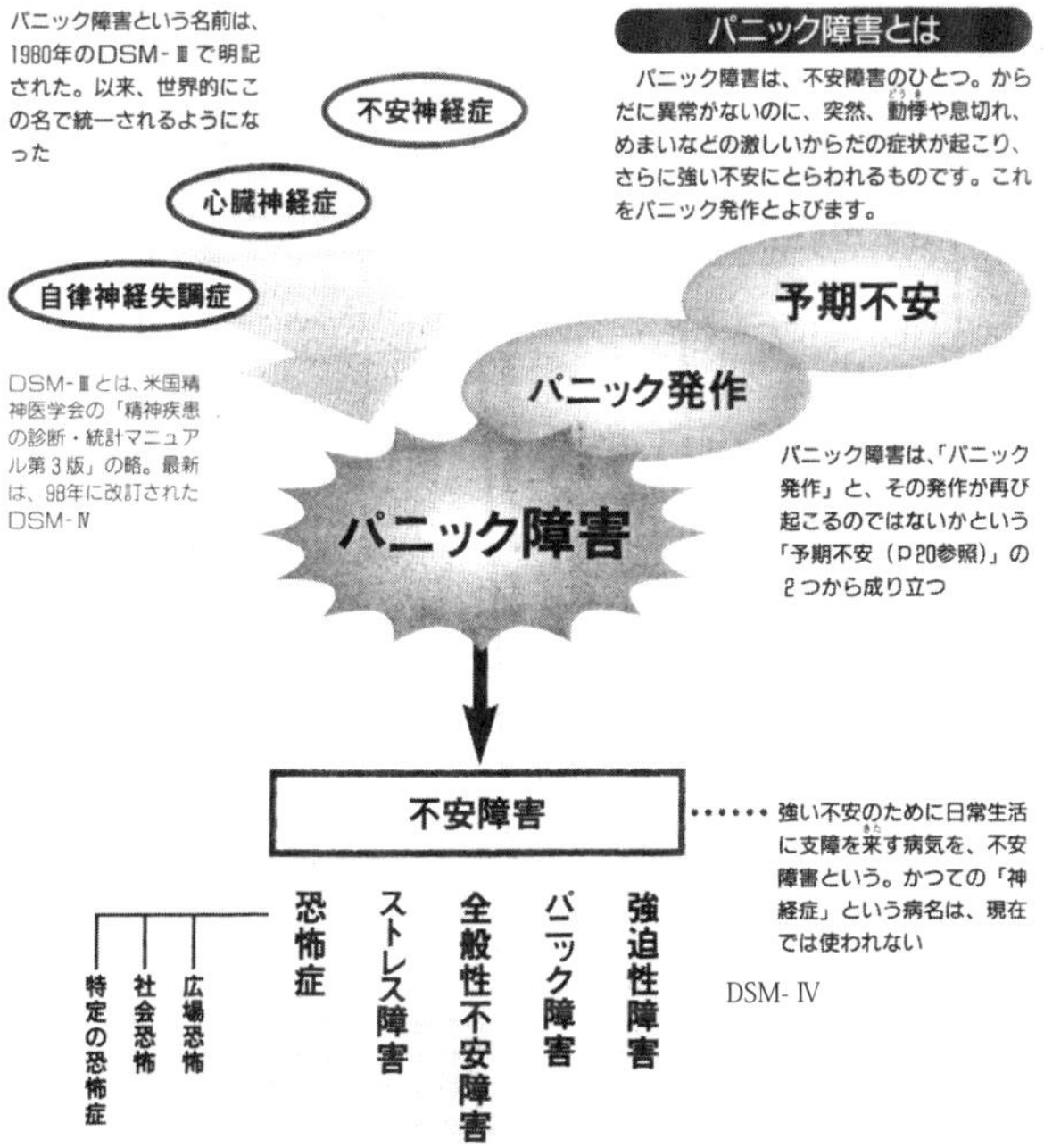

パニック障害とは
パニック障害は、不安障害のひとつ。からだに異常がないのに、突然、動悸や息切れ、めまいなどの激しいからだの症状が起こり、さらに強い不安にとらわれるものです。これをパニック発作とよびます。
パニック障害という名前は、1980年のDSM-Ⅲで明記された。以来、世界的にこの名で統一されるようになった
不安神経症
心臓神経症
自律神経失調症
DSM-Ⅲとは、米国精神医学会の「精神疾患の診断・統計マニュアル第3版」の略。最新は、98年に改訂されたDSM-Ⅳ
予期不安
パニック発作
パニック障害
パニック障害は、「パニック発作」と、その発作が再び起こるのではないかという「予期不安（P20参照）」の2つから成り立つ
不安障害
強い不安のために日常生活に支障を来す病気を、不安障害という。かつての「神経症」という病名は、現在では使われない
強迫性障害
パニック障害
全般性不安障害
ストレス障害
恐怖症
広場恐怖
社会恐怖
特定の恐怖症
DSM-Ⅳ

が結構いらっしゃる。がこの問題は、心的外傷後ストレス障害（ＰＴＳＤ）と判断されるようだ。罹患者が相当数いたが、これは震災後数か月から年単位でフォローしなければならない現象だともいわれている。この話は精神科医二木文明氏にうかがったものである。

さて物語に戻ってみよう。満雄は自分自身の経験と価値判断から良かれと考え、一リーグ制を主張した。そこには企業としてのスポーツが経済の論理をどう乗り越えるかという問題を、彼なりに考えた上での結論であった。しかし、その結論は「世論」と激しく衝突する。戦後の日本を良くしようという〈使命感〉をもって百戦錬磨で自分を鍛えてきた満雄も、平成の平和ボケしたマスコミに袋叩きにあってしまう。満雄にとっては、これまでの人生経験からして予期しないことであった。

ところで、満雄が恐怖を覚えるのは「暗闇」であり、それは死後の世界に通じると連想される。それだけ高齢でもあったからかもしれない。が一方で彼は、働き盛りだという意識の持ち主でもあったのだ。ここで満雄が覚える恐怖は、ひしひしと身体と精神に迫りくる感情であった。この恐怖に対して満雄は過敏になっている。そしてこの恐怖は、自身の危険から身を守ろうとする防御の産物でもあった。しかし満雄は、日頃のストレスから必要以上に堅くなるばかりであった。この自分は死後の世界に行くかもしれないという恐怖に対して、さらなる過剰な反応ともいうべき不安を覚えるように紹介されている。不安が別の不安をよぶような状態といえる。間違いなくこころの病気の状態だろう。それが諧謔的表現で示されているのだ。

「暗闇」の中で満雄の恐怖は、尋常のレベルを超えていた。この恐怖から逃れるためには、単なる我慢や時の推移による快癒という考え方では限界があると満雄本人も意識するようになる。かくて満雄は、伊良部総合病院の神経科に診断を請うかたちになる。ここで登場するのが神経科医師の伊良部一郎だが、奥田英朗の作品に通じている方は、ご存じであろう。『イン・ザ・プール』や『空中ブランコ』にも登場し、胸に付けたプレートの医学博士という肩書きからは考えられない異常な言動をする人物だ。

「田辺さんね。ナベマン。テレビで見たことあるよ、えへへ」歯肉を剝き出にして、なれなれしく笑う。満雄はむっとした。面と向かって、ナベマン？　なんたる無礼者──。

こんな調子の人間として登場する。もちろん、この物語は、純然たる文学空間として構想されたものではない。人物の戯画化は、最初からもくろまれていたと解してよい。医学博士伊良部一郎は、世間の権威や年長者には敬意を払うという儒教的価値観を気にすることもなく、平気な面持ちで自分の父親を「おとうさん」と呼ぶような立ち振る舞いをする阿呆な男として造形されている。さらに危ないことには、患者にやみくもに注射を施すのである。患者の病態にはおかまいなく、「ブドウ糖注射」をする性癖があるのであった。また伊良部は、患者が痛いといって悲鳴をあげ、顔をしかめ神経をひきつらせる仕草に快感を覚えるという一種サディスティックな趣味をもつ男としても設定されている。彼の喜びは、患者の腕に注射針がささり、その患者が苦悶の表情を浮かべるのを眺めるというところにある。

加えて看護婦マユミは、「胸の谷間に目が行く。甘い匂いが鼻をくすぐる」といういでたちで、一瞬ここは本当に病院かという錯覚を起こさせる。酒を呑んで、ホステスをはべらす銀座のバーではないかと、患者は錯誤を抱く。多少の解釈が許されるなら、仕事上の上下関係や軋轢の中で、疲弊しているサラリーマン諸君に、ほんの束の間の無重力の解放された空間が与えられている、それがこの場所なのだといわんばかりでもある。伊良部総合病院神経科は、このような意味合いの空間としてあるようだ。もう少しいえば、これは作者奥田英朗がもくろんだ物語の中の別天地だったのだ。

再び満雄の問題に立ちかえる。伊良部から抗不安薬を処方してもらい、症状が一時安定したものの、満雄は毎日のように取材攻撃を受ける。あるとき

> カメラマンがフラッシュを焚いた。一瞬、視界が真っ白になる。続いてまた光った。今度はめまいがした。
>
> ソファに腰を落とした。ずんずんと血の気が引いていく。焦点がうまく定まらない。おまけに息苦しい。アームレストにもたれかかった。
>
> 「会長、どうかなさいましたか?」木下の声が、エコーがかって聞こえた。
>
> 頭の中で、和紙にインクが滲むように、あるイメージが広がった。見たこともないのに、

それが涅槃(ねはん)だとわかった。おれは、ここで死ぬのか？

満雄は歯を食いしばって耐えた。


という状態になる。満雄の中で恐怖が不安をよび、その不安がまた更なる不安をよぶかたちになっていったのだ。当然再び医師伊良部のもとに赴かざるを得なくなる。そこで初めて満雄は、パニック障害なる病名を耳にする。当人は、神経症だという認識はあったのだが。伊良部の見立ては、「自律神経失調症の一種。ひどいと失神するから、電車に乗れないとか、外出が怖いとか、日常にいろんな支障がでてくるわけ」というものであった。満雄は、伊良部の診断に思い当たることがあり、半ば認めざるを得なかった。満雄が所望したものは薬で、

「まあいい。パニックなんとかに効くやつをな」

「この前の抗不安薬ぐらいしかないけど」

「それでいい。」


というものであった。ここにはあっさり薬投与を認める医師伊良部がいるわけだが、現実では薬投与をしないで認知行動療法などを選んで職場復帰をさせる医師もいる。愛知県でいそべクリニック院長をつとめる磯部潮氏は、その著書『パニック障害と過呼吸』（平成二四年七月、幻冬舎）で、次のように述べている。――パニック発作が起こっても命には別状がないことを患者に知らせる。

自律神経との関係を知り、不安や恐怖は人間にもともと必要なものであることを考えてもらう。呼吸をコントロールする、リラクゼーションの練習をする、などというプログラムを重ねていくうちに職場に復帰した例も多いという。

あるいは三〇歳代で経済系雑誌の編集長になり、幾日も職場に寝泊まりして編集の仕事やテレビ出演などをこなし、付き合いの酒も多く呑んだ凄腕(すごうで)男が、突然地下鉄や飛行機に乗れなくなり苦しくなって四一歳で会社を辞めた事情を述べた報告記がある。まさに働き盛りの人間であった。彼もまたパニック障害と認定されるのだが、心理療法士によって回復をはかったさまが『途中下車』(北村森著　平成二四年七月、河出書房新社)に詳述されている。このなかで著者は、「仕事に限らず、いつも体面を気にする性格なんですが、これも関係していますか」とカウンセラーにたずねる場面がある。すると「おおいにありえますね。他人の評価に無頓着な人はパニックになる必要がありません」という言葉が返ってくるのであった。ちなみにこの発言は事実の一面を語ったものにしかすぎず、この敏腕編集者の無職の一年間はなかなか大変だったようだ。著者が回復に向かうかと思われた時期に、それまで耐えてきた彼の奥さんがストレスで腸の病気を引き起こした様子も紹介されている。家庭内事情もまた四苦八苦であったようだ。幸いにして著者は、パニック障害をのりこえ、現在商品ジャーナリスト、原稿執筆、メディア出演、講演活動などと多彩に活躍している。ただし、すぐ治る人となかなか治らない人とがいるようだ。気分が早く楽になりたい人は、薬投与もやむを得ないのだろう。

▼パニック障害に効く薬

物語の中で伊良部医師が処方するものは、「抗不安薬」という呼称で語られるが、その具体的な名称は出てこない。現実には、生涯のうちに総人口の二〜三%の人々がこのパニック障害に罹るともいわれる。なかなか侮れない数字である。とりわけ仕事の実績や業績を求める現代社会では、この症状を訴える人が増えている。パニック障害が現代病であることは間違いない。

物語中の満雄は、どうしたらよいかわからず藁にもすがる気持ちで伊良部医師に薬を所望した。最初に処方された薬が効いたからだ。もし仮にこの物語のなかに薬の具体名を入れるとすればどうなるのか。例えばである。これは物語の解釈を超えていることをお断りしておく。先ほどの磯部潮氏の著書では、「抗不安薬が有効です。（略）主にアルプラゾラム（商品名ソラナックス、コンスタン、その他ジェネリック医薬品としてメデポリンなど）やエチゾラム（商品名デパス、その他ジェネリック医薬品としてメディピースなど）が処方されます」と紹介されている。東京女子医科大学東医療センター精神科准教授山田和男氏の著書『最新版パニック障害の治し方がわかる本』（平成二三年八月、主婦と生活社）によれば六一種類のものが紹介されている。

他にも抗不安薬は様々にあり、神経科医熊木徹夫氏の『精神科のくすりを語ろう』（平成一九年九月、日本評論社）をひもといてみよう。この本では、医者と患者が自由にメールのやりとりをして、神経科の薬の効き目や副作用を語っている。もちろん患者の発言については、発言者の了解を得て匿名表記や仮名で紹介している。ここでは抗不安薬リーゼが筆頭に挙げられている。二人の服用者の肉声を引く。

・名無しさん…二ヶ月ほど前、精神安定剤として朝と就寝前の一日二回処方されました。副作用もとくになく、持病の発作（ふらつき、不安定感など）も出ず、一週間はとても調子がよかったのを記憶しています。

・ｔｏｍさん…パニック状態になり、震えが止まらなかったり、涙が止まらなくなってしまったとき、頓服として五㎎を二錠服んでいます。一〇分そこそこで興奮状態はおさまりますが、気分はどんよりです。

これらの発言に対して熊木氏は、「パニック発作や、広い意味での不安発作で効果が高いようです。この薬は、常時服用するのではなく、頓用（痛みなどの何らかの症状が出た時に、一時的にそれ専用の薬を用いること）で用いるのがいいでしょう」とアドバイスをしている。

リーゼとは商品名で一般名はクロゼチアゼパム、薬効は短期作用型のチエノジアゼピン系抗不安薬とある。このチエノジアゼピン系とは、かつての抗不安薬が、アルコールのように脳全体を麻痺させるものであったものに対し、脳の情緒機能を司る部分にピンポイント的に作用する薬をいい、安全性も以前のものより高まったという。これが、消化器系心身症、循環器系心身症、神経症の不安、緊張、焦燥感に有効とある。さらに続けて熊木氏は、「リーゼは一般的には、入眠作用・

パニック障害に用いる主な治療薬

分類名	一般名（商品名）	副作用	特徴
ＳＳＲＩ	パロキセチン（パキシル） フルボキサミン（ルボックス・デプロメール）	吐き気、頭痛、イライラ感、食欲不振	抗コリン作用が少ない。抗うつ効果がある
ＳＮＲＩ	ミルナシプラン（トレドミン）	排尿障害	副作用が少ない 抗うつ効果が高い
三環系抗うつ薬	イミプラミン（トフラニール） クロミプラミン（アナフラニール） アミトリプチリン（トリプタノール） アモキサピン（アモキサン）	抗コリン作用 体重増加、鎮静、起立性低血圧、頻脈、多汗	抗うつ効果が強い 種類が多い 十分に研死されている 薬剤価格か安い
ベンゾジアゼピン系薬物	アルプラゾラム（ソラナックス） ロラゼパム（ワイパックス）	眠気、だるさ、ふらつき	効果が早くあらわれる 抗不安作用が強い
その他	スルピリド（ドグマチール）	手のふるえ、女性で生理不順、乳汁分泌	抑うつ状態を改善 胃症状や吐き気を抑える

睡眠持続作用および筋弛緩作用が少ない薬とされています。上記作用が少なくて、抗不安作用に特化した薬」という評価を得ているとも紹介する。この本は、もともと薬服用者の疑問に医師が答えるかたちではじまったものらしいが、それなりの意義はあったのだろう。

物語『オーナー』では満雄が、抗不安薬を手にすると、どことなく安心感のようなものを覚えるというところがある。これは物語の虚構というわけではない。実際の神経科医師も不安があまりにも高じたら頓服で飲む薬を処方するようだ。それを手にしたら気分が楽になり行動がしやすくなったという方の報告を、筆者もパニック障害に関する書物の中からであるが複数例確認した。

これらの薬が、神経にどのように作用するのか知りたいところでもある。しかし知り合いの神経科医師にうかがったところ、現在の医学では神経細胞にどのように薬が作用するかは仮説の域を出ないというお話であった。

ただし、パニック障害を放置して慢性化し、うつ病に移行する場合もかなりあるようだ。そこは気を付けなければいけないところのようである。パニック障害に処方される薬はご存じの方は多いかもしれないが、渡辺登氏（前掲載書）によれば、抗うつ剤として神経伝達物質のセロトニンやノルアドレナリンに作用する「ＳＳＲＩ」「ＳＮＲＩ」「三環系抗うつ薬」、抗不安薬の「ベンゾジアゼピン系薬物」、それと「その他」というように五つに分類されている。それぞれの特徴や副作用は別表の通りである。ご覧いただきたい。これらの使い分けが求められるのだろう。

5　時代認識の核心／執着心の妄想

さて満雄がのんだ「抗不安薬」が、右のように効き目があったとしよう。しかし、これですべてが解決したわけではなかった。一時的に効くことがあったとしても、それはその場面での効果でしかなかっただろう。ただ状態が深刻化したときは、どうしても即刻薬に飛びつきたくなるのは人情だ。物語の中の満雄にもまた「これは神経症だ」と認識しているものの本質的な解決に至らないという思いがある。恐怖と不安が、本人だけしか理解されないかたちで異様な死後の暗黒世界、つまり「涅槃」のイメージとして襲ってくる。薬で一時的に逃れはするものの、またあの不安が自分を襲ってくるのではないかと、いつもわだかまりから解放されないのだ。満雄の悩みは、ここにあった。この先、薬だけに頼って、自分の行く末が大丈夫なのかという気がかりは残ったのである。

伊良部は、そんな満雄にアドバイスをする。リタイヤすればすべてが解決するのだと。権力を得ればどうしてもそれにしがみついてしまう傾向が出る。現在悩んでいる満雄の姿は、それであったといってよい。そこから自由になるということが出来ないのが人情であった。いつも満雄は、マスコミ取材の軋轢をどうかわすかを考えている。あるいは取り上げられた記事に対して、あれこれ思案したり憤慨したりするのが日常と化していた。こんな日常から満雄が思い直したのは、伊良部医師が運転する四〇〇馬力のベントレーに同乗し高速道路を暴走したときのことであった。

満雄は、「色とりどりのネオン」を目の当たりにして、「これは未来ではないだろうか」と考え直し、「そうか、二十一世紀か。すっかり忘れていた。若き日に夢見た未来は、とっくにやって来ているのだ」という時代認識を改めて持つのであった。隣にいる伊良部は、「時代は変わるの」と呟く。ここで満雄は、今まで頑なに自分が戦後の日本を築いてきたのだという矜持(きょうじ)を緩(ゆる)める。いわゆるコペルニクス的転回である。これまでの頑固おやじが、「まったくだ。年寄りの出る幕は、とうの昔に下りている。この街はどうだ。戦後とは別の種類の、新しいエネルギーに溢れている。すべてが代替わりしたのだ。わかってる。わかってるがな――」と返答する。この決断に至る葛藤はあまり紹介されない。奥田英朗作品らしいといえばそうかもしれないが、パニック障害の根本的原因は役職に執着しようとする心だと、主人公満雄は判断して、それを放棄しようとする。

「おい、記者会見の用意をしてくれ。午後からやる。おれは本日付ですべての役職を降りる。大日本新聞も、東京グレート・パワーズも、すべてだ」

木下が青い顔になり、その場で立ち尽くした。「会長、そんな急に……」

焼け野原の現実から再び日本の国を興そうとして頑張ってきた満雄は、「高速道路ができたとき、新幹線が開通したとき、自分のことのようにうれしかった」。それが、「いつの頃からか、国の発展に高揚を覚えることがなくなった」のだ。現代社会の発展は、かつての満雄たちの想像を優に超え、多様で複雑極まりないかたちに変貌していたのだという認識に辿り着く。

伊良部の「時代は変わるの」という言葉は、世論と対立しパニック障害に陥っている満雄に対する至言であったのだ。時代の推移とともに人々の価値観や気構えなどが変容するというのだ。満雄自身、この命題に思いが至らなかったのをはじめて知ったかのように振る舞う。あわせて今持っている社会的地位のすべてを捨てることで、悩みや病気が変わるのではないかという思いに至るのであった。案の定、満雄は、「役職を降りる」という決断で、あらゆる重荷から解き放たれ、気分は爽快になるという大団円に辿り着くのであった。このときの満雄の思いは、「果たしてどうしてこれが今まで出来なかったのだろうか」というものであった。

　これは裏返せば、会長職を辞めざるを得なくなるかもしれないという感情が、不安を引き起こしてパニックになっていたという説明にもなろう。先に紹介した精神科医二木文明氏の説に従えば、オーナーを辞すと決断したとき、満雄は自身の社会的な死を受け入れ、不安から解放されたことにもなる。

　最後に、パニックと現代文化について触れてみよう。なお以下は、編集者の山田修氏からの教示であることをお断りする。フランコ・ベラルディ（ビフォ）『プレカリアートの詩―記号資本主義の精神病理学』（平成二一年一一月、河出書房新社刊）によれば、パニックの語源の「パン」は、ギリシア神話の神で、パニックの原義は、その神のいたずらで羊の群れが騒ぐことだった。しかし、近代的文化において人間が神の代わりに自然を独占し家畜化するという考えが普及して、恐ろしく破壊的なことになってきた。今日パニックは、人間自身が現代文明の速度に圧倒されてしまい、インプットされた情報を処理する時間が足りないときに襲われる精神病理の一形態となってきたという。とすれば、オーナーとしての満雄の力量を超える多難な問題が大量に噴出してきたとき、満雄はパニック障害に陥ったとも解釈できるのではないだろうか。

◉12 林宏司脚本『感染爆発』（ＮＨＫドラマ）

パンデミックをもたらすウイルスの恐怖

【あらすじ】

与田村（新潟県日本海沿岸の架空の村）で、ヒトからヒトに伝染する強毒型のインフルエンザ患者が見つかる。政府は、ウイルスが東京に持ち込まれないうちに封じ込めをはかろうとするが、失敗する。罹患者が東京にも出現し、緊急会議がフェーズ５（ＷＨＯのウイルス警告レベル）を宣言する。成田空港でも検疫が強化される。四日間で東京都の死者が一万人を超えて、省庁会議が重ねて開かれるが決定的な対策は打ち出せない。タミフルも効かない進化型の耐性ウイルスが出て学校も閉鎖され、患者や死者が増え続ける。しかし、東京下町の病院に入院している患者の一人が、印象的なことをいう。「ウイルスもしぶといが、結構人間もしぶといものだ」と。この一言が、病院関係者だけに留まらず、全国の人間の奮闘振りと状況の打開を暗示してドラマは幕を閉じる。作品は平成二〇年一月一二日、ＮＨＫで放映された。

▼司令塔と現場

病院の医師と背広姿の大学教授の二人が、都内下町の病院でやりとりする場面がある。「教授先生が、こんな所に何の用事だ」と病院の医師が、ぶっきらぼうな発言をする。他方教授は、半ば堅い笑顔で「お前に頼みたいことがある」という。医師は、こっちだと首を振って自分の部屋に案内する。教授も部屋に入る。「ヒト・ヒト型の発生だ」「馬鹿な、信じられん」「間違いなさそうだ」「発生源はわからん」「どういうことだ」「全く見当がつかない」……「日本発のパンデミック・フルー(世界的に大流行するインフルエンザ)になるかもしれない」「………」。

教授は医師に向かって、「お前の力を借りたい。お前は現場に強い」と言葉を重ねる。しかし、医師の方は首をふらない。「俺が大学でウイルス学をやっていたのは五年も前で、(現在の状況では)役に立たない」というのが彼の論理だった。医師は憎まれ口を叩きながら、どこかニヒルな表情で背広姿の教授に応じる。

会話を交わすひとりは、病院副院長の田嶋医師。もうひとりは、東都大学医学部教授津山慎次である。田嶋は、数年前まで津山と同じ医学部でウイルス学研究に携わり、ふたりは教授のポストを争った経歴があった。いま津山は、国の審議会の重要なポストに就いて政策の提言をする立場にあり、テレビで国民に警戒を促す発言もしている。その津山が、下町の病院の一勤務医を訪ねてきたのである。二人の会話を立ち聞きしていた患者の一人が噂する。「あの副院長が東都大学医学部の卒業生で、凄い業績の持ち主だったたんだって」。

この「ヒト・ヒト型インフルエンザの発生」は、新潟県日本海側の架空の与田村で起こる。そこでは突然高熱を発するインフルエンザに罹患した患者が続出していた。そのうちの一人ユウキ君という小学生が、村でわずかに一つある診療所の医師の前で高熱と耐え難い咳を繰り返し、苦しさを露わにして倒れ崩れる。熱が三日も退かない状態を不審に思った医師は、検体を保健所へ送ったと母親に伝える。次にはベッドが間に合わず、病院の廊下にも毛布や蒲団を敷き詰め、息苦しさを訴え横臥する患者であふれかえるシーンへと移る。村の医師（じつは田嶋医師の父親）はたったひとりでの悲痛な孤軍奮闘を強いられていた。

子供の検体から新型インフルエンザウイルスが発見され、疾病担当の新潟県庁職員らが驚愕の表情を浮かべる。あの村には養鶏所もない。何故だ。彼ら県庁職員らは手も足も出ず、厚労省へ問い合わせる。厚労省での検体結果は、H5N1インフルエンザで新型と判明。厚労省幹部を含む人たちの最大の恐れは、「ウイルスが東京に持ち込まれたら数日で日本はアウトだ」というものであった。

行政機関が警察に協力を依頼し、早急に与田村封じ込め作戦がとられる。道路の封鎖と車の消毒そして戸別への薬配布などであった。厚労省健康局職員が気色ばんで苦渋の表情を色濃くする。省内課長会議がもたれ、治療薬のタミフルをどのように集めるかの討議がなされるが、いい打開策はない。その翌日、新型インフルエンザ罹患第一号の少年、ユウキ君が死亡する。

▼非正規雇用労働者がウイルスを運ぶ

少し日にちはさかのぼる。東京から与田村までトラックでやってきた二人連れの若者が、海辺で会話を交わす。先輩格の男は「俺たちは何か決心をして這い上がらなくては、この今の生ぬるい日本という地獄から抜け出すことはできない」から、まずいと思いつつも、産業廃棄物を不法投棄することを選んだという。それで二〇〇〇万円の借金をしてトラックを買ったと後輩に説く。ここに現代日本の大きな問題があることは、一目瞭然だ。この二人連れは、努力してもなかなか正規社員に引き上げてもらえない非正規雇用の若者たちである。非正規雇用者は、いつまでたってもその状況から抜け出せないのだ。ここで後輩格の青年佐伯は、カドミウム、水銀、ＰＣＢそんなものを捨てちゃまずいと強弁する。それが、佐伯の判断だった。しかし、先輩格の男は、それでは厳しい経済的事情から抜け出せないぞと警告する。

このやりとりの場面に、前述した新型インフルエンザ罹患第一号ユウキ君たちが、はしゃいで二人のそばに近寄ってくる。先輩格の運転手は、子どもたちの無邪気に振る舞う姿にかつての自分を想い出しジュースをおごる。そのとき、少年が持っていた汚い異様な臭気を発するタオルが、先輩格運転手と後輩佐伯の顔に触れる。この異様な臭気を発するタオルとは、この場面の直前に子供たちが接触した第三国人（海岸に打ち上げられていた国籍不明船の乗組員で、かなり衰弱していた）が持っていたものであった。その亡命希望者と思われる男が、実は強毒の新型インフルエンザに罹患していた。だが子供たちは、その年齢のため無自覚な接触をしたに過ぎない。ここに第三国人から小学生そして非正規雇用の若者たち、という伝播のルートが映し出される。

のち与田村から東京に帰ってきた佐伯に、身体的変調が現れる。彼は、東京の四人同居アパートで高熱を発し、ひどい咳も止まらず喘（あえ）ぐ。同居の仲間も大家（おおや）も心配顔で病院に行くことを勧めるが、佐伯はひたすら固辞する。しかし、佐伯は呼吸困難に陥り、救急車で国立医療センターに運ばれる。感染防止のために、国の省庁会議や警察やテレビ等のマスコミを通じて与田村封じ込め作戦を遂行してきた側からすれば、実に考えも及ばぬというべきか「意外なルート」（樋口尚文『テレビトラベラー』平成二四年六月、国書刊行会）からの首都東京への侵入であった。ウイルスは生き物だ。官制側や専門家が、知識や権限で封じようとしても遺漏が出るということを脚本家や演出家はいいたいのだ。ここに作品の意図が、二つ三つ読み取れる。

一つ目は、先ほどの子供が触れた亡命船が出たと判断される国が第三国であり、そこで新型インフルエンザが流行するが、この国はＷＨＯの査察を強硬に拒否する。そこから同国の医療制度の遅れ、即ちタミフルの備蓄不備や医師不足や医療知識啓蒙の立ち遅れなど様々な芳しくない事情が世界に知られることを恐れているという解釈が成立する。これはいわゆる南北問題でもある。欧米や日本など先進国は、医療制度上インフルエンザ対策がなされ、タミフルなどの備蓄もある程度されている。が後進国は、そうではない。後進国並みの準備しかなされていないことを国際社会に暴露されることは、その第三国の政治首脳者たちにとって一番に忌避することであった。

二つ目は、日本政府の封じ込め作戦や隔離政策が、官邸主導で進められても個人の自由な行動を縛れないということだ。法律や行政の縛りで拘束しようとしても、人は生活上の活動や経済的問題を第一義に解決しようとする。この考え方の前に行政の拘束力は無力になると言ってもよい。

三つ目は、これら二つを重ねて言えることだが、前述したウイルスというものが生き物だということに対する脚本・演出側の認識だ。新型インフルエンザウイルスも国境を亡命希望者によって破られ、さらに日本の官邸主導の封じ込め作戦も、不法投棄を図ろうという非正規雇用者によって東京に持ち込まることになる。国という強権に対して不審の念を抱く「社会的弱者」（押谷仁・瀬名英明『パンデミックとたたかう』平成二一年一一月、岩波新書）によって、その規制がのり越えられるという構図が示されたのである。

三つ目の問題の非正規雇用者について少々触れてみたい。非正規雇用が、社会的病理となって様々な問題を抱えているということは、いま既に自明の理だ。平成二〇年六月八日の歩行者天国の日に起こった秋葉原無差別殺傷事件を、思い出してもらいたい。この事件は、犯行者が非正規雇用で鬱屈していた心模様を数年間も抱えての果ての事件であった。事件翌日、共同通信配信の記事をご覧になった人は多かったのではなかったか。鎌田慧氏は、「秋葉原無差別殺傷事件／労働構造変えぬつけ」（「河北新報」平成二〇年六月一〇日）と題して、「加藤容疑者は自動車工場に派遣されていたという。わたしが自動車工場で季節工として働き、ルポルタージュを書いた一九七〇年代でさえ寮や光熱水費は無料だったが、派遣は季節工よりも労働条件が劣悪だ。必要な時にしか雇われない。そして食うのが精いっぱいの不安定な生活を強いられる。収入が減ると家賃も払えない。追い立てられるような切迫感、どうにもならない焦燥感があったのではないか」と解説した。鎌田氏の解説は、的を射たものといえる。将来への展望が持てない状況で、加藤智大は凶行に走った。

加藤智大の出身高等学校は、かつて太宰治が通っていた名門旧制中学で、現在も県内屈指の進学校である。おそらく大学進学に失敗した容疑者が、浪人という状態が怖かったのか、あるいは切迫した経済状態であったのか分からないが、進学を断念して年度末の土壇場で非正規雇用就労の道に進んだと推測される。しかし加藤容疑者は、その後の心境に展望の方向が見いだせず、メールという情報ツールを使いながら次第に内向していった。その内向が、周囲に対する憎悪となって爆発して凶行というかたちになったのだ。

ドラマ『感染爆発』の若者運転手は、ここまで焦燥感に追い詰められてはいない。だが将来へのかなりの経済的不安はあった。公的制度で村を封じ込め、研究所でウイルス対抗ワクチン開発を急ぐという可能な限りの防御体制をつくるのだが、この非正規雇用に喘(あえ)ぐ運転手と同じ仲間の同乗者によって封じ込めラインが突破されるという、思わぬ展開がドラマを躍らせる。比喩的言い回しだが、社会を強固に組織している官僚が、弱者としての非正規雇用者の振る舞いに予期せぬ躓きに遭うという格好になったといってもいい。『感染爆発』は、この構図が企図されたドラマなのだ。

▼感染の恐怖

東京で第一号の新型インフルエンザ罹患者が出たという報道で、国は緊急会議を招集する。ヒトからヒトへの集団的感染が危惧されるフェーズ5をＷＨＯが宣言する。フェーズ6も時間の問題だ、いよいよ日本にパニックが起こるというのが、国家の上層にいる関係者たちの危機感だった。この状況下の光景だが、帰宅途中の男性が倒れそうになり、女性は最初優しい心配の情を注ぐのだが、倒れた男性がインフルエンザ罹患者だと判明すると同時に、悲鳴を発して逃げ出す。状況が悪化すると、もうインフルエンザ罹患者というだけで恐怖の対象になるのであった。

省庁連絡会議では、「医師会にも協力を」という発言が出る。更に「東京二三区の学校を休みに要請すべきだ」という意見に対して、「要請では遅い。これは国家の危機だ」と医師側からの発言が繰り返される。成田空港では検疫が強化され、「タミフルを、都の備蓄分を放出すべきだ」「電車を止めろ」などと強硬な発言が飛び交う。しかし、一方で「そんな法的根拠はない」という行政上の発言も出てまとまらない。会議の中では、「アメリカでも欧州でも患者が多数発生しています」という報告が続くが、なかなか会議は収束しない。

「四日間で、都では患者が一万人を超え、死者は×××人を数える」という報道と重なるように死体安置所のにわか転用の冷凍庫が映し出される。病院は、なだれ込む患者を前にして苦渋の対応を迫られ、行政も様々な部署からの苦情の殺到に応じきれない。一方生活上の問題は、「コンビニでものが買えない」緊迫した事態となりだし、一般庶民は右往左往する。

港川区（仮称）にある田嶋医師が勤める病院には、小さな子供連れの若い夫婦がやってきて、「プレパンデミックワクチン（鳥インフルエンザに感染した患者や鳥から分離したウイルスを弱毒化したもの）を打ってくれ」と、強硬に看護師に迫る場面が登場する。看護師は、対応に困り田嶋医師に相談に来る。田嶋医師は窓口に出向き、「この病院では、医師も看護師も誰ひとりとして打っていない。廻ってこないんだ。もう少し冷静に考えて欲しい」と返答する。田嶋医師の説得で、若い夫婦連れはすごすごと肩を落として退出する場面が強調される。もはや看護師の説得で、庶民への納得が難しくなりつつある混乱した状況になってくる。

ここで幾つかの問題が見えてくる。その一つに感染の恐怖がある。この問題を非常に分かりやすい解説をした方がいる。編集者の山田修氏である。山田氏は、「世界の人々が同じ満員電車に乗っていて、先頭車両の乗客が咳をしただけで、最後尾の車両の乗客が熱を出すようになった状態を想像すれば納得できるでしょう」と説明する。以下山田氏の説明に沿ってみる。現代はこの状態が、グロバリゼーションの動きに乗って、パンデミックを引き起こすという。感染が、交通・情報・過密化された都市空間により、またたくまに伝播していく様子がシュミレーションされるというのだ。

ここで、人類がこれまで体験してきた感染症の爆発的流行の例としてアルベーユ・カミュの『ペスト』を参考に取り上げてみよう。この物語は、アルジェリアのオランを舞台として、はじめ野ネズミとペスト菌とが安定した生態系で共存関係を保っていたのが、人間社会の発展によって破壊され、ペスト菌は人間に猛威をふるうことを想定して書かれたものである。

カミュの『ペスト』も、オランの人々が次第にペストに感染して、もうこれ以上という段階に達すると感染の拡大を防ぐため街を外部から遮断させる。これはドラマ『感染爆発』の与田村と同じである。その状況下、医師リウーは患者の治療に当たるが、新聞記者のランベールは妻の住むパリに脱出しようと計画する。彼の思いは、人々への犠牲心や正義感を第一義とするより、妻と暮らす方が重要だと判断するものであった。他方リウーも妻と離れ単身生活をしているのだが、病気感染の恐れがあっても医師としての職責を果たすことが肝要だと考える。物語は、このリウーの誠実さにうたれ、ランベールも医療活動を手伝うかたちに推移する。ドラマ『感染爆発』の田嶋医師や彼の父親であり、与田村でただ一人で孤軍奮闘する老医師が、このリウーの姿にすべてとはいえないが重なるところがある。今ある臨床現場を大切にする、医師の姿である。

やがて季節の推移と共に、ペストの勢いも弱まり、ついにペスト終息宣言が出される。しかし、リウーはなおも不安を抱いているのであった。それは何故か。彼は、自分の住んでいる所が「危な気な砂上の楼閣」にすぎないのではないかという認識をもっているからであった。山田氏は、人間の文明社会の拡大（＝環境破壊）とペスト菌などの微生物の活発な動きとの間には、微妙な対応関係が見られるとも指摘している。確かにエボラ熱やエイズという病の蔓延も、人間が熱帯雨林のジャングルに開発と称して入り込んだため、他の動物と共生関係を保ってきたウイルスが文明社会の人間世界に持ち込まれた結果だと判断するとき、この考え方は説得力を持つ。

さらに山田氏は、今日の院内感染や薬剤耐性菌あるいは多剤耐性菌の発現・拡散の助長の原因もまた同じように文明社会の拡大と重なると、幅の広い観点からさりげなく説明している。この問題は、既に二〇年以上前から指摘されていた。世論調査やマーケットリサーチの仕事に従事してきた富家恵海子氏が、夫をＭＲＳＡという院内感染で亡くしたことを調べて綴った報告がある。それが『院内感染』（平成二年一月、河出書房新社）で、二〇版以上も増刷するほどの売れ行きを記録し、一般人の関心の高さを証明した。その著作の帯には、「その悪魔の名は〝耐性の黄色ぶどう球菌〟―ハイテク医療の裏でひそかに野火のように拡がる現代のペスト。抗生物質づけの病院の中にしかいない現代医学の不吉な鬼っ子―」とある。

カミュの『ペスト』に戻れば、現代人間社会の発展第一主義が抱える危うさを、リウーたちは十分に踏まえているからこそ不安だったのだ。それがドラマ『感染爆発』では、庶民の自分たちも多臓器不全に陥るのではないかという不安と、上層役人たちの国家機能麻痺への恐れ、今目の前にある史上初の混乱ならびに困難に戦く姿として映し出されるのであった。

ついでカミュについて少々触れてみよう。近年この作家は欧州や日本で再注目されているという。日本経済新聞編集委員の河野孝氏は、〈震災後　小説「ペスト」に脚光〉という副題を付した文章を寄せ、その中でこう記している。「津波で破壊した故郷を目にした作家の辺見庸氏は『水の透視画法』の中で、『カミュが小説『ペスト』で示唆した結論は、なにごとも制することができない、この世に生きることの不条理はどうあっても避けられない、という考えだった』と記す」（「日本経済新聞」平成二五年二月二日40面）という。歴史の変動の中でその意味をどう捉え直し、人間の中に再確認していくべきか、カミュの文学は語っているというのである。

▼感染の速さとウイルスのかたち

インフルエンザ感染の速さに関して、以前から幾つかの難題があった。近年の新聞にも「東京大学医科学研究所の河岡義裕教授らは、強毒性の鳥インフルエンザウイルス「H５N１」が哺乳類同士でも感染する仕組みを解明した。将来、大勢の死者を出す懸念がある新型インフルエンザの病原体になる可能性を示す成果で、論文が3日、英科学誌ネイチャー（電子版）に載る。世界的な大流行（パンデミック）を回避する予防ワクチン開発に道を開く」（「日本経済新聞」平成二四年五月三日付）という記事が載ったが、この記事のあとに「同論文を巡っては、米政府が生物テロに悪用されかねないとして、出版元に内容の一部削除を求め、論争を巻き起こした」という一文も付される。今までさんざんテロの脅威に晒（さら）されてきた米国政府としては過敏にならざるを得ないのであろう。

　この感染の速さに加え毒性について、誰でも入手できる書物からの説明を付してみよう。免疫学・ウイルス学専門の岡田晴恵氏は、「現在のH5N1型鳥ウイルスは、特に病原性の強い強毒型ウイルスであり、人に対しても全身感染や多臓器不全を起こす。これに由来した新型インフルエンザの大流行では、人でも五～一五％の高い致死率」で、「これまで我々が知っている呼吸器感染症のインフルエンザとはまったく別物の、『全身感染の新しい重症疾患』となることが想定されるのだ」（『強毒型インフルエンザ』平成二三年五月、ＰＨＰ研究所）と、ウイルスの毒性の怖さを語っている。

　さて、この感染の恐怖を呼び起こす核ともいえるウイルスとは、いかなるものなのか。その形状はどうかといえば、球形である。直径は百ナノメートル（ナノは十億分の一）前

『新現代免疫物語「抗体医療」と「自然免疫」の驚異』から転用

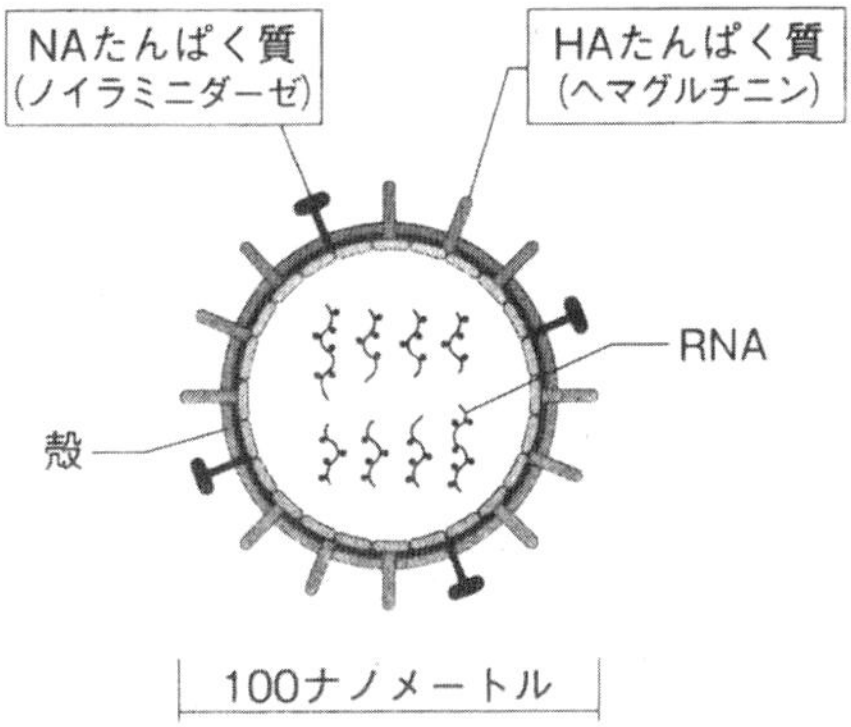

インフルエンザ・ウイルスの姿

後で人の髪の毛の太さの千分の一という極めて小さな大きさだ。大阪大学医学部教授岸本忠三氏とサイエンスライター中嶋彰氏の共著『新現代免疫物語「抗体医薬」と「自然免疫」の驚異』(平成二一年三月、講談社)によれば、「球形の殻の中にはウイルスの遺伝子がおさめられている」さらに「殻の表面には、かつて冬に使われた自動車のスパイクタイヤのように数百本の突起が外に向かって突き出ている」という。こうした構造をもつウイルスが人間の体の中に入り、「細胞の中に」ある「リボソーム」という「たんぱく質を作っている〝生産工場〟」に、「殻やHAたんぱく質などの部品を作らせて」増殖するようになるというのだ。さらにHAたんぱく質を「細胞とくっつくための『のり』」に、NAたんぱく質を「細胞から離れていくための『はさみ』」に、中島氏はたとえている。先ほど来の毒性の中身を解説した文章と言ってよい。

右の図のHAとNAの二種類のたんぱく質を、「驚くべき変異体とも亜型ともいわれる種類の多さ」(前掲書)で変化させてきたのが、インフルエンザ・ウイルスであり、HAやNAのかたちを変えられると、すぐには免疫が通用しなくなるという困難な状態になるという。この「変異」する性質こそが、人間に対応策を作らせる困難さを生み出しているのだ。この著作を教示してくれたのは、北里大学名誉教授の大槻健蔵氏である。氏は、この本を実に見事なものとして推奨している。

▼タミフルの効き目

ドラマに戻る。一一月二〇日、国はタミフルの備蓄分を放出すると宣言する。この時期は、与田村でインフルエンザウイルスが見つかって以来、既に三週間以上も経過した時点だった。厚労省や専門家たちは、ウイルス発見以来四日目で既にタミフルは有効だとの判断は出している。インフルエンザに罹患する経路をタミフルがある程度ブロックしてくれることは、国民も理解している。インフルエンザの初期症状において投与すれば、タミフルの効き目はあるからだ。ただし、この薬に多少の疑問は付いてまわったことも事実である。回り道になるが、近年の騒動を少しばかり紹介してみる。

平成一七年一一月、政府は、新型インフルエンザ対策としてタミフル二五〇〇万人分を備蓄すると発表。同月アメリカの食品医薬品局は、タミフルを服用した日本人子供に一二人の死亡例があると公表。平成一八年一月、厚生労働省は、「安全性に重大な懸念があるとは考えていない」との見解を公表。同年一〇月、右同省が、「子どものタミフル服用と異常行動とに関連性は認められなかった」との調査を公表。同年一一月、服用後に子どもを亡くした親たちが、因果関係があることを認めるよう厚労省に要望。ここで一般国民は、かなりの疑問を抱いた。結局親たちの提言が世論を動かし、罹患した子どもを「二日間はひとりにしないこと」という注意を厚労省が喚起したかたちに変わって行く。そして平成一九年三月二二日には、「朝日新聞」が「タミフル・つき合い方をかんがえよう」という見出しの社説を出した。

筆者は、タミフルという薬剤を批判しているのではない。むしろ多くの医師たちが使っているように、罹患した子どもが高熱で脳を冒される前に、「これら医薬（筆者注／タミフルやリレンザ）は、ウイルスが感染した細胞の中で増殖し、他の細胞に乗り移ろうと感染した細胞の外に飛び出すのをブロックする」のが基本原理だ、あるいは「ウイルスは表面に備え持ったNAたんぱく質をはさみのように使って細胞を切りさき、外に飛び出ようとするが、どちらの薬もNAに結合してはさみを使えなくしてくれる」（岸本忠三・中嶋彰氏前掲載書）という説明の有効性に期待する側の人間だ。ただ副作用があることは認めざるを得ない。服用する際には、十分医師の注意事項を確認する必要があると考えていることを一言付け加えておきたい。

次いで薬剤師や医師が日常使用する便覧である水島裕編『今日の治療薬』（平成一九年六月、南江堂）には、タミフルは特徴としてインフルエンザウイルスのノイラミニダーゼ（NAたんぱく質）を選択的に阻害し早期回復を促すとあり、警告には本剤の必要性を慎重に検討することとあり、更に重大な副作用としてショック・アナフィラキシー様症状とある。医師と患者との意志の疎通は必要だ。

▼人間のしぶとさ

しかしドラマの医療現場では、ウィルスが進化し出して「タミフルを四個投入しても、この状態か」「打つ手はないのか」という声が交差し、困難を極める状況が出始める。こうなると前に挙げた「プレパンデミックワクチンをうってくれ」と叫ぶ夫婦連れの要求しかないのか。タミフルが効くのは症状の初期段階だが、それが効かないとすれば、残る手段はワクチンしかないという考え方である。このプレパンデミックワクチンとは、鳥インフルエンザ（H5N1型）に感染した患者から取り出したウイルスをもとに弱毒化し、それを新型インフルエンザの発症前に投与し体内に抗体をつくるというものである。爆発的感染で街が混乱し、タミフルの有効性が疑われると、人はこのプレパンデミックワクチンという方向に向かざるを得ないかもしれない。だがこのワクチンは、すぐに出回らない。ドラマでは混乱した状況になりながらも回ってこないワクチンを喝仰することなく、田嶋や同僚の看護師たちは奮闘する。

感染爆発の段階になる前、田嶋の勤務する病院で、のんきな入院患者たちが会話を交わす場面がある。「アメリカのインフルエンザ対策予算は、日本の一〇倍以上、研究スタッフは二〇倍以上」という現状を語り合う。あるいは「アメリカは、国防対策のようにインフルエンザと向き合っている」という科白も重ねる。日本は、まだまだ遅れていると言わんばかりの不満を縷々語るのであった。

右の会話を交わす入院患者の長老といわれる佐伯老人が、田嶋医師に向かって語り出す場面がある。「人間の本性というものは、しぶといもんだよ。ウイルスと同じようなもんだ。人間もいっしょさ。思っているより人間はしぶといもんだ」という科白である。この言葉を吐いた佐伯老人は、末期がん患者で先が見通せない。しかし、そのためか周囲に対する気配りが出来ている。しかし、佐伯老人が田嶋に対してこの言葉を発した時は、まだ東京での感染爆発が始まっていない時期であった。

東京でのパンデミックが始まってからは目まぐるしく場面が展開していく。与田村でインフルエンザが見つかって以来一二日後の一一月一七日、東京では「一時封鎖する病院が出た」ということが大きな話題になる。東都大学教授津山慎次は、街はずれの場所で田嶋医師と人目をはばかるように顔を合わせる。ときは夜、街灯の灯りでふたりの相貌が映し出される。津山は、困惑と憔悴と不安とが入り混じった表情といってよい。一方田嶋は、いつものニヒルな表情に変わりはない。ややうつむき加減の姿勢は、日頃の姿である。津山が切り出す。「自分は五年を掛けて（国から依頼されたインフルエンザ）対策を練ってきた。しかし、もう限界だ。お前の力を借りたい」という懇願だった。対する田嶋医師の返答は単純だった。「行動計画は、間違っていない。スピードが問題なんだ」という。加えて国家への協力に対しては、「無理だ」という否定的な一言であった。この会話は、実に短いやりとりで終わる。ここに国の予防策をリードする津山の苦悩と、自分は庶民だけを相手にするという田嶋のニヒルな決断が浮かぶのであった。田嶋は、世間的名誉を自分は捨てるという決意を改めて示す。この田嶋の決意が、下町の川と海が近い、うらぶれた街の夜の光景と二重に浮かぶところが視聴者の心を引きつける。この場面の演出は巧みだ。

翌日一一月一八日、感染者は二万人を超える。田嶋の勤務する病院でも、新型インフルエンザに罹患している人を受け入れるかどうかで、病院の会議は紛糾する。はじめ当病院ではゆとりがないのでインフルエンザ罹患者は遠慮願おうという意見が複数出る。院長に促されて田嶋は発言する。新型インフルエンザ患者だけを拒否することは、病院として適切ではないと。ここに医療の本道があると判断するのは、誰でも同じであろう。だが受け入れ反対を表明した医師たちは、それは日頃の田嶋のニヒルな行動や考え方とは違うのではないかと強弁する。いや何を隠そう田嶋は、ひねていただけに過ぎなかったのだ。冷たい男とか医者のクズだと患者から誹（そし）られながら、何が重要か、物事の本質を考えられる人間であったのだ。新型インフルエンザウイルス罹患者だけを差別して、受け入れを拒否することは出来ないという人道的判断に即しただけであった。その後の会議は押し黙りがちになり、結局田嶋の意見が採択され、優柔不断な院長は同意する。

　ところが、事態はさらに深刻化し、「院長が逃げ出した」「(新型インフルエンザ患者の受け入れを反対した）斉藤先生も野口先生も、いなくなりました」と驚きの表情で叫ぶ看護師が、副院長の田嶋医師のところに飛び込んでくる。田嶋は冷静に「今まで通りやるよ」という簡潔な返答で切り抜けようとする。現在の医療技術で出来るだけのことを施し、後はその人間の再生能力に期待するしかないという認識であった。

　こんな状況下、病院に妊娠三八週の女性が緊急搬送されてくる。新型インフルエンザ感染で、胎盤感染が疑われ母子ともに生死の安否が気遣われる。この女性は、タミフルをのんでも症状はよくならなかったという。女性は田嶋医師に対して、「先生、私死ぬんでしょうか。この子だけでも」、それに対して田嶋は「まず検査しよう」といい、余計な心配を掛けないように取り計らう。次いで田嶋に近いところで働いている看護師長は、「私、助産婦の資格を持っているので、子どもを取り出しましょう。先生は、母親を助けて下さい」という。しかし、この緊急時に人工呼吸器の不足に直面する。田嶋はかつて、がん患者の佐伯老人から預かっていた遺書を思い出し、意識が混濁しつつある彼に語り掛ける。「佐伯さん、緊急の患者が出た。悪いけど、佐伯さんの呼吸器を借りるよ」。これは、実に重い判断であったが、田嶋は揺るがない意志で呼吸器を外して、これからの生命と若い母親を救おうとする。この判断は功を奏して、元気な男の子の誕生と加えて母親の回復も見られるのであった。田嶋と看護師長との取り組みが成功する。

ドラマの中でこの救出劇は、大きな役割を果たすことになる。すなわちウイルスは非常な伝播力で人間の生命を脅かす存在として迫る。薬の効き目は、可能性があるか危ぶまれる。だが人間も対処の仕方を見極めれば生き続けることができるのだということを強く示しているのだ。

一方非正規雇用の若者佐伯浩之は、与田村の浜辺で新型インフルエンザウイルスに罹患し病状が悪化し、国立医療センターに搬入される。が彼は、そこで様々な治療を施されて奇蹟的に助かる。先輩格の運転手は亡くなっていた。回復後、佐伯浩之は、「俺が悪いんです。俺がウイルスを運んできたんだ」と叫び自分を必要以上に責める。しかし、医師で研究員の女性はいう。「新型の流行を防ぐのは、日本では無理だったのよ。大切なのは、それが起こった時どう対処するかなのよ」と。ドラマの演出や脚本家の意図を肯定的かつ積極的に解釈しようとすれば、佐伯老人が語った〈人間のしぶとさ〉がここに盛り込まれているともいえる。

そしてドラマの終わり近くに佐伯浩之は、田嶋が働く病院のボランティア募集の張り紙を目にする。佐伯は、「俺、奇跡的に助かって、俺もみんなに助けられたのでボランティアを志願したい」と看護師にいう。彼の話のあとに簡単な履歴を読んだ田嶋は、「君のことは何でも知っているよ」という。自分を犠牲にして、人工呼吸器を将来の可能性のある妊婦とその赤ん坊のために提供した佐伯老人の息子であることを、田嶋は瞬時に判断したのだ。それは在りし日に老人が、田嶋に向かって息子の写真や名前を見せていたからに他ならない。

対応に疲れ屋上で一息付きながら、田嶋は佐伯老人を想い出して「いつの時代でも医者の出来ることは、目の前の患者を助けることだ。ウイルスもしぶといが人間も案外しぶといもんだ」と呟く。逝ってしまった与田村の父親もまた、目の前の患者を第一義に治療しようとした。その子供である田嶋もまた結果的には、現場の病院での治療を優先しようとして国の政策審議会メンバー入りを辞退したのであった。

　佐伯老人とその息子、与田村での孤軍奮闘した老医師とその子供である田嶋らは、世代をつないで今社会に対して自分が出来ることを実践しようとする。佐伯浩之は無報酬の奉仕を、田嶋医師は社会的名誉を捨て現場を第一義にしようと考える。これらの姿は、視聴者に気持ちの良さをも提供することは間違いない。もちろん田嶋のどこかニヒルな、それでいてぶっきらぼうな態度は、彼の履歴を含めて単純ではないが、それでもまた人を引きつけるだろう。ドラマはこれら個人が描き出す社会への関わり方と同時に、ウイルスの恐怖と戦う医療人たちの桎梏（しっこく）と葛藤とを重ね、更に政治がどこまで危機的感染症の防疫に対処出来るかなどを語って興味深い。

　最後に映像としての効果的な場面を指摘しておく。それは新型強毒インフルエンザウイルスが、空中に飛び散る場面に特異な効果音の流れを配しているところだ。視聴者も、ああこの効果音がウイルスの飛散なのだなという暗示を覚える。巧みな画面構成になっていることを述べておく。

　同時期の平成二一年一月一七日に公開された東宝配給、瀬々（ぜぜ）敬久（たかひさ）監督、妻夫木聡ら主演の『感染列島』もまた興行収入一九億円を記録した。その時の日本人の関心の一部を象徴した作品と言えるのだろう。だがこの作品は厳しく批評すると、何かしら現実から遊離している印象を受けるのだ。

他方ＮＨＫ放映のこのドラマは、現実日本の日常、即ち庶民の感情や名誉にこだわる人々や現場を重んじて生きていこうとする人たちなどを実に巧みに区分けして映し出しているように思える。もちろん生きている人々の価値観や思いという精神的側面だけではなく、現代社会の構造的問題までを炙（あぶ）り出すことにも成功し、鑑賞できるドラマに仕立て上がっていることを付言したい。

あとがき

自分の能力の無さをひけらかすようでお恥ずかしい限りだが、書き下ろしの本書が出来上がるまで六年の歳月を費やしてしまった。途中二三度、執筆に限界を感じ断念しようかと思った。「薬と文学」などという大風呂敷を広げてしまったことを後悔した。しかし、今なんとかかたちになって嬉しく思う。

何故「薬と文学」について書いてみようかという気になったのか。理由はいくつかある。一つは、数年前から降圧剤をのむようになったこと。二つ目は、当時次男が薬剤師を志していたこと。三つ目は、四年ほど前から文学研究の新たな試みとして化学工学・薬学・医学研究者たちに参加してもらって作品を読む会を仙台で開いた。その成果は、共同編集『小説の処方箋』（鼎書房）というかたちで刊行することが出来たこと（この会で、たくさんの先生方との貴重な出会いがあり、多くのことを教えて頂いた。薬が、身近になったことは間違いない）。四つ目は、文学研究上の話のことである。ある時友人が言った。一般の方々との読書会で、文学研究が現代生活とどういう関わりや意義を持つのかと質問され、その返答に少々迷ったと。文学についての研究や批評が、現代生活と無縁ではないことを説明するため、その切り口の一つに〈薬〉を使って説明したい欲求を覚えた。

薬とは何か。一面では、人を支える命綱として現実世界に引き付ける重要な役割を担う。反面、使用限度を超えると人を変容させる毒にもなる。小説の中の薬は現実を生きる読者に興味を抱かせ、作品の世界に奇妙な魅力をもって引きずり込むところがある。この魅力を、解説したいと思ったのだ。しかし、如何せん右往左往の六年であった。闇の中で光を照らして下さった皆様に、感謝申し上げる。皆さんの的確なアドバイスやご教示がなければ、この本は出来上がらなかった。筆者は、医薬系の分野は専門外のにわか勉強である。多くの専門家たちからご教示を頂き文章を綴ったが、表現についての解釈の責任はすべて筆者にある。ご了解願いたい。

この仕事は、何といっても長い間学恩を蒙っている佐藤 勝先生のお取り計らいがなければ日の目を見ることはなかった。有り難かった。そして本書に二度以上登場する山田 修氏が、出版のきっかけを作って下さった。最も直接的かつ煩雑なお世話を頂いたことに深く感謝申し上げる。

加えて校正は、研究会仲間の上野貴代子氏に手伝って頂き協力を仰いだ。さらに、このたび社会評論社の代表取締役松田健二氏に大変お世話になった。御礼申し上げる。

最後に執筆に際してご教示下さった方々のお名前を記させて頂き、感謝の気持ちに代えさせて頂く。順不同、敬称は省略させて頂く。今後ともご教導のほどを、お願いしたい。

吉條久友・二木文明・北條博史・宮城妙子・石出信正・我妻邦雄・故阿部 琢・佐藤友章・庄司 優・岡田嘉仁・片山一郎・石山純一・四ッ柳隆夫・松永英之・宮城光信・古瀬則夫・伊師華江・朴槿英・遠藤智明・田中励儀・大本 泉・後藤康二・五十嵐伸治・伊狩 弘・森 晴雄・田村嘉勝・野口哲也・島田進矢・石原公道・大槻健蔵の各氏である。

〔ヘ〕

〔ホ〕

〔マ〕

〔ハ〕

〔ヒ〕

〔フ〕

〔キ〕

〔ク〕

索　引

千葉正昭（ちば・まさあき）

昭和 27（1952）年、宮城県生まれ。
東洋大学文学部卒業。武蔵大学大学院人文科学研究科修了。
宮城県涌谷高等学校ほか教諭を 18 年。
仙台高等専門学校（旧宮城工業高等専門学校）助教授・教授を 12 年。
現在、仙台高等専門学校名誉教授。
仙台白百合女子大学ほか非常勤講師。
著書に、
『記憶の風景―久保田万太郎の小説―』（平成 10 年 11 月、武蔵野書房）
『技術立国ニッポンの文学』共編（平成 15 年 3 月、鼎書房）
『大正宗教小説の流行』共編（平成 23 年 7 月、論創社）
『小説の処方箋』共編（平成 23 年 9 月、鼎書房）などがある。

薬と文学　病める感受性のゆくえ

2013（平成 25）年 10 月 7 日初版第 1 刷発行
著　者　千葉正昭
編集・組版　メディアログ
装　丁　中野多恵子
発行人　松田健二
発行所　株式会社 社会評論社
〒 113-0033　東京都文京区本郷 2-3-10
TEL (03)3814-3861/ FAX (03)3818-2808
http://www.shahyo.com
印刷・製本　株式会社 ミツワ
